SUCURSAL DO INFERNO

Izaías Almada

SUCURSAL DO INFERNO

(Sinfonia brasileira contemporânea)

PRUMO
leia

Direção editorial
Jiro Takahashi

Editora
Luciana Paixão

Editor-assistente
Bruno Tenan

Revisão
Cecília Madarás
Marcia Benjamin

Projeto gráfico
Andrea Pedro

Arte
Marcos Gubiotti

CIP-Brasil. Catalogação na fonte
Sindicato Nacional dos Editores de Livros, RJ

A442s Almada, Izaías, 1942-
Sucursal do inferno: (sinfonia brasileira contemporânea / Izaías Almada; – São Paulo: Prumo, 2012.
320p.: 21 cm

ISBN 978-85-7927-179-3

1. Brasil - História - 1964-1985. 2. Brasil - Política e governo - 1964-1985. 3. Ditadura - Brasil1. 4. Governo militar - Brasil. I. Título.

12-0414 CDD: 981.063
CDU: 94(81)"1964/1985"

Direitos de edição para o Brasil: Editora Prumo Ltda.
Rua Júlio Diniz, 56 – 5º andar – São Paulo/SP – CEP: 04547-090
Tel: (11) 3729-0244 – Fax: (11) 3045-4100
E-mail: contato@editoraprumo.com.br
Site: www.editoraprumo.com.br

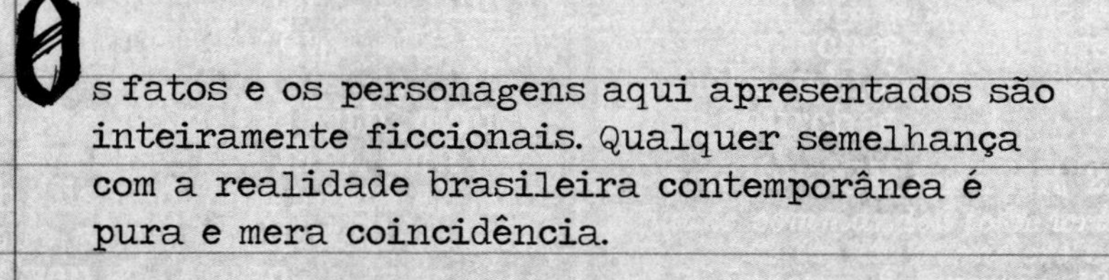

Os fatos e os personagens aqui apresentados são inteiramente ficcionais. Qualquer semelhança com a realidade brasileira contemporânea é pura e mera coincidência.

CHAPTER I.

John writeth his revelation to the seven churches of Asia, signified by the seven stars and candlesticks. 7 The coming of Christ. 14 His glorious power and majesty.

THE Revelation of Jesus Christ, which God gave unto him, to shew unto his servants things which must shortly come to pass; and he sent and signified *it* by his angel unto his servant John:

Who bare record of the word of God, and of the testimony of Jesus Christ, and of all things that he saw.

spake [illegible] And being turned, I saw seven golden candlesticks; [illegible]

SE É VERDADE
QUE DEUS ESCREVE
CERTO POR LINHAS
TORTAS, O DIABO
- COM CERTEZA -
INTROMETE-SE NA
REDAÇÃO...

terminum
zu procc-
Octob. die klagefrage auff
zu verschreiben
procediren
termi
procediren . 1
terminu
zu pro-
. . . . 10
Octob. das Jacob
. 8
verschreiben . . . 8
terminum
zu procediren 10
terminum auf
procediren . . . 10
. . . 10
mal . 6
. . . 6
Decemb.
mal . 6
verschreiben . . 6
. 6
. 6
1583

Para meu neto Leonardo Grasselli...
e Haquira Osakabe (in memoriam)

[illegible] schreiben . . 10 gr.

terminum zuvorschreib[en]

[illegible] beyzu[illegible]

[illegible] . . . . . . 10 g.

[illegible] den terminum

[illegible] ungestellt zu proce-

[illegible] . . . . . 10 gr.

[illegible] frage [illegible]

ge zuvorschreiben 10 g.

[illegible] im zuvorschreiben dz

procediren [illegible] 10 gr.

[illegible] seinen termi-

zu procediren , 10 gr.

ob [illegible] seinen terminum

[illegible] zu pro-

schreiben . . . . 10 gr.

Itob. Des Furst und seinen

[illegible] . . . . . . 8 gr.

zuvorschreiben . . 8 gr.

ob. den terminum

[illegible] wollen zu procediren 10 gr.

[illegible] den terminum und

zu procediren . . . 10 gr.

[illegible] Beclagten [illegible]

[illegible] . . . . 10 gr.

[illegible] zu

[illegible] wollen . 6 gr.

[illegible] . . . 6 gr.

[illegible]

[illegible] wolle . 6 gr.

zuvorschreiben . . 6 gr.

[illegible]

[illegible]

60

16 sec.

[illegible] schreiben . . . 6 gr.

[illegible]

PRELÚDIO

São Paulo, Brasil
ano do senhor de 2005

– É ela...

O delegado Montezuma, com sua voz grave, apenas confirmou as suspeitas. Pelo celular informava ao delegado Queiroz, seu superior e diretor da polícia federal em São Paulo, a identidade da mulher assaltada junto a uma das margens do lago do Ibirapuera, encontrada bastante ferida.

Ouviu do chefe o que tinha a fazer:

– Quero que dois dos nossos homens acompanhem a vítima até o Hospital das Clínicas, ajudem no que for preciso e depois me enviem o relatório completo de tudo o que for constatado.

A cena, deslocada para aquele recanto bucólico do parque, obrigava seus participantes a respirar um ar estranho, de odor pestilento.

Havia qualquer coisa que não se conseguia distinguir muito bem, é verdade, mas que sugeria ou pressupunha, pelo repentino silêncio do vento e dos pássaros madrugadores, terminar em murmúrios cheios de medo, ansiedade e... terror!

O ar úmido e pesado, alheio a quietude à sua volta, entrecortado aqui e ali de ligeiras sonoridades difusas, distantes, e até pelos primeiros roncos dos ônibus municipais, misturava sem nenhum pudor os cheiros excludentes de pinheiros e eucaliptos com o de peixes mortos a boiarem nas margens do lago.

Não muito distante dali, a maldade insinuava-se por ruas e avenidas da cidade tal qual serpente silenciosa à procura de alimento.

Era apenas outra das primeiras madrugadas de outono na cidade de São Paulo. Tempo em que tímidos recortes de verão, distraídos talvez, mas por vezes persistentes, vão ficando para trás nas irregulares mudanças de estação, assim como alguns dos imprevisíveis aguaceiros que costumam banhar a cidade entre o natal, o carnaval e até mesmo os calmos feriados da semana santa.

Conseguiria a vítima sobreviver?

Indiferentes ao fato, pequenas pontas de vento gelado, finas e cortantes, investiam como aríetes e batiam contra a copa das árvores e das vidraças dos nobres e elegantes edifícios das cercanias do parque, fazendo escorrer pela parte interna e semiaquecida das janelas dos apartamentos pequenas gotas de vapor criadas pelo contraste da temperatura.

Alguém madrugador que naquele instante se arriscasse a abrir as janelas ou persianas dos andares mais altos, em particular as que davam para o parque, teria sua atenção chamada para o piscar das luzes giroscópicas vermelhas e azuis de dois carros, um da polícia federal e outro da polícia civil, estacionados em frente a uma de suas muitas entradas e que, àquela hora matinal, já recebia os primeiros, corajosos e bem agasalhados andarilhos e ginastas.

O que não se podia descortinar dali, contudo, era o que se passava junto a uma das margens do lago interno, a que se voltava para o lado do monumento aos imigrantes, onde uma ambulância e outras duas viaturas policiais, também com suas luzes coloridas intermitentes, haviam conduzido a equipe da polícia federal.

Montezuma chefiava o mais competente e respeitável grupo da Divisão de Repressão a Crimes Financeiros. Sob sua observação atenta, homens trabalhavam, sisudos, alguns até de mau humor...

As primeiras luzes da manhã invadiam o verdejante cenário, amalgamadas em tons alaranjados e lilases, e deixavam entrever por entre os grossos troncos de eucaliptos espalhados pelo parque, dependendo do ponto de vista do observador, os contornos retilíneos do prédio em formato retangular da Assembleia Legislativa ou o arredondado das cabeças de cavalos e de homens em pedra, de Brecheret, que costumavam ilustrar muitos dos vários cartões postais da cidade.

O local onde estava caída a mulher, sua roupa rasgada, os hematomas por várias partes do corpo, a expressão de sofrimento, pareciam confirmar apenas uma hipótese para a polícia: um assalto premeditado, talvez uma vingança...

O delegado Montezuma e sua equipe foram para ali chamados após receberem o comunicado urgente do Departamento de Homicídios e Proteção à Pessoa da polícia civil.

Homens que com seus semblantes sérios e mal protegidos para o frio que começava, mas acostumados a esse tipo de situação, faziam o seu trabalho de maneira mecânica, concentrada e pouco falavam entre si.

Sob o movimento nervoso do facho de luz das poderosas lanternas policiais, o delegado Montezuma abaixou-se enquanto colocava luvas de látex. Tinha o rosto contraído e preocupado, como se tentasse adivinhar o *quê* iria acontecer dali para frente, pois do caminho de casa para o parque já imaginava o que o esperava e deixou de lado qualquer dúvida sobre o "osso duro" que seriam as investigações. Sua equipe e o doutor Queiroz não seriam importunados àquela hora da manhã por um assaltozinho qualquer...

A quem interessaria aquela violência?

Ano de eleições. O Ministério da Justiça iria jogar pesado, pois tinha interesse em que fatos daquela natureza não interferissem na campanha eleitoral que se iniciava. A opinião pública e determinados jornais, rádios e emissoras de televisão iriam se eriçar. *Prato cheio,* pensou.

Com delicadeza, o delegado Montezuma retirou a mecha de cabelos molhados que escondia parte do rosto de uma bela mulher, já próxima aos 40 anos. Em seguida, com os dedos indicador e polegar em forma de pinça, pegou o queixo da moça e virou-lhe delicadamente o rosto de um lado para o outro. Ainda respirava com imensa dificuldade.

A água se encarregara de limpar os vestígios de sangue, mas era nítido e expressivo o rito de horror estampado naquela face.

Os olhos, semiabertos, indicavam pelas pupilas dilatadas o pânico de quem enfrentara alguém ou alguma coisa aterrorizante, de força sobrenatural.

– Removam a moça o mais rápido possível para as Clínicas, ordenou Montezuma.

– Nenhum ferimento mais profundo?

– Delegado...

O policial que ajudava a segurar o corpo chamou a atenção de Montezuma. Indicava o que parecia ser um corte nas costas bem na altura do rim esquerdo. Corte superficial e que parecia ter sido feito propositalmente em forma de cruz. Ao redor do pescoço e nas costas, outros pequenos cortes e a presença de vergões arroxeados.

– Como descobriram a mulher? – perguntou o delegado da federal para o da civil.

– Um desses madrugadores que correm por aqui avistou as pernas por trás desses arbustos e ligou para o 190.

– Ele viu algum suspeito?

– Não, mas se identificou se precisarmos dele.

Com algum esforço, o delegado Montezuma conseguia disfarçar o desconforto e a preocupação que sentia, enquanto observava os paramédicos que colocavam a mulher na ambulância.

O silêncio entre os policiais se fez tão ou mais gelado quanto o da manhã que nascia.

PRIMEIRO MOVIMENTO

A vida é apenas uma história contada por idiotas, cheia de fúria e muito barulhenta, que nada significa...

***W. Shakespeare,* Macbeth,**
Ato V, cena V

Praia de Bertioga, Brasil
ano do senhor de 2005

O feriado de 21 de abril, dia em homenagem a Tiradentes, dava a muitos paulistanos, como sempre acontecia nessas circunstâncias, as melhores desculpas e as oportunidades de que precisavam para a curta semaninha de férias.

Milhares de formigas trabalhadoras, profissionais liberais e outras nem tanto, partiam à procura de descanso, congestionando as principais saídas da agigantada e nervosa metrópole. Muitas por vagabundagem mesmo – pois as cigarras também eram inúmeras – ou para matar aulas, já que ninguém é de ferro.

A jornalista Manina, uma dessas formigas, decidira usar toda a semana a seu favor em Bertioga, na casa de amigos, já que não sentia o gostinho de férias há mais de um ano.

Descontraída, pousou a xícara de chá de hortelã, ainda fumegante, sobre a mesinha ao lado da poltrona em que se deixara refestelar. De camiseta e shortinho, fixou os olhos no noticiário da TV à espera que anunciassem o novo papa.

A curiosidade inata e a ambição adquirida na carreira que escolhera eram dois predicados fortes de sua personalidade. Foi assim que, em pouco tempo, Manina conquistou a posição que a situava entre as melhores profissionais do país. Exercia uma das subeditorias do *Jornal da Cidade* e ainda arranjou tempo e disposição para comandar um programa de entrevistas semanais num canal de televisão por assinaturas.

Era o dia 19 de abril de 2005 e, sob muitos aspectos, uma terça-feira como outra qualquer. Não para Manina.

Em Roma, os relógios marcavam 19 horas, 16 horas no Brasil. A notícia, contudo, só viria a se confirmar no noticiário das 20 horas. Já próximo à meia-noite, na cidade eterna, a voz ecoou por toda a Praça de São Pedro:

*Annuntio vobis gaudium magnum, habemus Papam: Eminentissimum ac Reverendissimum Dominum, Dominum Josephum Sanctae Romanae Ecclesiae Cardinalem Ratzinger qui sibi nomem imposuit Benedictum XVI.**

O coração de Manina disparou.

De início não percebeu bem o porquê, mas, súbito, lá estava... O nome: Bento XVI. O cardeal atribuíra a si mesmo o nome de Bento XVI. Era isso: Bento, Benedictum, Benedetto.

Impossível não se lembrar das pesquisas feitas nas últimas semanas, nas horas de sono perdidas em leituras e mais leituras... Na repentina viagem a Milão sugerida pela direção do jornal... Os comprimidos para dormir... Como não ligar uma coisa à outra? Uma percepção apenas, fugaz, inexplicável, mas o suficiente para inquietá-la, arrepiar-lhe os pelos da nuca, como aos gatos e aos cães...

Vinha se sentindo assim nas últimas semanas, a sensibilidade à flor da pele.

Estariam, por acaso, para se confirmar as profecias de um desconhecido monge do século XI, de nome Benedetto de La Matina? Não, não poderia ser... Seriam coincidências a mais. E ela não acreditava em coincidências, pelo menos essas envolvidas em mistérios e profecias desconhecidas.

Benedetto de La Matina foi um dos primeiros, senão o primeiro, monges cistercienses da Itália e teria vivido entre os anos de 1065 e

* "Anuncio a todos uma grande alegria, temos Papa: o Eminentíssimo e Reverendíssimo Senhor D. José Ratzinger, Cardeal da Santa Igreja Romana, que atribui a si mesmo o nome de Bento XVI."

1099 da era cristã. Tudo faz crer que morreu ainda jovem e não foram encontrados documentos que comprovassem essas datas com exatidão. Mas a ele foram atribuídas algumas profecias que se dariam na passagem do primeiro para o segundo milênio da era cristã, entre elas a do surgimento do anticristo. Eram profecias satânicas.

Na verdade, não sabia os motivos pelos quais a morte do papa João Paulo II e a ansiedade provocada pela escolha do novo papa vinham lhe despertando tanta curiosidade. A não ser pelas tais pesquisas que o dever profissional vinha lhe exigindo no momento, em que algumas descobertas a intrigavam, sua vida religiosa não chegava a tanta devoção e interesse, embora, como católica pouco praticante que era, também reconhecesse autoridade na figura do Sumo Pontífice.

Pouco ouvira falar na escolha do papa anterior a esta, a do próprio João Paulo II. Sabia, entretanto, das suspeitas existentes quanto a morte de seu antecessor em Roma, o papa João Paulo I, cercada por algumas teorias conspiratórias dentro do Vaticano.

As anunciadas corrupções do Banco Ambrosiano, por exemplo, a atuação da loja maçônica P2 e a morte misteriosa de um funcionário do banco que se enforcou numa das pontes sobre o rio Tibre. Isso já era história, mas a notícia que acabara de ouvir... Não, não... Profecias não deveriam ser levadas tão a sério...

Manina notou pelo toque suave das mãos nas panturrilhas que já estava mais do que na hora de depilar as pernas.

Levantou-se para buscar o depilador e quase derrubou a xícara de chá.

Papa que atribuiu a si mesmo o nome de Bento XVI...

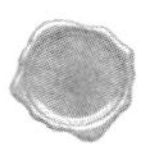

O escopo principal da reportagem na qual Manina trabalhava agora era o rumoroso caso de evasão de divisas e lavagem de dinheiro de conhecida igreja evangélica, Filhos do Tabernáculo, o que chamou a atenção da mídia e em particular do seu jornal para o assunto.

Embora o seu objetivo inicial fosse avançar na investigação sobre as origens e o destino do dinheiro arrecadado pela seita, uma vez a pauta tendo sido definida, o seu primeiro impulso foi o de assistir a um dos cultos onde o ritual do exorcismo era praticado e magnificado.

Não se tratava de saber somente sobre o dinheiro amealhado, mas em particular sobre as suas origens, as arrecadações mais antigas, aquelas que permitiram ao grupo a compra de inúmeros imóveis, emissoras de rádio, de uma editora e um canal de televisão.

De um assunto foi a outro com rapidez, isto é, do uso do dinheiro arrecadado às possessões demoníacas e às sessões de exorcismo.

Quando assistiu pela primeira vez a uma dessas sessões no principal templo dos Filhos do Tabernáculo, com pessoas possuídas pelo demônio ou pelo menos que se diziam possuídas, ficou tão impressionada com as cenas, que passou a ter pesadelos e a sentir dores de cabeça e enjoos.

Assustou-se com os terríveis gritos que ouviu e com as vozes rouquenhas dos possuídos, ficando admirada ao ver que após a sessão todos falavam naturalmente como se nada tivesse acontecido, como se apenas tivessem passado por um transe hipnótico.

Ao relembrar o fato, Manina sentiu – como de outras vezes – ligeiro arrepio pelo corpo, pois numa das muitas leituras feitas, encontrou o sobrenome da família de uma mulher morta pela Inquisição pela prática de bruxaria. Lá estava o sobrenome, tal qual no livro, na sua carteira de identidade e no passaporte, com todas as letras, *Berruel:* Manina Solanas Sanchez Berruel. Seu avô paterno, Ignácio Sanchez y Berruel, nascera na Andaluzia, na aldeia de La Puebla de Cazalla, vilarejo que ficava bem ao centro do triângulo formado pelas cidades de Sevilha, Málaga e Córdoba.

São Paulo, Brasil
ano do senhor de 2005

– Cantemos ao Senhor, irmãos... Agradeçamos a Ele por nossas vidas e por esse maravilhoso congresso que agora se encerra...

Os sustenidos e bemóis do hino evangélico reverberavam pelo vão central e escorriam desafinados pelas paredes do templo, entoados em sua maior parte por vibrantes vozes femininas, todas elas dispostas a conseguir a qualquer custo a salvação de suas almas ou a execração pública do demônio.

– *Venham irmãos, reunidos, a Jesus vamos louvar... Pois é ele quem nos salva e aos céus vai nos levar... Seu caminho é de paz, seu olhar tem muito amor, sua mão nas minhas chagas, livra o meu corpo da dor...*

A voz grave do bispo que comandava a cerimônia interrompia a cantilena e ecoava pelo monumental espaço físico do templo dos Filhos do Tabernáculo nos intervalos das estrofes...

– Ainda há tempo, irmãos, ainda há tempo para salvarem vossas almas do demônio e entregarem o vosso coração a Jesus (Amém!), pois só Ele poderá vos salvar dos pecados, só Ele poderá curar as vossas doenças... (Amém!) Só Jesus vai aliviar as vossas dores e os vossos males, acabar com os vossos sofrimentos nesse mundo (Amém!). Só Jesus vos resgatará para a vida eterna (Amém, amém, amém...). Repitam comigo: "Jesus vai me salvar, Jesus vai me salvar, Jesus vai me salvar! Ele vai arrancar o mal de dentro de mim... Aleluia!".

A euforia religiosa, espalhada entre a gente simples e de braços erguidos a balançar, que superlotava os quatro cantos do templo, empapava-se em suor e perfume barato, arrebatando e enchendo de esperança a multidão que saudava a aproximação do juízo final.

Eram centenas, milhares de fiéis a orar, e vinham de todas as regiões do Brasil. Respondiam aos apelos inflamados de seu líder, o bispo Hamilton. Como guerreiras e guerreiros de um exército destemido, acabado de sair das páginas do Novo Testamento, sempre prontos a expulsar demônios, a defenderem sua própria fé e seu amado comandante, esses milhares de peregrinos urbanos entoavam hinos, elevavam preces, glórias e aleluias ao jovem pastor e a Jesus Cristo.

A manifestação de tal fervor religioso, salpicada aqui e ali de discreto fanatismo, costumava fazer vibrar as paredes dos templos. Uma dessas construções já ruíra, vítima do excesso de lotação, da fé exacerbada e – porque não dizer – da ganância não menos explícita de seus pastores e obreiros.

– Jesus vai me curar, Jesus vai me abençoar, Jesus vai me salvar! Aleluia! Fora daqui, Satanás!

Ao sinal do bispo Hamilton, alguns de seus auxiliares obreiros foram avançando pelas laterais e pelo corredor central do antigo cinema Guanabara, galpão de imenso vão livre, transformado agora no maior templo religioso da América do Sul. Esperavam pelos primeiros sinais dos que estivessem possuídos.

Em menos de dez minutos já empurravam cadeiras de rodas, amparavam tipoias e muletas de alguns dos "doentes" escolhidos para serem "curados" ou "exorcizados" naquele fim de tarde dominical...

Preciso de férias, pensou o reverendo Hamilton, enquanto enxugava o suor do rosto e observava a multidão à sua frente. *Um cruzeiro pelas ilhas gregas, talvez? Bahamas? Miami? Bora-Bora, Seychelles?*

Vinha trabalhando em ritmo alucinante há quase três anos e, não fossem as pequenas doses de cocaína que consumia por vezes, era pouco provável que tivesse conseguido chegar até onde chegou.

Como imaginava para si o mesmo que já sucedera a Jesus Cristo, costumava pensar ou mesmo dizer para as poucas pessoas que desfrutavam da sua intimidade, Hamilton trazia junto da sua natureza humana as qualidades de um espírito que se julgava dotado de poderes sobrenaturais, mas não os costumava usar apenas para a satisfação de seus prazeres pessoais. Ou quase.

Desde que recebera a revelação, ainda na juventude, julgava-se um "escolhido". E tinha motivos para pensar e agir assim...

Pele morena clara, olhos ligeiramente esverdeados e com algumas rugas prematuras, Hamilton era o tipo latino que fazia sucesso com as mulheres, em particular com as mães quarentonas e cinquentonas que procuravam os seus templos. Não fosse pastor, tinha a figura apropriada para um cantor popular, com os primeiros fios brancos a despontarem nos cabelos corridos e que avançavam discretamente sobre as orelhas.

Apreciava esse seu lado *puramente humano*, divertia-se com ele até. Compartilhava, por assim dizer, das mesmas necessidades dos outros mortais, seus semelhantes, mesmo sabendo dos enormes poderes que possuía para alterar, em determinadas circunstâncias, os acontecimentos e as situações à sua volta.

O seu razoável conhecimento de psicologia de massas, a leitura sistematizada de obras sobre religiões e culturas antigas, com destaque para os evangelhos, consultas sobre bruxaria e alta magia, e a certeza adquirida ainda na adolescência de que nascera para cumprir determinada missão religiosa, ajudavam-no nessa tarefa.

Hamilton acreditava nisto sinceramente, ou melhor, convivia com essa realidade desde a infância. Impusera a si mesmo essa tarefa e nela acreditava como dogma. Nesse aspecto, e também como o Cristo, não podia ser considerado um homem comum, um homem que fosse inteiramente dono do seu próprio destino.

Sabia que com mais alguns anos, era o que diziam as antigas escrituras e profecias em que verdadeiramente acreditava, seu tempo e sua missão entre os mortais estariam completados. Obedecia a forças mais poderosas que a sua...

Terminaria dali a instantes o XI Congresso Anual dos Filhos do Tabernáculo, desta vez na cidade de São Paulo, cujos resultados financeiros revelariam, na ponta do lápis ou de qualquer moderna calculadora, sem contar a sonegação fiscal daquilo que não era do trabalho religioso, o caixa dois do reino dos céus e os seus significativos e gratificantes progressos.

Com o encerramento do congresso o momento para o gozo de bem merecidas férias era por certo o mais indicado para o reverendo Hamilton. A perspectiva de uma viagem, acompanhado por duas ou três jovens secretárias, excitava-lhe a fé.

Contudo, antes de tomar a decisão, o bispo Hamilton lembrou-se de que precisava *resolver certas pendências* com seu tesoureiro, homem que nos últimos meses vinha lhe criando alguns embaraços.

Pastor como ele e homem de sua confiança, pelo menos até agora, mais velho e experiente, a verdade é que o bispo Edmundo Antoniazzi – o primeiro e mais antigo tesoureiro dos tabernaculares ainda em atividade no Brasil e o número 2 na hierarquia da Igreja, membro e presidente do conselho de obreiros – não se conformava com os ganhos cada vez mais fabulosos de Hamilton, levando-se em conta que trabalhavam o mesmo número de horas e com a mesma energia e dedicação pela causa religiosa.

Não seria de todo improvável, imaginava Hamilton, *que na função que exercia o homem não estivesse desviando parte da arrecadação da seita e pensando em abrir a sua própria igreja. Não eram poucos os exemplos à sua volta. Precisava o quanto antes tomar uma atitude em relação ao seu tesoureiro...*

Andava Hamilton distraído com tais pensamentos terrenos quando, avisado por um de seus auxiliares, desceu do púlpito em que pregava a palavra de Deus para curar os seus doentes.

– Em nome de Jesus, eu digo que está curado, irmão! Levanta e anda! Glória aos céus e aleluia!... Do corpo dessa irmã te expulso, Satanás! Nele agora habitará o Senhor Jesus!... Amém, amém, amém!... O fogo divino irá queimar Satanás... Glória a Deus...

Com a fumaça branca lançada sobre a parte fronteiriça do púlpito engalanado de bandeiras e flores, esse altar eletrônico rebatizado pelos novos cristãos performáticos, Hamilton retirou-se para a sala especial do espaço reservado aos pastores assim que terminou a sua apresentação.

Ao abrir a porta da sala, ainda transpirando e alimentado pela própria energia que costumava chamar de diabólica, surpreendeu-se com a presença de dois delegados da polícia federal.

São Paulo, Brasil
ano do senhor de 2005

– Alô, pai?

– É ele...

– É o Diego... Preciso de uma ajuda sua...

– Diga lá...

– Como é mesmo o nome daquele seu amigo advogado, que andou defendendo presos políticos no tempo da ditadura?

– Dr. Aríclenes...

– Isso, esse mesmo... Nomezinho danado... Você poderia me dar uma ajuda?

– Depende... Que tipo de ajuda?

– É para uma matéria aqui do jornal e eu estava pensando em pedir uma ajudazinha a ele... Quero confirmar uma história intrigante daquela época que, se não me engano, foi contada por ele ao senhor.

– Bom, primeiro preciso confirmar se ele está em São Paulo.

– Tá bem... É que isso pode ser de grande valia profissional para mim, pai... Não imagina como...

– Vou procurar aqui o telefone dele e depois falamos.

– Tá certo, então... Assim que achar aí o telefone, me liga... Você poderia convidá-lo para um almoço aí em casa, que tal?... A conversa se daria mais à vontade...

– Vamos ver, vamos ver... Não posso prometer nada por enquanto, mas vou tentar...

– Ótimo, pai... Beijo, tchau...

Doutor Aríclenes, esse mesmo...

O homem tinha fama de advogado truculento e havia defendido presos políticos e integrantes do Esquadrão da Morte ao mesmo tempo, nos conturbados anos 1960. Figura sinistra, segundo o pai, mas ao mesmo tempo simpática e divertida, e que sabia histórias de arrepiar. Uma delas ficara gravada em sua memória, embora com lacunas e imprecisões...

Manina não perdia por esperar... Se a tal história se confirmasse e fosse verdadeira, ele iria investigar e passar as dicas para o diretor Marco Antonio, ganhando maior prestígio junto à direção.

O jornalista Diego, "matador de reputações", como era chamado por alguns de seus pares, trabalhava no mesmo jornal de Manina, o *Jornal da Cidade*, e não gostava dela.

Considerava-se um profissional moderno, muito embora quem lesse as matérias que assinava, não conseguisse entender o alcance dessa afirmação.

Andava sempre às turras com Manina e com ela se desentendia por qualquer coisinha. Motivos, quaisquer que fossem, não lhe faltavam, pois aspirava se tornar uma celebridade na profissão escolhida.

Na verdade, sentia-se mais diminuído do que confrontado profissionalmente com tal situação. Ainda por cima, ser humilhado por uma mulher que, a bem da verdade, construía sua fama profissional mais na cama e em barzinhos noturnos do que na frente de um computador. Era essa, pelo menos, a imagem que fazia da colega.

Diego desligou a televisão que ficava em frente à sua mesa de trabalho na redação do jornal. Tinha por hábito deixá-la sempre ligada, mas resolveu pensar a sério no assunto Manina. O telefone tocou.

– Diego.

– Achei o telefone do Aríclenes... Você telefona ou eu?

– É melhor você, pai... Eu não tenho intimidade com ele.

– Ok. Já falei com a sua mãe e, se ele estiver em São Paulo, marcamos um almoço no domingo.

– Maravilha, doutor Machado... Brigadão e um beijo.

Diego era assistente de redação para assuntos gerais, na verdade uma função estratégica inventada por Cesar Augusto, o outro sócio e também diretor do jornal, seu padrinho na empresa.

Era preciso relaxar e pensar a sério qual seria a melhor maneira de aprontar com Manina. Essa lembrança do advogado veio em boa hora. Valia a pena tentar por aí, retomar a ideia. Não tinha nada a perder... Pelo contrário.

Não era pela matéria em si, mas pela polêmica que poderia causar. Tinham lá sua notoriedade esses evangélicos, é certo, alguns deles endinheirados, refinados até, mas não era por aí que iria meter o seu pezinho. Ou melhor, *podia até se interessar pela cobertura, jamais pelo fundo do tacho...*

Confiante e já menos excitado, digitou novamente o celular. O final de semana poderia ser mais relaxante ainda, claro...

– Ronaldo? E aí, cara? O que é que você vai fazer amanhã, já tem algum compromisso?... Ótimo, quer ir tomar uma cerveja lá no *The Week*? Eu pago... Preciso relaxar e lhe contar umas coisinhas... Dez horas? Está ótimo... Beijo.

[illegible] mb.
[illegible]
[illegible] termin[illegible]
[illegible]
[illegible] Octobr [illegible]
[illegible]
[illegible]
[illegible] mynim [illegible]
[illegible]
do [illegible]
[illegible]
ctob. [illegible]
[illegible]
[illegible] Nov[illegible] ib.
[illegible]
[illegible] Novemb. [illegible]
[illegible]
[illegible] 4 Decemb. [illegible]
[illegible]
Decemb [illegible]
[illegible]
[illegible] cemb. [illegible]
[illegible]

São Paulo, Brasil
ano do senhor de 2005

De volta ao seu confortável apartamento no Jardim Paulistano e após perder cinco horas na cansativa viagem domingueira entre Bertioga e São Paulo, como calculara, aliás, Manina massageava as pernas bem depiladas e o colo com creme revitalizante, em ritmo suave, ritual que costumava obedecer com disciplina, sempre que o corpo dava sinais de fadiga.

A semana passada na praia em casa de amigos da família fora maravilhosa, exceto pela volta, claro, com os problemas de sempre na estrada.

Manina, no entanto, mesmo cansada, não era pessoa que se aborrecesse com facilidade e nem se deixava levar por imprecações desnecessárias. Logo relaxava. Não costumava guardar mágoas e levava dentro de si um pouco daquilo que vulgarmente se chamava de sentimento cristão.

Ia de vez em quando à igreja, mais para meditar do que propriamente por um ato de fé. Catolicismo herdado de sua educação nada austera por parte do pai, mas quase que exigido por sua carinhosa e protetora mãe espanhola.

Respeitou o desejo materno sem desagradar às ideias do pai e considerava isto uma proeza de atitude e de comportamento que jamais resvalara para o cinismo, numa família de sangue *caliente*. Nutria especial carinho pelos pais, já velhinhos.

Soube quase sempre administrar os problemas da sua pouca religiosidade com autoconfiança, mas por vezes se sentia preterida ou mal compreendida pelos amigos mais velhos, antigos colegas de colégio ou da universidade e, no momento, até por alguns dos companheiros de trabalho.

Impressionava-se ainda com o fato de ouvir as pessoas se dizerem religiosas, mas não praticarem a religião ou os seus ensinamentos básicos com um mínimo de consciência e discernimento, como ela mesma costumava fazer... Não fugia à questão... Já chegara em diversas ocasiões a duvidar da existência de Deus.

Mirou-se outra vez no espelho e confirmou que o bronzeado da pele se dera todo por igual, conforme planejara. Graças não só à presença constante do sol durante os feriados, mas pelo fato de ter ficado sozinha e nua, por muitas horas, inteiramente à vontade no *deck* da piscina no casarão de Bertioga.

Sentia-se feliz por ter aproveitado o melhor que pôde as suas pequenas férias, não só tratando bem do corpo, mas por ter mergulhado com grande interesse na leitura de dois livros de temas religiosos, um deles sobre fatos da Inquisição em Portugal e na Espanha e o outro que narrava a constituição de seitas de adoradores do demônio na Europa Central e no Reino Unido.

Neste último havia, inclusive, vaga referência a determinado monge que vagou ao pé dos montes dolomitas, mas sem citar-lhe o nome. Seria Benedetto de La Matina? Tudo indicava que sim.

Entregava-se a essas leituras com prazer, mas também pela necessidade atual de pesquisar o mais que pudesse para a matéria jornalística na qual estava metida até a medula, ainda que atrasada e incompleta, tema que gostaria de levar para o seu programa de televisão.

Não resistiu a se olhar outra vez no espelho e gostou do que viu.

Embora o cristianismo histórico apresentasse a mulher como fonte de pecado e perdição, um ícone insinuante e provocador de Satanás, combatido a ferro e fogo pelas várias inquisições e pela instituição do celibato entre os católicos, considerou por certo, ser a sensualidade um dom divino, e também uma arte.

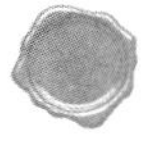

Por qual razão tenho eu que me preocupar agora com essas controvérsias da religião?

A prática religiosa, o sentimento religioso, tal como o entenderam os mais velhos da sua geração ou os da geração de seus pais e avós parecia ser hoje cada vez mais coisa do passado. Após 2 mil anos de cristianismo, com todas as suas cruzadas, dissensões, reformas e guerras, continuamos por aqui sem saber o como e o porquê de multiplicar pães e peixes, o como e o porquê de oferecer a outra face... Ao contrário.

Sua religiosidade era assim: paradoxalmente racional, prosaica, terra a terra. Trazia Deus para junto do homem comum e não o contrário.

Lembrou-se do novo papa enquanto jogou o roupão branco sobre o corpo bronzeado e caminhou até a biblioteca da sua sala de trabalho. Pertencia ele a Opus Dei, é o que se comentava.

Precisava reavivar as referências encontradas sobre o monge Benedetto de La Matina, sua mais recente obsessão. Suas profecias, suas relações com o Diabo.

O toque do celular sobre a mesa de trabalho da sua biblioteca despertou a jornalista de suas considerações, assustando-a. Desde que resolvera ler e conhecer mais sobre exorcismos e seitas demoníacas tornara-se uma pessoa assustadiça. Atendeu.

– Olá, Marco Antonio, como vai?... Marcação em cima, hein?... Mal acabei de chegar da praia... me bronzeei toda, estou linda de morrer!... Tá bom, tá bom, só porque você quer!... Como?... Você tem uma bomba para mim?... Então diga logo qual é... Hum, hum... Ok, entendi... Falamos amanhã na sua sala? Tá bem... Chego, sim, chego o mais cedo que der.

mb.

Octob.

nb.

vemb.

4 Decemb.

Decemb.

Decemb.

São Paulo, Brasil
ano do senhor de 2005

– Desculpe, reverendo Hamilton, mas não tivemos alternativa senão invadirmos o seu escritório e a sua privacidade... religiosa.

O delegado Montezuma, mineiro de Varginha e com sua barriga levemente avantajada, cabelos bem penteados, tinha feito o curso de Direito em Curitiba e era pessoa cortês, pelo menos nos primeiros diálogos de uma investigação. Postura, discernimento e método eram o seu lema.

O cenho franzido e o olhar direto para os seus interlocutores davam-lhe a aparência de um homem severo, provavelmente de modos abrutalhados. Calos adquiridos nos vários anos de profissão.

Era exatamente o contrário. Tão logo a conversa avançava, surgia por detrás da máscara profissional do delegado a pessoa afável que era. Sabia dialogar em termos civilizados. Obedecia às novas determinações, aos recentes modos de agir e ao comportamento civilizado de uma polícia federal renovada e que, na sua perspectiva, tornava-se mais disciplinada, republicana e moderna.

Montezuma trabalhava há seis anos diretamente subordinado ao delegado Paulo Queiroz na Superintendência da PF no Estado de São Paulo. Inquiria o bispo Hamilton em respeitosa distância. Já o delegado Novaes, seu colega na empreitada, estrategicamente situado a uma distância bem calculada entre o bispo Hamilton e a única porta da sala em que estavam, era homem vindo de quadros mais antigos da instituição a que pertencia, não possuía as características de Montezuma nem era mineiro, mas paraense de Ananindeua, arredores de Belém. Também não tinha a barriga avantajada, mas, por outro lado, apresentava os primeiros sinais de calvície.

Embora sua posição não o obrigasse, Novaes costumava usar em operações de rua o boné preto da corporação com as letras PF em amarelo, muito mais para esconder a calva do que por outro motivo qualquer. Dividia-se entre o silêncio e a fala franca de voz retumbante, atitude que o desobrigava da cortesia dissimulada e o colocava na confortável posição de observador atento a movimentos e expressões faciais de eventuais suspeitos.

– Há dois dias que tentamos encontrar o senhor, mas a sua segurança lhe protege muito bem, reverendo!

– É para isso que eles são pagos... E muito bem pagos, por sinal.

Novaes olhou para Montezuma dando a entender que percebera a arrogância da resposta. O bispo continuou:

– Mas posso saber o motivo dessa visita em dia tão especial para os Filhos do Tabernáculo? E, se não se importam com essa minha natural curiosidade, poderiam dizer como chegaram até aqui sozinhos?

– Uma coisa de cada vez, respondeu o delegado Novaes, procurando demonstrar tranquilidade na sua atitude e agora encostando o corpanzil de um metro e noventa na porta de entrada para evitar interrupções.

– Uma coisa de cada vez... No que nos diz respeito, para chegarmos até aqui com educação, bastou ir mostrando aos seus seguranças bem pagos os nossos distintivos, que tanto podem abrir as portas do céu como as do inferno...

Ganhou logo a antipatia de Hamilton pelo uso inapropriado da metáfora.

– Na verdade, reverendo, o fato de estarmos aqui justo no encerramento do seu congresso, o motivo principal, quero dizer, não tem a ver propriamente com a sua pessoa ou com o evento, pelo menos é o que pensamos em princípio, mas tem a ver com o seu colega Antoniazzi... O pastor Edmundo Antoniazzi.

– Eu já desconfiava.

– Desconfiava?

O discreto Montezuma intrometeu-se na conversa.

– Interessante... Posso saber por quê?

– Alguns indícios de que o homem anda mijando fora do penico.

O delegado Montezuma surpreendeu-se não só pela indiscrição, mas pela irreverência da linguagem.

– Sem qualquer gozação, reverendo, não sabia que era dado a esse tipo de linguagem...

– Para cada público uso a linguagem que considero mais adequada, devolveu Hamilton, olhando com firmeza para Novaes.

Dali para frente o embate com o pastor seria mais difícil. Montezuma não gostou do tom de voz inamistoso do bispo.

– O senhor, então, vê o policial como um homem ignorante, longe dos preceitos religiosos, um grosseirão de linguagem vulgar, incivilizado, truculento, para ser mais exato?

– Talvez, talvez... Mas dependerá muito da situação... Em algumas ocasiões, acho que sim. Mais pela maneira habitual como agem os policiais, confesso... Pela demonstração em excesso de autoridade e de arrogância com que se comportam na maioria das vezes, digamos assim, ou ainda pela quase certeza da impunidade dos atos praticados.

– Mas essas características, *digamos assim* – retrucou Novaes imitando o pastor – , essas características por vezes só são evidenciadas, quando o são, ao tratarmos com perigosos bandidos, reverendo.

Dessa vez o olhar do pastor para o delegado Novaes foi mais duro e este, instintivamente, olhou na direção de Montezuma. A conversa estancou por um momento.

A ancestralidade espiritual do pastor Hamilton, ou o que se poderia definir como tal, invadiu a sala fazendo os dois policiais sentirem repentina mudança na temperatura, sem saberem como explicar o fenômeno.

Cuidaria deles no seu devido tempo, pensou o bispo.

– O que desejam saber sobre o pastor Antoniazzi?

– Na verdade, as informações que gostaríamos de obter dizem mais respeito ao senhor como líder da igreja do que propriamente ao seu tesoureiro, mas podemos começar por ele – , respondeu Novaes, já refeito do ligeiro mal-estar.

– Não foi *exatamente isso* o que o senhor acabou de dizer, delegado – retrucou Hamilton sublinhando com sarcasmo e ênfase a contradição apontada.

Novaes absorveu a acusação de incoerência sob o sutil olhar de reprovação de Montezuma.

Embora cultivasse, por vezes, aquilo que considerava ser a sua quota de onisciência, Hamilton não percebia aonde os policiais queriam chegar.

– E por qual motivo diriam respeito a mim?

Montezuma finalmente tomou a palavra com um pouco mais de eloquência para mostrar que era ele o comandante da ação policial.

– Como o reverendo deve saber, homem bem informado que é, a polícia federal, sua parte sadia pelo menos, tem procurado desenvolver um trabalho sério e imparcial sobre muitas das mazelas da sociedade brasileira nesses últimos quatro, cinco anos. Gente nova, bem treinada, competente e que tem sabido tratar alguns temas delicados até com alguma discrição...

– E outros com nervosismo ou com espalhafato, muitas vezes com a ajuda dos jornais e da televisão... Mas está bem, delegado, vá direto ao assunto.

Montezuma pareceu ignorar o aparte com naturalidade.

– Contrabando, terrorismo, caixa dois para campanhas políticas, sonegação de impostos, licitações públicas com cartas marcadas e distribuição de propinas, remessa ilegal de dinheiro para fora do país, narcotráfico, grilagem de terras, mortes de trabalhadores rurais, lavagem de dinheiro, corrupção ativa e passiva, empresas de assessoria fajutas, importação fraudulenta de produtos para lojas grã-finas, escutas telefônicas clandestinas e tantos outros ilícitos têm sido motivos de investigações incansáveis de nossa parte, pois o Brasil se acostumou a algumas dessas falcatruas e parece que não tem sabido muito bem lidar com elas, ou melhor, não tem sabido combatê-las com o rigor necessário... Em particular para com aqueles que deveriam dar o exemplo, não acha?

– E onde entro nisto? Hamilton procurou demonstrar tranquilidade e até indiferença com aquele discurso.

Os dois funcionários da polícia federal, como duas águias, observavam todos os movimentos do pastor que, por trás de um rústico biombo de madeira, ia se desfazendo dos seus paramentos religiosos e vestindo a sua roupa de civil, se assim se poderia dizer.

– O senhor está informado, com certeza, das grandes preocupações que o Departamento de Estado norte-americano vem tendo com a movimentação de terroristas pelo mundo, rastreando contas bancárias, casas de câmbio, em particular em determinadas regiões, como a tríplice fronteira entre Paraguai, Brasil e Argentina...

– Continuo a não perceber, delegado.

Novaes desencostou-se da porta e aproveitou o espelho à sua frente para fingidamente arrumar o boné e observar os movimentos do bispo por trás do biombo, notando que ele tinha uma palavra tatuada no ombro, mas que não conseguiu distinguir.

– Já chegamos lá, reverendo, já chegamos lá, se o senhor não ficar interrompendo...

A antipatia entre Novaes e Hamilton aumentava a cada segundo da conversa... Montezuma, apesar da admiração pelo colega, começou a desconfiar se não teria escolhido o parceiro errado para aquela delicada missão. Seria prudente intervir.

– Novaes, talvez fosse melhor você ficar guardando a porta pelo lado de fora, pois eu gostaria de não ser interrompido enquanto explico aqui direitinho ao reverendo o que nos trouxe até ele.

Novaes percebeu a dica e mesmo a contragosto saiu com algum alívio, pois começara a suar nas mãos e não gostava de se mostrar nervoso nas tarefas que cumpria.

– Assim ficamos mais à vontade, emendou Montezuma.

– Admiro sua sensibilidade, delegado, disse Hamilton em discreto desabafo, enquanto passava gel nos cabelos e se preparava para penteá-los.

Novaes saiu da sala afrontando novamente o olhar do bispo.

– Pode deixar, Montezuma, aqui não vai entrar ninguém.

– O meu colega é boca dura, mas é boa gente, reverendo.

– Estou à sua disposição, só que não tenho muito tempo –, avisou Hamilton, abstendo-se de qualquer outro comentário sobre Novaes.

Montezuma continuou.

– Voltando à tríplice fronteira... Por trás dos interesses econômicos que provocam esses confrontos entre os árabes, os muçulmanos melhor dizendo, e os americanos e ingleses em especial, existe também o conflito religioso e cultural... Como pastor o senhor deve saber bem do assunto... O próprio presidente Bush referiu-se a alguns países como se fizessem parte de um suposto eixo do mal, e esses, por sua vez, responderam que os Estados Unidos é que são a encarnação do demônio.

O bispo Hamilton colocou o pente sobre a mesa que lhe servia de aparador e lançou dessa vez um olhar mais do que curioso para o delegado Montezuma, um olhar divertido, como que para saber até onde aquela lenga-lenga chegaria.

– Não deixa de ser surpreendente ver o mal sempre identificado com o demônio, não?... Mas por que o senhor não vai direto ao assunto, delegado? Não precisa dar tantas voltas, fazer todo esse enorme discurso.

Montezuma considerou que era o momento certo para acender um dos quatro ou cinco cigarros que fumava por dia.

– Está bem, vou direto ao ponto... O governo, o Ministério da Justiça, para ser mais preciso, pediu a colaboração da polícia federal e nos instruiu para que ficássemos mais atentos às fronteiras do país, não só a tríplice fronteira, mas à movimentação para outros países...

E, nessa tarefa, pudemos constatar que o número de viagens do seu tesoureiro Antoniazzi para Montevidéu, Miami e Bogotá nos últimos meses é bastante significativo.

– Estarei por acaso entendendo que há qualquer insinuação de alguma ligação da minha igreja com atos terroristas, delegado?

– Claro que não, reverendo, devo ter me expressado mal... O que essas viagens apontam são, supostamente, prováveis remessas de dinheiro para o exterior feitas pela sua igreja.

– E isto seria um problema assim tão importante para a polícia, já que temos nossa missão evangelizadora espalhada por vários países?

Hamilton indicou uma cadeira ao delegado.

– É o que gostaríamos de saber, reverendo... É exatamente isso o que gostaríamos de saber, o senhor tocou o dedo na ferida.

[illegible] 10 gr

[illegible] terminum [illegible] vorschreiben
[illegible]
[illegible] 10 gr
[illegible] terminum
[illegible] zu proce-
[illegible] 10 gr
[illegible]
[illegible] vorschreiben 10 gr
m [illegible] zu vorschreiben [illegible]
procediren [illegible] 10 gr
[illegible] terminum
zu procediren 10 gr
[illegible] terminum
[illegible] zu pro-
schreiben . . . . 10 gr.
Octob. des [illegible] und seinen
[illegible] 8 gr.
[illegible] vorschreiben 8 gr.
6. den terminum
[illegible] zu procediren 10 gr.
den terminum und
zu procediren . . . 10 gr
[illegible]
[illegible] . . . 10 gr
[illegible]
[illegible] 6 gr
[illegible] 6 gr
[illegible]
[illegible] 6 gr
[illegible] vorschreiben 6 gr
[illegible]

60

16 sec.
[illegible] 6 gr
[illegible] 15 gr

INTERLÚDIO 1969

São Paulo, Brasil
Ano do Senhor de 1969

A viatura, uma Chevrolet C-14 preta, de chapa fria, avançava como um felino à procura da caça. Vagarosa e em silêncio, deslizou pela rua lateral ao Colégio Nossa Senhora Auxiliadora das irmãs salesianas em Campinas, no interior de São Paulo. Estacionou próximo à esquina de onde se divisava a porta principal do educandário, com seu pórtico majestoso entalhado em madeira de lei e encimado por vitrais de rosáceas coloridas.

O homem que estava sentado no banco da frente da viatura, ao lado do motorista, consultou o seu relógio de pulso. Eram quase 6 horas da manhã e a noite tinha sido maldormida. Detestava essas "incertas" nas madrugadas. Estava cansado e com fome. Tudo por causa desses comunistas, esses malditos comunistas, subversivos de merda aparentados com o demônio...

O motorista por sua vez, policial como ele, tinha outro temperamento e era homem de poucas palavras civilizadas... e muitos impropérios. E, ainda por cima, adquirira o péssimo hábito de fumar com as janelas do carro fechadas. A ordem era vigiar e esperar pela abertura do portão da rua e pela porta principal do colégio.

Toda a operação designada àquela equipe de policiais tinha que ser executada com discrição e chamar o menos possível a atenção de eventuais curiosos. Tratava-se, por enquanto, de suspeitas apenas, de uma denúncia, mas com o pessoal da subversão – esses bandidos terroristas que consumiam o imaginário dos órgãos de repressão e da imprensa – todo o cuidado era pouco.

O investigador Alberto, chefe da operação, não era homem afeito às diligências contra delitos políticos, não era essa a sua praia. E muito menos gostava de campanas feitas ao nascer do sol, mas ordens eram ordens e ele não estava nada disposto a ter que enfrentar de uma só vez o delegado Matoso, seu superior, bem como o delegado regional ou ainda ter os cardeais de São Paulo no seu calcanhar por não cumprir corretamente com as suas responsabilidades. Consultou novamente o relógio de pulso. Cinco e cinquenta e nove da manhã.

O dia começava a clarear num dos lados da cidade, mas nada indicava que por ali o sol fosse aparecer tão cedo, apenas ameaçava.

No banco de trás da C-14, dois outros investigadores de Segunda Classe, mal-encarados, um deles com sua metralhadora INA a tiracolo, conversavam em voz baixa sobre o resultado do jogo de futebol entre as equipes do Santos e do Corinthians disputado na noite anterior. Eram ambos corintianos e mostravam-se revoltados com o resultado, uma acachapante derrota do seu timão para o time de Pelé, e debitavam a culpa – para variar – aos erros do juiz e à diretoria incompetente do clube.

Finalmente, às seis horas em ponto, abriu-se a porta de carvalho maciço do colégio e uma bela jovem de hábito cinza e véu branco, limpos e bem passados, pele alvíssima e algumas sardas espalhadas pelo rosto diminuto acabado de lavar, desceu as escadas e veio abrir o portão da rua. Seus passos curtos, despreocupados e inocentes harmonizavam-se com o cenário à sua volta.

Os policiais do banco de trás da viatura policial se retesaram como dois felinos à espreita da caça, numa simbiose perfeita com o carro em que estavam.

– Calma – , disse o investigador Alberto com o tom de voz sussurrante, procurando mostrar tranquilidade...

– Não podemos afugentar a caça e, acima de tudo, nada de violência... Não quero problemas com a Igreja.

– Mas a freira não é comunista? – A pergunta veio do investigador mais atarracado do banco de trás, com sua expressão de um Einstein às avessas.

– Ainda não sabemos... E se for, só pode ser uma aberração. Como é que noivas de Cristo podem ser comunistas?

– Noivas de Cristo? – perguntou o Einstein, franzindo a testa.

– Deixa prá lá... A ordem é levá-la para ser interrogada... Não vamos assustar essa mocinha que abriu o portão... Não é ela quem nós procuramos... Miranda, você vem comigo... O Brandão e o Josenildo ficam na viatura e de olho em quem entra e sai... E nada de violência, hein?... Por enquanto não há necessidade.

O Colégio Nossa Senhora Auxiliadora era uma imponente construção dos anos 1940, com paredes de cor cinza, chapiscadas, sólidas, de pé-direito alto e com suas portas externas de dimensões maiores que as usuais. Vitrais coloridos, em estilo gótico, embelezavam uma de suas laterais. A porta de entrada abria-se para o corredor revestido de ladrilhos portugueses coloniais, que levava o visitante ao primeiro andar do edifício.

Ao fundo do corredor, logo após as escadarias de madeira escura e corrimãos trabalhados, que davam acesso ao segundo andar do prédio de aulas, ficava a sala onde funcionava a secretaria e, em frente a esta, a sala dos professores.

Diante das circunstâncias, os dois policiais ajeitaram-se o melhor que puderam e caminharam, sem demonstrar pressa, ao encontro da jovem freira que acabara de abrir os portões. Alberto era religioso e não se sentia nada a vontade para aquela missão. Miranda, ao contrário, não tinha religião e fora trabalhar na polícia civil por pura falta do que fazer, ainda assim empurrado pelo cunhado, carcereiro em Jundiaí e casado com sua irmã mais velha.

– Bom-dia – cumprimentou Alberto em tom de voz que demonstrava respeito.

A freira olhou para os dois homens descortinando ligeira expressão de surpresa e respondeu com voz sumida ao cumprimento:

– Bom-dia...

– Gostaríamos de falar com a irmã Isabel, ela está?

– Não sei se ela já acordou – , balbuciou a freirinha, ainda estranhando a visita de dois homens, um deles com a barba por fazer, àquela hora da manhã.

– Mas posso ir ver, se me disserem do que se trata...

– O assunto é pessoal, irmã...

Alberto tirou do bolso do paletó a sua carteira funcional de investigador da polícia civil e estendeu-a educadamente para a religiosa à sua frente.

Os dois investigadores não ficaram indiferentes à reação da moça, que pareceu corar ligeiramente as suas bochechas clarinhas e piscar os olhinhos verdes acastanhados mais que o necessário.

– Mas por que alguém da polícia iria querer falar com ela a essa hora da manhã?

Outra personalidade, a demonstrar astúcia e presença de espírito, surgiu repentinamente de dentro daquele ser celestial que acabara de receber os policiais. Eles se entreolharam, as antenas ligadas pelo vício da profissão.

– Assuntos sérios e urgentes não têm horário para a polícia, irmã...

– Angélica – respondeu a freira.

Não poderia haver nome mais apropriado, pensou o investigador Alberto.

– Se a senhora não se importar de nos levar até ela...

– Está bem, vamos entrar... Só peço aos senhores para aguardarem uns minutinhos na recepção, pois vou ver se ela está em condições de recebê-los.

A irmã Angélica, sobrancelhas arqueadas pela desconfiança, deu as costas aos dois policiais e atravessou a porta de entrada com estudada tranquilidade.

Como dois cães farejadores, os investigadores colaram-se atrás dos passos da religiosa e foram avançando corredor adentro. Ao passarem por um tosco banco de madeira, a freira pediu aos dois investigadores que se sentassem e aguardassem. Estes se entreolharam e ficaram alguns segundos indecisos, mas permaneceram de pé. O ar à sua volta recendia a desagradável e estranha mistura de óleo de peroba, velas queimadas e água sanitária.

– Não se preocupem, se ela estiver em condições de recebê-los virá até aqui, dou a minha palavra.

A irmã Angélica abriu a porta situada bem em frente ao banco em que se postaram os policiais, atravessou o pequeno corredor que desembocava num pátio retangular, onde ao centro se destacava modesto chafariz de acanhadas proporções e laterais lodosas, incrustado num canteiro cercado de violetas e florzinhas boca-de-lobo, amarelas e roxas.

Para o pátio convergiam portas e janelas de alguns dos quartos que serviam de dormitórios às freiras. Parou em frente a um deles e bateu com delicadeza na porta. Por cautela, os policiais mantiveram aberta a porta que dava para o pátio.

– Irmã Isabel, a senhora tem visitas.

A freirinha esperou pela resposta. A porta foi então entreaberta com economia de movimentos, o suficiente para deixar a descoberto o rosto ainda jovem da dona do quarto, uma mulher ao redor dos trinta e poucos anos de idade, não de todo bonita para os padrões mundanos, mas de compleição suave e traços delicados, muito embora os olhos negros e atentos demonstrassem a acuidade das aves predadoras.

A expressão e a direção desses olhos, denunciando alguma surpresa, não estavam dirigidas aos da irmã Angélica, mas ultrapassavam os contornos de seu rosto e se fixaram na figura do investigador Alberto, que tentou esboçar um sorriso. A irmã Angélica falava em um tom quase de sussurro:

– Aqueles dois homens gostariam de conversar com a senhora, irmã.

– Disseram do que se trata?

– Não, mas a ordem que têm é de que a conversa seja na delegacia.

– Na delegacia?!... Estou sendo presa, por acaso? Vá lá e pergunte a eles.

Irmã Angélica atravessou o pátio para cumprir a sua inesperada missão matinal.

– Os senhores por acaso estão levando presa a irmã Isabel?

Com alguma timidez e constrangimento a irmã Angélica usou o mesmo tom de voz da sua superiora. O investigador teve vontade de rir, mas se conteve.

– Ela teria motivos para isso ou para temer falar conosco?

– Estou apenas fazendo o que ela pediu.

– Não é propriamente uma prisão, mas um convite para esclarecimentos sobre alguns estudantes que costumam se reunir aqui no colégio.

– Só um momentinho, então...

Irmã Angélica voltou até a porta do quarto. Os dois investigadores se entreolharam mais uma vez com caras de deboche e também de poucos amigos. Alberto resolveu que já era hora de acabar com aquela frescura. Atravessou o pátio e se colocou entre as duas religiosas.

– Isso não pode ser após o almoço?

– Infelizmente, a ordem é para levar a senhora agora.

Num gesto mecânico, ao sentir a mão forte do investigador agarrar-lhe o braço, a irmã Isabel segurou o crucifixo que trazia dependurado sobre os ombros.

– Irmã Angélica, diga à Madre Diretora que não devo demorar.

A irmã Isabel foi colocada entre os investigadores Brandão e Josenildo no banco do meio da C-14 preta da polícia civil que, sem fazer alarde, entrou pela porta dos fundos da 81ª DP de Campinas. Passavam-se poucos minutos das seis e meia da manhã e o sol espreguiçava, ainda indolente e sem forças para vencer o nevoeiro particularmente espesso daquela madrugada.

A operação, bem-sucedida, transcorreu com a discrição exigida e esperada, pois alguns dos policiais envolvidos, apesar da impunidade de que desfrutavam para prisões de subversivos e terroristas, como eram chamados os que confrontavam o poder ditatorial de um regime imposto ao país pelas armas, ainda tinham temores diante das batinas ou dos hábitos das religiosas. Nem todos – é verdade – mas em cidades do interior as querelas entre o poder eclesiástico e o poder do Estado eram, por vezes, delicadas e demandavam certos cuidados das partes envolvidas. Ainda mais no caso presente.

Tratava-se, em princípio, de diligência para simples averiguação. Pelo menos é o que pensava aquela equipe de capturas da 81ª DP, encarregada de buscar a freira e que, cumprida a missão como determinado, foi logo dispensada pelo delegado de plantão.

Entregue aos responsáveis pelo interrogatório que começaria em seguida, pois as primeiras 24 horas eram importantíssimas para a polícia, a irmã Isabel não poderia supor que sua vida, a partir daquele instante, sofreria inimaginável e dolorosa virada de 180 graus nas mãos dos seus algozes. E para o resto de sua vida...

Deixada a sós na sala do delegado Olegário Matoso, conhecido na cidade e na região por ser um homem irascível e truculento, a religiosa mais ou menos já imaginava as perguntas a que seria submetida, pois tinha consciência de que havia permitido a alguns estudantes utilizarem salas do Colégio Nossa Senhora Auxiliadora para reuniões de caráter político, reuniões subversivas segundo os governantes militares. Assim agira de acordo com sua consciência cristã e humanista. Eram meninos e meninas, alguns ainda com menos de 18 anos de idade...

O que não imaginava, contudo, era o modo com qual a polícia a interrogaria para obter não necessariamente a confirmação dessas reuniões, mas os nomes dos estudantes, de seu eventual líder e, sobretudo, se ela concordava com o que ali se discutia e se tinha ligação com outros grupos subversivos.

Enquanto aguardava para ser interrogada, a freira procurou evitar o nervosismo que lhe consumia por dentro, e decidiu se concentrar no ambiente à sua volta observando os pormenores da sala em que estava, onde se destacavam a mesa escura do delegado, a mesinha ao lado com uma máquina de escrever, supostamente de algum escrivão, os dois retratos na parede, separados por um crucifixo de madeira escura, um do governador do Estado e outro do presidente da República. Ouviu a porta da sala se abrir, mas não se virou para olhar.

Acompanhado de seu escrivão, o delegado Matoso entrou na sala numa atitude pacífica, mas com a natural postura de "dono do pedaço". Homem de 1,75 m de altura, ombros largos que denunciavam seu passado atlético, bigode negro e espesso, olhos castanhos escuros e ligeiramente baços por trás dos óculos de aros finos, o delegado mostrava uma pequena cicatriz vincada no queixo, herança de antiga briga de bar na juventude, ao tentar apartar uma prostituta de seu cafetão.

Na delegacia, poucos sabiam a idade certa do delegado, mas tudo indicava caminhar entre os 50 e os 55 anos.

Sem olhar para a frágil figura sentada à sua frente, nem mesmo cumprimentá-la, Matoso tirou o paletó e colocou-o sobre o encosto de couro desenhado da sua cadeira, deixando à mostra os berrantes suspensórios elásticos de cor vermelha que lhe seguravam a calça.

O escrivão, de nome Silas, rapaz magrinho de cabelos cortados à moda militar, sobrancelhas grossas e duas ou três espinhas espalhadas pelo rosto, tinha o nó da gravata afrouxado e fumava uma dessas cigarrilhas baratas e fedorentas, cujas cinzas iam caindo porcamente pelo chão ao seu lado. Era evidente o seu nervosismo também, mas não disfarçava a enorme curiosidade com aquela presença.

– Irmã Isabel, no que a senhora andou se metendo, irmã Isabel?

A voz do delegado não era muito forte e tinha o som anasalado, emprestando à sua figura ligeiro tom de comicidade ou mesmo de deboche, consoante às circunstâncias. O que não era o caso agora.

– Isabel é mesmo seu nome verdadeiro?

A freira concordou com leve movimento de cabeça.

– Se não me engano, as religiosas ou algumas delas, se estou bem informado, costumam trocar de nome quando entram para o convento.

– Creio que isso já não se usa mais... E também não é o meu caso... Meu nome de batismo é mesmo Isabel.

Pareceu ao delegado que a religiosa iria dizer mais alguma coisa, mas ela se manteve calada.

– A senhora queria dizer mais alguma coisa?

– Não, não...

– Muito bem... Espero que seja mesmo verdade, pois aqui descobrimos logo, logo, quando uma pessoa está mentindo... E saiba que a primeira resposta dada é indicadora de bons ou de maus presságios, isso fica a critério de cada interrogado...

– Não tenho por que esconder quem sou – cortou a freira.

– A senhora só fala quando eu perguntar, irmã – grunhiu o delegado Matoso, agora elevando ligeiramente o tom de voz. Se a intenção era assustar a freira, o policial frustrou-se nessa sua primeira tentativa.

– Tem alguma ideia do motivo pelo qual está aqui conversando comigo?

– Penso que sim...

O delegado, que não gostava nem um pouco do cheiro nauseabundo das cigarrilhas do seu escrivão, logo resolvia o problema à sua maneira: com superioridade e arrogância. Com gestos largos, tirou o papel celofane do grande charuto, tipo *churchill*, personalizado, buscado na caixa de madeira colocada sobre a mesa. O fabricante era de conhecida marca baiana, fugido de Cuba.

– Logo, devo deduzir que a senhora não é nenhuma ingênua em questões políticas, pois só há um motivo para ser trazida a minha presença a esta hora da manhã.

– O senhor poderia me fazer um favor? Estou em jejum e gostaria de beber um copo de água...

Matoso ainda se entretinha em cortar a ponta do charuto com uma tesourinha especial que ganhara da atual amante e, ao considerar que tinha todo o tempo que quisesse para o interrogatório, encarou por alguns segundos a depoente. Em seguida, ordenou ao escrivão:

– Silas, vá buscar um copo de água aqui para a irmã Isabel.

Como que acionado por uma mola, a adrenalina aumentando-lhe a curiosidade, o jovem escrivão deixou a cadeira em que estava e disparou delegacia adentro, mas também aliviado por não ter que presenciar, pelo curto tempo que fosse, o início daquele constrangimento. Foi enxugando o suor da testa pelo caminho. Não era propriamente um homem religioso, mas temia pelo que pudesse acontecer à freira.

O delegado Matoso tinha por costume intimidar as pessoas que interrogava, olhando-as de modo enigmático, às vezes esboçando um sorriso ligeiramente desconfiado ou mesmo zombeteiro, julgando com isso que punha o antagonista em desvantagem, o que de fato acontecia na maioria das vezes. O truque, entretanto, pareceu não surtir o efeito desejado com a religiosa, que continuou a encarar o homem à sua frente sem demonstrar maiores temores. Pelo menos, era essa a impressão que se tinha. Finalmente, Matoso acendeu o charuto e disparou em meio às primeiras baforadas:

– Nomes...

– Como?

– Eu disse nomes, irmã Isabel, nomes – pontificou o policial, soltando essas primeiras baforadas tiradas do charutão propositalmente sobre o rosto da prisioneira, que usou uma das mãos para afastar a fumaça...

– Quero o nome dos estudantes a quem a senhora muito gentilmente cede salas de seu colégio para reuniões subversivas... todos os nomes, sem esquecer um deles sequer.

– Eu não conheço todos eles...

– Eu não perguntei se a senhora conhece todos eles... Estou pedindo os nomes... Quem é que foi procurar pela senhora?... A pedido de quem?... A partir de quando?... E por quê a procuraram? Puxe pela memória, irmã, pois temos o dia inteiro para que possa se lembrar.

Silas voltou com o copo de água e Isabel aproveitou-se da chegada do escrivão para ganhar algum tempo. Já tinha conhecimento de histórias de presos políticos que andavam desaparecidos e de torturas praticadas em delegacias e quartéis.

Mas isso não deveria acontecer a uma religiosa como ela...

Ao levar a mão para pegar o copo colocado à sua frente, foi interrompida por um gesto brusco do delegado, segurando-lhe o braço:

– Primeiro os nomes, depois a água...

– Primeiro a água, depois os nomes – desafiou a irmã Isabel, que, na sua ingenuidade e na presunção do quanto poderia lhe proteger a força do hábito que vestia, considerou a submissão imediata não ser um bom começo de interrogatório.

– Merda! – esbravejou Matoso.

Silas encolheu-se na cadeira, pois já conhecia as consequências de tal exclamação naquele tom de voz e em situações parecidas.

O delegado olhou para o teto da sala, o charuto enfiado num dos cantos da boca, disfarçando o mais que podia a raiva pela afronta recebida.

– Você ouviu, Silas? Hum?... Você ouviu isso?! Ouviu a mesma coisa que eu acabo de ouvir?

O escrivão, que conhecia muito bem o delegado Olegário Matoso, sabia extamente o que responder em ocasiões como aquela. Os quase dois anos de convivência, nem sempre pacífica, naquela sala haviam-lhe ensinado como entrar no jogo, por vezes sutil, dos interrogatórios. Divertia-se na maioria deles.

– Cada um sabe de si, delegado... A Deus o que é de Deus, a Cesar o que é de Cesar...

– Brilhante, Silas, brilhante... Você se supera a cada dia que passa... Uma resposta que nem eu mesmo esperava.

Enquanto falava, o delegado pousou o charuto com cuidado sobre a borda do cinzeiro de vidro, cujo fundo fazia saltar em relevo o emblema do Santos Futebol Clube, evitando quebrar a ponta de cinzas compactadas, sinal de qualidade da marca que fumava. Levantou-se dando uma volta à mesa. Colocou-se de pé, bem ao lado da freira.

– A senhora poderia repetir o que disse ainda há pouco?

– Eu disse que gostaria de beber a água antes de falar em nomes...

O tapa desferido pelo delegado no rosto da irmã Isabel foi tão violento, que Silas sentiu o que há tempos não sentia: uma comoção seguida por ligeiro enjoo.

A mancha avermelhada formou-se no rosto delicado da freira, que, para surpresa e maior fúria do seu inquisidor, não gritou. Ao contrário, levantou-se pegou o copo e começou a beber a água com sofreguidão. Matoso arrancou-lhe o copo da mão e, com o braço livre, deu uma "gravata" no pescoço da sua presa.

– Está pensando o quê, sua freirinha do caralho?

Com fúria que ia crescendo, o delegado arrastou a irmã Isabel de volta para a cadeira em que estava sentada e ordenou a Silas que se retirasse da sala.

– Se a senhora confia plenamente em Deus, comece a rezar, irmã...

SEGUNDO MOVIMENTO

"Filho", disse-me o guia, "a hora é chegada
De em Dite entrar, metrópole maldita,
Com tristes cidadãos e força armada".

Dante, **A Divina Comédia,**
Canto VIII, versos 67-69

fermin

Octob.

Octob.

Novemb.

Novemb.

Decemb.

Decemb.

Decemb.

São Paulo, Brasil
ano do senhor de 2005

Passando o lenço pela testa momentaneamente suada, o delegado Novaes resmungava, ou melhor, podia-se mesmo dizer que rosnava como uma espécie de cão de guarda à entrada da sala do reverendo Hamilton, tentando adivinhar o que se passava lá dentro. Seu faro para pilantras, que os pentecostais o perdoassem, era bastante sensível.

Por sua vez, o delegado Montezuma, do outro lado da porta, apesar do aspecto sisudo, mas civilizado, procurava mostrar bons modos com o bispo, comportamento que o confirmava e distinguia de muitos de seus colegas de profissão quando enfrentava qualquer cidadão sob suspeitas.

– Há quanto tempo o seu tesoureiro Antoniazzi, cuida das finanças da igreja? – indagou Montezuma, com os olhinhos espertos a percorrer todo o ambiente à sua volta.

– Há pelo menos 12 anos.

– Doze anos!... E ganha bem para fazer o que faz?

– É o maior pró-labore da igreja, depois do meu, é claro... Além das comissões a que faz jus...

– Comissões? – surpreendeu-se mais uma vez o delegado Montezuma, sentindo-se ignorante e desinformado em matéria de finanças religiosas... A inusitada imagem de uma cartola de mágico invadiu o pensamento do delegado, pois à medida que a conversa avançava, as surpresas iam saindo de lá como os coelhos agarrados pelas orelhas... E sabe-se lá quantos coelhos ainda poderiam ser retirados.

– Que tipo de comissões pode receber o tesoureiro de uma igreja?

– Comissões por organizar com dedicação e em tempo quase que integral os obreiros que pregam a palavra de Cristo... aqui no Brasil e no exterior também.

– Organizar os obreiros, claro... E que são muitos, eu suponho...

– Centenas, delegado, centenas... Eu diria milhares... Somos adeptos da teologia da prosperidade... Deus ajuda a quem trabalha com afinco e abnegação... Modernizamos o antigo provérbio *Deus ajuda a quem cedo madruga...* Do dinheiro que arrecadamos, boa parte dele é investido em vários negócios, como ações na bolsa, imóveis, comunicações, seguros, empresas de transporte aéreo, agências de turismo, revenda de automóveis, rede de postos de gasolina...

Montezuma não conseguiu reprimir a observação zombeteira:

– Negócios menos celestiais e bem mais terrenos.

O delegado ficou à espera de alguma resposta também irônica, mas ela não veio desta vez. Continuou:

– E todos esses negócios estão com os impostos em dia, eu também suponho...

– Acredito que sim.

– O senhor acredita? – , insistiu o delegado.

– Essa é uma das partes que toca ao bispo Antoniazzi.

– Ah!... E as doações para campanhas políticas, são aprovadas por quem? – , arriscou Montezuma já sem qualquer intenção jocosa, olhando para o expressivo quadro dependurado numa das paredes da sala e que mostrava o diploma de conclusão de um seminário sobre gestão em empresas de comunicação, diploma oferecido pela Associação Comercial do Estado de São Paulo.

Os olhos do reverendo acompanharam os olhos do delegado com atenção.

– Por acaso os nossos telefones foram grampeados, delegado?

– Por que a pergunta? – estranhou Montezuma.

– Até agora não se falou em política... E como estamos às vésperas do início da campanha para as presidenciais...

– Rigorosamente dentro da lei, com autorização da Justiça.

Hamilton, apesar de sua tentativa em mostrar indiferença, percebeu que a investigação era mais séria do que ele a princípio imaginara e considerou que deveria esclarecer certos procedimentos.

– Quando o investimento é benfeito e o lucro vai bem acima do esperado, a igreja concede prêmios em dinheiro ao responsável pela ação... Isso se aplica aos pastores mais antigos e aos bispos regionais...

– Dinheiro investido aqui no Brasil e... no exterior, eu imagino. Em Montevidéu, por exemplo... Ou em paraísos fiscais... Como suponho também que exista uma documentação de tudo isto... e muito bem guardada.

– Pelo que estou informado pelo próprio Antoniazzi, a documentação está guardada em nossos computadores, mas são informes privativos de nossa contabilidade.

– Esse... Antoniazzi... tem autonomia para administrar todo o dinheiro arrecadado?

O bispo fez uma pausa antes de responder.

– Não entendi a pergunta, delegado.

– Uma curiosidade apenas. E mudando de assunto, anunciou:

– Trago comigo o mandado de busca, autorizada pelo Ministério da Justiça e solicitado pela receita federal, para apreender esses computadores, reverendo... Espero que o senhor compreenda e não dificulte o nosso trabalho, que já não é fácil.

Hamilton já estava em seus trajes civis, despojado agora de toda a indumentária branca que, também por superstição, costumava usar em ocasiões especiais. Tirou do carregador o celular e fez um sinal de espera para o delegado Montezuma.

– Alô, Antoniazzi? Onde é que você está?

Com delicadeza, mas com a devida firmeza, Montezuma tentou tirar o celular da mão do bispo, mas foi surpreendido com a temperatura do aparelho, que parecia um ferro em brasa. Deixou cair o telefone, enquanto olhava a palma da mão, marcada pelo súbito aquecimento. Olhou com cara de imbecil para o pastor, que lhe devolveu o olhar com expressão idêntica. Sem denotar qualquer tipo de ironia, Hamilton procurou saber o que aconteceu.

– O que foi, delegado?

– Acho que queimei a mão... Que diabo de celular é esse?

Hamilton teve vontade de rir, mas não podia se trair. Disfarçou o próprio divertimento enquanto se abaixava para pegar o celular.

– Li esses dias que alguns aparelhos dessa marca esquentaram enquanto carregavam as baterias. Houve mesmo um deles que explodiu no bolso da calça de um rapaz... Os jornais comentaram o fato, mas não levei a sério...

Olhou para o aparelho com uma expressão que denotava fingida curiosidade e arrematou sem encarar o delegado:

– De fato, penso que houve aqui uma avaria... Vou tentar o telefone fixo e chamar o Antoniazzi até aqui... Ainda está grampeado?

Montezuma ignorou a estocada.

– Não seria melhor irmos até onde ele está?

E sem deixar espaço para qualquer reação do pastor, Montezuma chamou pelo colega Novaes. A porta abriu-se incontinenti deixando aparecer um Novaes ansioso e que já não fazia a menor questão de ser simpático.

– O bispo aqui vai nos levar até o tal Antoniazzi, Novaes.

– Chamo o pessoal? – quis saber o delegado adjunto.

– Creio que por enquanto não será preciso, a não ser que tenhamos alguma tentativa de resistência pelo caminho – respondeu Montezuma ainda olhando a palma da mão.

– Não se preocupem, é no edifício bem aqui ao lado. O Antoniazzi não vai embora antes de falar comigo. Querem me acompanhar?

Os três homens deixaram a sala que servia de camarim para os paramentos do bispo Hamilton e, ao saírem, Montezuma e Novaes puderam sentir a diferença de temperatura na mudança de ambiente. O excessivo calor do corredor os surpreendeu.

Hamilton percebeu a reação dos policiais e, com um ligeiro sorriso, desta vez sem disfarçar o tom mordaz, sentenciou:

– Aqui fora está bem mais fresquinho, não acham?

São Paulo, Brasil
ano do senhor de 2005

Enquanto procurava nas estantes da sua biblioteca e nas gavetas da mesa de trabalho, atulhadas de papéis, pelos documentos que recolhera sobre o monge Benedetto de La Matina e seus escritos proféticos, Manina viajou até Milão. Ou melhor, sua memória em alguns poucos minutos pôde reconstruir as duas viagens que fez à Biblioteca Ambrosiana naquela cidade italiana. A segunda delas mais recente e mais profícua, foi quando começou suas pesquisas para a matéria em que estava envolvida.

Fundada no ano de 1604, pelo cardeal católico Federico Borromeo, a biblioteca recebeu esse nome por ter sido Santo Ambrósio o padroeiro da cidade. Ambrósio, antes de santo, era filho de um oficial do imperador Constantino e fora aclamado bispo de Milão no ano 374 da era cristã e, mais tarde, canonizado.

Os quatro séculos de existência da biblioteca atestam e ilustram até os dias de hoje a riqueza não só das belas-artes italianas e europeias, do seu renascimento, mas indicam momentos sublimes da criatividade artística do homem.

O pé-direito alto de suas salas imponentes e os espaços que se escondiam ou eram ressaltados pela iluminação indireta, recebiam e refletiam a atmosfera de séculos de sabedoria ali acumulada.

Quando pela primeira vez visitou a biblioteca, em curta passagem pela cidade, Manina ficou deslumbrada com sua beleza, mas não pôde admirá-la em toda sua extensão. Ainda assim, um dos quadros de Caravaggio, pintor italiano da Renascença, deixou-a encantada e ao mesmo tempo impressionada: a crucificação de São Pedro.

Encontrou a pasta com a fotocópia dos documentos que procurava por debaixo de alguns apontamentos, faturas de cartões de crédito e outras contas a pagar.

Reviveu a sensação de euforia e apreensão quando viu os originais pela primeira vez em Milão. Estavam guardados dentro de uma pequena arca de madeira, que, era protegida pela cobertura arredondada de um vidro com um centímetro e meio de espessura e blindada à prova de bala ou de qualquer pancada mais forte com que porventura tentassem destruí-la.

Seu valor não estava somente no conteúdo dos escritos, mas também na raridade em que se constituíam as seis folhas manuscritas de papel jativa, tipo de papel desenvolvido pelos árabes a partir do algodão cru, no norte africano, e levado para a Espanha e outros países europeus por volta do século IX a.C. O jativa constituía-se em importante raridade arqueológica encontrada somente em mais dois ou três museus ao redor do mundo.

Feliz por ter conseguido aquela raridade, atravessou a praça Pio XI e procurou por um café numa das ruas próximas. Gostaria de ler com calma a sua relíquia, assim o esperava conseguir; saborear cada palavra do que estava escrito na cópia traduzida do documento que recebeu do eficiente e educado funcionário da biblioteca.

Assim que ordenou ao empregado do café o que desejava para o lanche - cappuccino sem creme de chantili e biscoitos de avelã - , retirou da bolsa as folhas de papel e começou a ler seu pequeno e precioso documento.

Em meio a tão gostosas reminiscências, lembrou-se do telefonema de Marco Antonio e teve um ligeiro momento de irritação, desses que se fazem naturais quando alguém é confrontado com a volta à rotina do trabalho, depois de merecido período de descanso. Não por acaso já ouvira dizer que o trabalho era invenção do diabo, e ainda por cima, ter que falar com o chefe logo cedo.

Manina voltou à sua leitura.

Em sua vida jamais questionara a existência de Deus, mas ficar fascinada pela figura do diabo nunca estivera nos seus planos...

São Paulo, Brasil
ano do senhor de 2005

As manhãs das segundas-feiras eram sempre um problema para Diego. Sem exceções. Se pelo menos o horário de trabalho se iniciasse após o almoço, mas não, nove horas da manhã é o que lhe exigiam cumprir. Excepcionalmente, poderia chegar às dez. Um saco!

Além do mau humor matinal, só os óculos escuros e o insubstituível vidrinho de colírio podiam frequentar a sua mesa de trabalho nas manhãs das segundas-feiras. Nem mesmo o *laptop* era tolerado, enfiado que ficava na última gaveta.

Naquele dia, contudo, Diego era um feixe de ansiedade e curiosidade para saber se Manina avançara com alguma nova ideia sobre os tabernaculares. Mais do que isso: no caminho de casa para o jornal, viera exultante, esforçando-se para não deixar a euforia tomar conta dos seus sentimentos. O fim de semana ultrapassara as suas expectativas.

Afinal, a conversa que tivera com Ronaldo, seu colega de profissão, na boate The Week no sábado à noite, bem como o encontro com o advogado Aríclenes no almoço dominical da família, tinham não só lhe dado munição para a sua competição com a colega, mas também lhe abriam sérias perspectivas de marcar pontos com a direção do *Jornal da Cidade*. E que pontos!...

Foi até a sala do diretor Cesar Augusto.

– Posso entrar?

– Claro.

– Conto primeiro as boas ou as más notícias?

– Você escolhe, para mim é indiferente...

– Os federais estão agitados... O Ronaldo Azeredo andou me contando umas fofocas... Ele tem informações lá de dentro... Vão apertar mesmo os pentecostais.

– A Manina está acompanhando isso bem de perto, não se preocupe...

– Você precisa me botar nessa matéria, Cesar... Isso pode dar um prêmio jornalístico...

– Não precipite as coisas... Tenho que convencer o Marco Antonio disto.

– O almoço lá em casa no domingo foi bastante esclarecedor... Você pode usar isso na conversa com o Marco.

– Esclarecedor em que sentido?

– Você tem um tempinho?... Faço um resumo para você das histórias do tal advogado.

– Senta aí...

O *Jornal da Cidade*, segundo alguns de seus mais antigos redatores e editores, começava a entrar no perigoso terreno das especulações internas e poderia não conseguir segurar por muito mais tempo a sua própria investigação sobre os pentecostais, e com ela até se enrolar, perder credibilidade, leitores... Oposição a qualquer preço tem o seu preço, costumava dizer um velho jornalista da casa.

Dois ou três membros do conselho editorial já haviam questionado a linha mais recente do jornal e não receberam respostas convincentes dos diretores.

Diego sabia que Manina, pelo contato direto com o bispo Hamilton dos Santos, e por ter sido a pessoa escolhida para detonar a notícia, caminhava com alguns corpos de vantagem à sua frente. Ao mesmo tempo intuía que ela, ou quem assinasse a matéria, poderia se transformar num arquivo de informações muito delicadas.

Contava a favor da colega o bom relacionamento com um dos mais influentes delegados da polícia federal em São Paulo, tornando-se alvo de gente poderosa que não gostaria ou pelo menos tentaria não sofrer investigações, e muito menos ter o nome na imprensa.

A notoriedade servia de trampolim para bons negócios... Oportunidade para se ganhar muito dinheiro... E era aí que piava a coruja...

Nessas condições, teria que agir rápido ou perderia a sua vez de participar de um fato jornalístico de envergadura. Teria que encontrar um jeito de se aliar a Manina ou substituí-la na tarefa.

As lembranças do doutor Aríclenes Soares Santana, o excepcional jurista nos anos 1960 e 1970, segundo seu pai, vieram confirmar a história, uma das muitas, aliás, sobre atrocidades cometidas pelos órgãos de segurança dos governos militares que se sucederam no período da ditadura. Uma história perversa, entre várias outras, em que se misturavam injustiça, crueldade e desprezo pelo ser humano. Uma fatalidade, mas que livrou o Brasil do comunismo... Diego não era exatamente um jornalista com aptidões para o cenário político do país, mas acreditava sinceramente nas opiniões do pai e de seus amigos.

Incentivado por Cesar Augusto, Diego pegou o telefone interno e ligou para a secretária do diretor Marco Antonio. Em seguida, tornou a ligar a televisão, em busca do canal dos tabernaculares... E espreguiçou gostosamente, esticando os braços.

[illegible] mb.
[illegible]
[illegible] fermin[illegible]
[illegible]
[illegible] oddtrem[illegible]
[illegible] October [illegible]
[illegible]
[illegible]
[illegible] Octob. [illegible]
[illegible]
[illegible] mim [illegible]
[illegible]
[illegible] Oct [illegible]
[illegible]
[illegible]
[illegible]
[illegible]
[illegible] Octob. d[illegible]
[illegible]
[illegible]
[illegible] b. [illegible]
[illegible]
[illegible] Novemb. d[illegible]
[illegible]
[illegible]
[illegible]
[illegible] 4 Novemb. [illegible]
[illegible]
[illegible]
Decemb. [illegible]
[illegible]
[illegible]
[illegible] Decemb. d[illegible]
[illegible]
[illegible]
[illegible]

São Paulo, Brasil
ano do senhor de 2005

O escritório do bispo Edmundo Antoniazzi, como o de muitas das instalações dos dirigentes religiosos pentecostais, não tinha a menor relação arquitetônica com a imagem que se pode fazer dos pastores de almas.

Não fosse pela presença do exemplar encadernado e luxuoso da Bíblia Sagrada, colocada sobre a mesinha preta de laca na parede em frente à porta de entrada e a foto que mostrava os dois principais dirigentes da seita sorridentes e abraçados, colocada por trás de sua cadeira de espaldar alto, todo o resto do espaço lembrava mais a sala desses modernos escritórios de contabilidade. Ou de alguma agência bancária ainda no começo da informatização.

O chão era revestido de tiras de linóleo castanho-claro a imitar pinho-de-riga, as paredes pintadas em tons de verde-claro e o teto branco. O ambiente deveria sugerir tranquilidade e relaxamento.

O silêncio é tudo e mais alguma coisa, quando se conta o dinheiro destinado ao Senhor, costumava dizer Antoniazzi.

A frase, impressa em letras góticas numa folha A4, estava sob o vidro da mesa do tesoureiro para lembrar a todos à sua volta o que deveria ser levado em conta nos negócios da fé.

O teto de gesso, rebaixado, dava o toque de modernidade ao escritório, com a iluminação a incidir indiretamente sobre seus ocupantes. Ao todo, seriam ao redor de cinquenta a sessenta metros quadrados, com oito mesas dispostas em duas fileiras de quatro, onde dedicados obreiros bem vestidos, limpos e silenciosos, com religiosa concentração, faziam o trabalho de contabilidade da empresa, numa rede integrada de oito computadores e uma ou outra calculadora.

À direita de quem entrava, mas situadas ao fundo, outras duas portas indicavam os banheiros com dois bonequinhos de pano em forma de anjos, o rosa feminino e o azul masculino, dependurados e assexuados.

Havia também diminuto balcão para cafezinhos, pãezinhos de queijo e bolos de fubá, consumidos em grande quantidade pelos obreiros contabilistas, alguns deles, embora jovens, já com os primeiros indícios de garantida e futura obesidade. Ao lado do balcão um suporte com dois galões de água mineral e copos plásticos.

Quando o bispo Hamilton entrou na sala, acompanhado pelos dois delegados da polícia federal, Antoniazzi levantou-se de sua mesa e veio cumprimentar educadamente os visitantes, sob os olhares curiosos dos seus funcionários.

– Sejam bem-vindos! – saudou o tesoureiro.

Foi imperceptível uma nova troca de olhares entre Montezuma e Novaes, acostumados a tantos anos de trabalho juntos. Na situação em que se encontravam isso queria significar, que não entendiam e até mesmo desconfiavam de tamanha cortesia por parte daqueles que estavam a ser investigados. Desenvolveram entre si um código para isso e para outras tantas situações delicadas.

– Sou o delegado Montezuma, da polícia federal, e este é o meu colega, delegado Novaes.

Enquanto falava, Montezuma buscou no bolso interno do paletó o envelope com o brasão do poder judiciário e dele retirou a folha que autorizava a diligência, passando-a às mãos de Antoniazzi.

Hamilton interpretou a entrega do documento oficial ao seu tesoureiro como sendo a confirmação de que o suspeito ali não era ele realmente, embora fosse o número 1 da igreja e o principal responsável em termos jurídicos.

– Estamos autorizados a investigar algumas questões de natureza financeira, como gastos e receitas, aplicação de recursos e movimentações de numerário feitas no exterior do país, e pediríamos a compreensão de todos aqui nesse sentido.

Enquanto Montezuma falava ao bispo Antoniazzi, Novaes dividia sua atenção entre Hamilton e os funcionários que estavam nas mesas de trabalho. Viu quando um deles, atento ao que se passava, desconectou o pendrive do computador em que trabalhava num movimento dissimulado e rápido, tentando colocá-lo disfarçadamente no bolso traseiro da calça. Ato contínuo, Novaes lançou mão do seu celular e chamou pelo reforço policial que se encontrava à entrada do templo.

– Algum problema, Novaes? – indagou Montezuma.

– Ainda não sei, mas seguro morreu de velho e são muitos os computadores na sala. Imagine só o que não teremos por aí em disquetes, CDs, pendrives, além dos próprios HDs.

– Não vamos nos precipitar – interveio Hamilton, contendo a irritação diante da afronta policial...

– Afinal, não temos nada a esconder... delegado Novaes – ajuntou Antoniazzi.

– Posso, então, pedir àquele seu funcionário ali que me entregue o pendrive que guardou no bolso da calça?

Novaes, observado pela raiva cada vez mais contida do bispo, caminhou em direção ao obreiro, lívido, que escondera o pendrive.

Vendo que a situação poderia sair de controle, o bispo Hamilton – , desta vez tomando o cuidado para que não lhe tirassem da mão o celular, telefonou para o departamento de jornalismo da sua emissora de televisão e pediu que enviassem duas equipes com câmeras até a sala do bispo Antoniazzi, com urgência. Imaginava que isso pudesse de algum modo intimidar os policiais.

– Se não há nada a esconder, não há nada a temer – declarou o delegado Montezuma...

– Só não vá nos acusar depois de fazer sensacionalismo – desafiou Novaes.

– Chamei o departamento de jornalismo, porque desta vez quero que a nossa emissora seja a primeira a dar a notícia do que está acontecendo. Se a investigação é dentro da minha própria casa, não faz o menor sentido que a nossa principal concorrente e seus repórteres tenham o privilégio de serem os primeiros a dar a notícia, como tem sido o usual nessas ocasiões.

Montezuma e Novaes se divertiam com o enunciado daquela explícita concorrência empresarial.

Nem bem o bispo acabou de dar as suas justificativas, a porta da sala se abriu e por ela entraram dez policiais, homens e mulheres, todos armados e com seus jalecos da polícia federal. Colocaram-se ao lado de Montezuma à espera de suas ordens.

Mãos e rostos se crisparam e os soldados pentecostais revidaram a invasão de suas dependências com o surgimento de seu pelotão de jornalismo, com duas câmeras de TV que iriam flagrar toda a operação policial. Dois dos policiais fizeram menção de impedir as filmagens, mas foram desaconselhados por Montezuma.

– Não se preocupem, é melhor assim. A operação está autorizada pela justiça federal e não estamos cometendo nenhuma arbitrariedade... Quem não deve, não teme, não é assim, bispo Antoniazzi?, desta vez, Montezuma é que não pôde conter o sarcasmo.

Antoniazzi, que com seu silêncio e sua expressão de incredulidade acompanhava toda aquela agitação, dirigiu o olhar para o bispo Hamilton como que a suplicar ajuda. Este, lembrando-se de suas dúvidas e reflexões durante o culto que acabara de realizar a menos de uma hora, considerou que poderia mover ali, naquela investigação, um bom motivo para, se fosse necessário, se livrar do seu tesoureiro e, com isto, desviar o foco de outras investigações tão ou mais delicadas do que aquela.

E se Antoniazzi tivesse feito depósitos no próprio nome em contas do exterior?

– Como já disse, delegado, não temos nada a esconder.

A frase foi sublinhada por Hamilton, mas foi dirigida mais a uma das câmeras do que propriamente para o delegado Montezuma.

Tinha início ali, naquele minuto, o show midiático da nova operação da polícia federal.

Novaes, indiferente às câmeras e às luzes da televisão, pediu ao obreiro que lhe mostrasse o conteúdo do pendrive guardado no bolso da calça – no que foi prontamente atendido por mãos magras e trêmulas.

Após apertar a tecla "enter" em um dos arquivos, os dois policias, observados por Hamilton, se concentraram durante alguns minutos na tela do computador. Anotações que revelavam quantias recebidas de dízimos dos fiéis e quanto dessas quantias eram depositados em bancos brasileiros... e uruguaios, colombianos, norte-americanos... Bingo!

– Caceta!...

Novaes deixou escapar a expressão entre dentes antevendo o trabalhão que teria.

– Esse pendrive vai ser confiscado – solicitou ao obreiro que o entregasse.

– Acho até que não vamos precisar tomar mais o tempo de vocês – admoestou Montezuma.

– Vamos levar alguns computadores, entre eles o computador do Sr. Antoniazzi e o deste obreiro que tentou esconder o pendrive. Com isto, já teremos material de sobra para avançarmos nas investigações... Nenhum dos senhores poderá sair do país enquanto isso... Novaes, eu quero que relacione o nome de todos os que estão nesta sala...

Em seguida, o delegado indicou a alguns dos seus homens o material a ser apreendido, pediu que fossem anotados os nomes e os CPFs dos presentes e agradeceu a compreensão de todos... Saiu calmamente da sala com toda a sua equipe.

O repórter da TV Tabernáculo insistiu em querer a opinião sobre aquela operação policial e quais os seus possíveis desdobramentos com a inegável intenção de manter no ar por mais alguns preciosos minutos a edição extraordinária do telejornal. Não foi nada feliz na tentativa.

No fundo da sala, refletindo sobre o que acontecia, o bispo Hamilton dos Santos lançou o olhar em direção à porta por onde saía a equipe da polícia federal. Um olhar duro, em que por uma fração de segundos, puderam-se distinguir estrias avermelhadas na parte branca dos seus olhos. Um lampejo de raiva, de maldade reprimida.

– Delegado Montezuma – chamou Hamilton.

Montezuma, já sob o batente da porta de saída, voltou-se para ouvir o bispo.

– Tenho quase certeza de que nos encontraremos em breve para desfazer esse mal-entendido.

A frase, pronunciada com boa dicção para uma das câmeras, pareceu soar mais como ameaça do que como uma promessa de apaziguamento. *Aqueles delegados não perdem por esperar...*

O delegado, sorrindo, acenou em despedida.

Hamilton dirigiu-se até a mesa de Antoniazzi:

– Bispo Antoniazzi...

– Pois não, Hamilton.

A resposta em tom mais íntimo não agradou ao líder.

Não era, entretanto, o lugar e nem o momento para pedir algumas explicações ao tesoureiro... O que poderia conter aquele pendrive de especial e que ele, Hamilton, talvez não soubesse?...

E dissimulando sua verdadeira intenção, arrematou:

– Temos que ficar de olho nesse delegado Novaes.

São Paulo, Brasil
ano do senhor de 2005

– Qual é a bomba?

Manina ajeitou os curtos cabelos numa atitude estudada e timidamente carregada de sensualidade. Sabia muito bem lidar com o patrão e, sempre atenta às boas oportunidades jornalísticas, jogou com seu charme pessoal.

– Primeiro me conte como foi em Bertioga, quis saber Marco Antonio.

– Para mim, a maravilha de sempre... Adoro aquele sol.

– Você é que está a maravilha de sempre nessa cor.

– Não começa... Vamos, diga lá qual é a bomba.

Fingir interesse por uma coisa e falar de outra, o jogo do dia a dia pela sobrevivência. Manina sabia como jogar esse jogo desde os bancos da faculdade ou antes até... Marco Antonio, por sua vez, não tinha pressa e jogava com astúcia, consoante os interesses mais imediatos.

– Calma... Em que pé está a matéria com os Filhos do Tabenáculo?

O diretor do jornal limpava as lentes de seus óculos escuros modelo Antonio Banderas, oferecido pelo diretor de mídia de conhecida agência publicitária que dispunha de valiosas contas do governo estadual.

– Vai indo, vai indo... Já tenho bom material, mas a redação ainda está descosida... Depois dessas pequenas e mais do que merecidas férias, vou mais fundo nos próximos dias.

– Já levantou muita coisa na receita federal?

– Claro, mas não se esqueça de que esse pessoal das igrejas não paga imposto de renda, Marco.

– Eu sei, eu sei... Mas não é por causa dos impostos da igreja que estamos fazendo a matéria, qual é? Já falamos sobre isso... São os negócios feitos por fora, minha querida, pelos laranjas. O que nos interessa é denunciar o que eles compram com o dinheiro arrecadado com o dízimo e fora dele, mas do qual não prestam contas, dinheiro não contabilizado... Aí é que está a sacanagem, a mutreta, o crime, se você quiser... e isto é o que importa saber agora.

– O delegado Montezuma já me disse que no momento certo nos dará as informações, não se preocupe.

– Sei quem é, mas cuidado com esse pessoal da polícia federal... Aquilo ali está rachado ao meio... Alguns apoiam o governo atual e outros foram colocados lá pelo governo anterior, do nosso amigo sociólogo... Briga de foice.

– Não se preocupe... Ele é conhecido da minha família... É gente fina... E a tal bomba, Marco?!... Não enrola.

– Tem mais algum encontro agendado com o bispo?

– Ainda não, mas posso marcar a qualquer momento, ele já me deu essa liberdade.

– Ótimo... É o seguinte: sem deixar de lado nada do que você já investigou, quero que faça um levantamento ainda mais completo, minucioso, ultrassonográfico, da vida desse bispo Hamilton... Onde nasceu, quem são os pais, infância, adolescência, onde estudou, onde viveu, como começou a sua igreja, viagens pelo Brasil, viagens pelo exterior, amigos, inimigos, mulheres, drogas, amantes, se é gay ou não...

– Alguma coisa eu já tenho nessa direção, não é muito, mas é um começo...

– Ainda não li, mas garanto que é pouco. Para o que nós precisamos é pouco, tenho certeza... Você tem mais é que mergulhar na vida do cara... Tudo indica que esses evangélicos vão apoiar a reeleição do ex-metalúrgico e temos que imobilizá-los...

– E o que é que nós precisamos saber exatamente? Não gosto de trabalhar no escuro.

– Uma coisa de cada vez... Nunca botei você em fria e não vai ser agora... Pode ter a certeza de que esse caso é especial.

– E o que é que a vida desse Hamilton tem de tão especial, Marco?... Para que tanta informação assim sobre o homem?

– Aí é que está, minha querida, aí é que está... Pode ser o nosso pulo do gato. Não é uma questão de quantidade de informações, mas de qualidade... É onde poderemos fazer a diferença com a matéria, torná-la mais impactante e sensacional... matar a concorrência... e lançar uma boa de uma merda no ventilador... Algo me diz que vamos encontrar coisa grave por aí.

– Como assim, Marco? Como, *algo lhe diz*?... Então abra o jogo... Se você diz que é uma bomba é porque sabe de coisas que eu não sei e eu já disse que não gosto de trabalhar no escuro.

– Não posso ainda, Manina, sério. Confie em mim... Tenho por enquanto a palavra de um advogado criminalista da velha guarda... mas sigilo total, hein?... Nossa fonte diz que, entre outros fatos, esse bispo Hamilton pode ser fruto de uma relação mantida em segredo por muitos anos e por gente poderosa... pouquíssimas pessoas sabem disto.

Marco Antonio reproduziu quase com as mesmas palavras as informações que recebeu de Diego, as quais instigavam uma devassa sobre o passado de Hamilton, com suspeitas aqui e ali sobre sua origem, mas sem ter os dados completos.

– Qual é, meu querido? História meio sem pé nem cabeça. Como é que uma celebridade não tem passado? Isso tem cara de fofoca, pode ser uma fria... Quem é esse advogado?

– Não interessa... Um advogado antigo e de boa memória, é o quanto basta por hora... E que me foi recomendado por fonte de confiança... Por isso mesmo é que vamos fazer essa investigação... A mais completa e rigorosa investigação possível sobre o passado do bispo.

– Vou precisar de alguém para me ajudar. Só o lado comercial desses bíblias é assunto que não se esgota em poucas laudas e com a vida pessoal do bispo, com tretas pelo meio, então, não sei não, preciso de um tempinho a mais.

– Você vai ter tudo o que precisar, sem esticar o tempo demais, é claro, mas isso tem que ser a reportagem do ano... Pense em alguém para lhe ajudar.

– Não sendo o idiota do Diego, tudo bem.

Marco Antonio, interiormente irritado, demorou alguns segundos antes de responder, o olhar enigmático.

– Vocês dois precisam acabar com essa pinimba... Isso não é bom para o jornal...

Manina ignorou a observação.

– Qual será esse segredo guardado a sete chaves? – indagou Manina cruzando as pernas e deixando parte das coxas à mostra. Marco Antonio fingiu não perceber, mas entendeu o recado.

– Desculpe, Manina, juro que não posso dizer agora. Prometo que você saberá de tudo no devido tempo... Aliás, que bobagem, você será mesmo a primeira a saber, pois é exatamente a sua investigação que vai revelar a bomba... Isso e um pouco mais, eu espero... Não se preocupe... O início da campanha eleitoral vai arrancar daqui a dois meses, certo?... O pernambucano está na frente nas sondagens...

– Claro, claro, eu começo a perceber... Eu já farejava... Algum canal de televisão concorrente dos tabernaculares também está interessado nisto? A oposição ao governo está interessada no caso ou é só o nosso jornal?... Existe algum banqueiro interessado, o Ministério da Defesa, o Departamento de Estado norte-americano, o novo papa?

Manina não conseguiu segurar a irritação, pois detestava esses joguinhos dos quais não participava...

– O Diego está garimpando por fora, já saquei.

– Já disse que não posso adiantar mais nada por enquanto... Não imagine nada, não se ponha aí a inventar coisas e procure trabalhar o melhor e mais discretamente possível.

– E desde quando o meu trabalho não é sempre o melhor?

O celular de Marco Antonio tocou e ele prontamente atendeu, girando sua cadeira e dando as costas a Manina.

– Alô... Ah, é você?... Só um segundinho...

Marco Antonio voltou-se e fez sinais para Manina de que precisava ficar a sós.

Embora estivesse disposta a aumentar o seu pequeno jogo de sedução durante a conversa, mesmo irritada, Manina levantou-se para voltar à sua mesa de trabalho. De certa maneira aliviada intimamente, pois não gostava nada quando Marco Antonio começava com essas conversas que cheiravam a pequenas conspirações, sempre disposto a mostrar os limites da sua intimidade com a "funcionária", os limites do seu poder como um dos proprietários do jornal e das suas ligações políticas em São Paulo, Brasília, Rio de Janeiro.

Ao sair da sala, não escapou aos seus ouvidos, entretanto, algumas palavras de Marco Antonio ao telefone.

– Uma reunião com a Federeação das Indústrias, a Associação Brasileira de Rádio e Televisão, os ruralistas? A OAB aqui de São Paulo? Certo... Quando? Ok... Vou avisar ao meu sócio, o Cesar...

De volta à redação, Manina parou para um descafeinado. Enquanto esperava que a máquina lhe preparasse o café, começou a pensar na maneira mais prática de buscar as informações sobre o bispo Hamilton. Diretamente ou com alguns de seus homens de confiança, por exemplo?

Tivera já dois encontros fortuitos com o pastor. O primeiro, ainda no interior do templo principal da igreja, quando assistiu à sessão de exorcismo que a marcou, mas de pouca valia informativa, pois ficara tão abalada com a cena que não se sentiu em condições de fazer perguntas minimamente inteligentes.

Para dizer a verdade, nem prestou muita atenção ao bispo, tal o desconforto que sentiu ao imaginar que ali, a poucos passos de distância, no estrebuchar daqueles corpos de voz rouca e olhos aterrorizados, *o diabo estava presente.*

Do segundo encontro, acontecido após um dos cultos dominicais, lembrava-se bem. Fora mais demorado e produtivo, embora repleto de trivialidades e generalizações, tendo o bispo se debruçado sobre questões teóricas nas quais os Filhos do Tabernáculo procuravam demonstrar suas diferenças em relação às outras religiões.

O que poderia ser assim tão extraordinário no passado de um bispo evangélico que justificasse a invasão total na sua privacidade? Uma bomba? Bem... Só esperava que não fosse um truque...

Afinal, pensava Manina, enquanto bebia o cafezinho, *eventuais fraudes fiscais ou desvios de dinheiro em seitas religiosas nem eram mais um grande escândalo para a sociedade brasileira, ou novidade para justificar novos "furos" jornalísticos... Tinha mesmo que ser chumbo grosso.*

A referência que fizera a outro canal de televisão, no entanto, pareceu-lhe lançar nova luz sobre a questão. Os institutos de pesquisa de audiência vinham indicando nos últimos dois, três anos, um crescimento do número de espectadores para o canal mantido pelos Filhos do Tabernáculo, o que significava na prática o remanejamento de verbas publicitárias públicas e privadas entre as principais emissoras. Verbas nada desprezíveis por sinal...

Milhões de reais estavam em jogo. Seu desconfiômetro disparou o alarme e Manina intuiu que, se não se cuidasse, poderia entrar em terreno minado. Afinal, era antes de tudo uma profissional competente... Sabia do seu valor e não queria nem deveria fechar portas...

Iria investigar a sério toda a vida passada do bispo, claro, até para se precaver. Não ia embarcar em canoa furada.

Fruto de uma relação mantida em segredo? Um segredo que envolvia gente poderosa? E ninguém sabia de nada? Essa ela pagava para ver...

Talvez não fosse mal pensado em pedir, com tato e discrição, a ajuda de um antigo professor da faculdade, velho jornalista sempre em dia com as novidades e agora responsável por ter criado seu blog jornalístico de grande aceitação, embora fosse também crítico feroz do jornal em que ela trabalhava.

Não custava nada tentar... O máximo que poderia ouvir era um sonoro "não" do querido professor, acompanhado de algumas gozações e ironias em relação aos dois sócios que tocavam o *Jornal da Cidade*.

O celular do professor deu caixa postal. Deixou o recado pedindo retorno.

Tomou a decisão que considerou a mais acertada: começaria falando diretamente com o bispo Hamilton.

[illegible] 10 gl.
[illegible] termin[illegible] [illegible]
[illegible] 10 [illegible]
[illegible] terminum
[illegible] zu procc-
[illegible] 10 gl.
[illegible]
[illegible] vorschreiben 10 [illegible]
[illegible] zu vorschreiben [illegible]
procediren [illegible] 10 g
[illegible] termi-
[illegible] procediren , 10 g
[illegible] terminum
[illegible] zu pro-
[illegible] 10 gl.
[illegible]ctob. [illegible] und [illegible]
[illegible] 8 gl.
[illegible] vorschreiben [illegible] 8 gl.
[illegible] den terminum
[illegible] zu procediren 10 gl.
[illegible] terminum [illegible]
[illegible] procediren [illegible] 10 gl.
[illegible] 10 gl.
[illegible] wall. 6 gl.
[illegible] 6 gl.
[illegible] 6 gl.
[illegible] vorschreiben [illegible] 6 gl.
[illegible] 6 gl.

60

16 sec.

ANDANTE

Não, não, isso não!
Tudo menos saber o que é o mistério!

Álvaro de Campos

São Paulo, Brasil
ano do senhor de 2005

O último obreiro deixou a sala do pastor Antoniazzi pouco depois das 22 horas. Agastado com o que se passara durante o dia, o tesoureiro mergulhou num mar de conjecturas, todas elas indicando dias difíceis e situações delicadas pela frente.

Afinal, por que tanta preocupação com as finanças de sua seita religiosa?...Dízimos, ofertas, campanhas solidárias, contribuições espontâneas, vendas de CDs, DVDs, livros, revistas, jornais... A verba publicitária da televisão... Dinheiro todo ele conseguido legal e honestamente...

Aproveitando o silêncio da sala e o fato de estar sozinho, Antoniazzi resolveu orar. Pôs-se de pé em atitude de devoção e respeito, quando a porta da sala abriu e por ela entrou Hamilton sorridente e com uma garrafa de uísque na mão.

– Que dia, compadre... Trouxe aqui um uisquizinho pra relaxar...

– O que é que há de verdade por trás de toda essa movimentação, chefe?

A intimidade era a convivência normal entre os dois velhos companheiros quando sós.

– Inveja, política e, como não poderia deixar de ser, dinheiro, muito dinheiro... E como nós dois sabemos, o dinheiro anda de mãos dadas com algum tipo de poder, certo?... E quando muda de mãos, incomoda... Estamos incomodando alguém dentro... E fora do governo.

Antoniazzi pegou dois copos que estavam no aparador ao fundo da sala e derrubou duas doses bem servidas para ele e Hamilton.

– Puro ou com gelo?

– O meu é com pouco – respondeu o líder.

Deram os primeiros goles e continuarem em silêncio por algum tempo, sem se encararem.

– Preocupado, Edmundo?

Ao ser chamado pelo primeiro nome, o tesoureiro percebeu que a conversa seria séria. A informalidade entre os dois bispos não passava pelo uso do nome de batismo e sim por apelidos, brincadeiras e o uso de linguagens cifradas. Ligou as antenas.

– Um pouco... Você não?

Antoniazzi falava olhando para o seu copo de uísque.

– Posso saber exatamente com o quê?

– Esse dinheiro que vai para o exterior e o jeito como ele volta pode nos encrencar.

– Mas você tem isso tudo muito bem anotadinho... E para o que é destinado...

– Claro que tenho.

– Então, qual é o problema?

Antoniazzi continuou a fitar o copo sem responder.

– Posso dar uma olhada na papelada? – sugeriu Hamilton.

Antoniazzi colocou o copo sobre o aparador e foi até a sua mesa sob o olhar atento do líder. Abriu a única gaveta trancada à chave, retirou dela uma pasta recheada de documentos bancários emitidos no exterior e arrumou-a sobre a mesa.

– Você está desconfiando de alguma coisa?

Hamilton fez ligeira pausa antes de responder.

– Por quê? Eu deveria estar?

– Talvez, pois sei que os números que a imprensa anda divulgando não batem com os da nossa contabilidade.

– E não deveriam bater?

– Não necessariamente, já que parte do que faturamos fica por aqui, numa espécie de caixa dois e você sabe disto.

– O pendrive que levaram tem alguma informação especial, algum sigilo?... Alguma coisa que eu não esteja sabendo, por exemplo?

Antoniazzi voltou ao aparador e deu uma valente e bela talagada no uísque esvaziando o copo...

– É provável...

Hamilton percebeu que ele estava cada vez mais nervoso...

– Temos duas opções, Edmundo, se é o que eu estou pensando... Fique tranquilo por enquanto... Não precisamos fazer disso um problema entre nós e muito menos torná-lo público, concorda?... Vou pensar e decidir isso nos próximos dois ou três dias... Até lá continuamos o nosso trabalho normalmente.

Antoniazzi tentou sorrir, mas apenas levantou timidamente seu copo para brindar.

Octob.

Octob.

Octob.

1 Novemb.

6 Novemb.

1 Novemb.

4 Decemb.

Decemb.

Decemb.

São Paulo, Brasil
ano do senhor de 2005

Uma relação em segredo, imprópria... A expressão martelava a cabeça de Manina não exatamente pelo que ela poderia esconder ou vir a revelar. Além de antiquada, mostrava o grau de preconceito do diretor Marco Antonio sobre o comportamento das pessoas, mesmo que se tratasse de qualquer traição ou infidelidade conjugal. O quanto uma frase, dita assim sem maiores compromissos, podia revelar de uma pessoa!

E depois, o que é que isto poderia significar nos dias de hoje, uma relação imprópria?

Seria o bispo Hamilton o filho bastardo de algum figurão da república, um empresário ou cantor famoso, uma senhora da alta sociedade ou, quem sabe, até de uma prostituta ou dona de bordel? E se fosse, qual seria o problema? O mundo já não era mais o mesmo...

Estariam ainda vivas essas pessoas, quem quer que fossem? E qual a importância de tal fato na investigação sobre remessas de dinheiro para o exterior feitas por evangélicos?

Absorvida por essas reflexões feitas ao acaso, desencontradas, às apalpadelas, Manina não percebeu a chegada quase silenciosa do seu colega Diego, gingando desajeitado sobre o velho e surrado tênis de marca, mas intimamente agitado. Ele invadiu a sala com suas bochechas rosadas e seus olhinhos míopes e miúdos, ligeiramente apertados por trás das lentes grossas dos óculos, que mais escondiam do que revelavam o seu caráter.

– Tudo indica que o seu furo jornalístico já era, minha querida.

A voz ligeiramente afeminada de Diego não conseguia esconder uma pontinha de satisfação ao dirigir-se à colega. A inveja e a maldade corriam-lhe pelas veias, como os rios correm para o mar... naturalmente.

– Do que é que você está falando, Diego?

– Venha até a minha sala e veja com os seus próprios olhos o que está acontecendo no telejornal dos tabernaculares.

– Alguma coisa de muito especial?

– Veja você mesma. Alguém vazou informações para a polícia federal.

Manina levantou-se contrariada, mas acompanhou o colega até a sala dele.

O televisor de 29 polegadas, enfiado na estante em frente à mesa de Diego, mostrava na edição do telejornal da cidade aquilo que já tinha sido mostrado em sucessivas edições nacionais extraordinárias do departamento de jornalismo da TV Tabernáculo News, onde se desenrolou, segundo as palavras do repórter, a nova operação da polícia federal iniciada aquela manhã e batizada de Sodoma e Gomorra, cujo principal objetivo era investigar supostos delitos financeiros praticados por entidades religiosas no Brasil.

A câmera caminhava nervosamente ao lado de policiais atentos e de evangélicos carrancudos com expressões preocupadas. O repórter procurava se colocar ao lado do delegado comandante da operação.

– Não é esse o delegado que costuma lhe passar informações, o tal de Montezuma? – perguntou Diego com inflexão maliciosa na voz.

Manina surpreendeu-se mais com a insinuação em tom de fofoca contida na pergunta do que com a edição extra do noticiário televisivo.

– E desde quando você anda investigando as minhas fontes, Diego?

Manina, o olhar firme e ao mesmo tempo acusador, fuzilou o colega.

– Se está interessado tanto assim em fazer a minha matéria, vá falar com o Marco Antonio ou com o seu amiguinho Cesar Augusto e diga a eles que você tem mais gabarito e competência para a investigação ou melhores fontes que as minhas... E não me venha encher o saco.

– Não precisa se exaltar, minha querida, eu só estou querendo ajudar. Não fique nervosa à toa... Eu apenas pensei que você poderia estar sendo ultrapassada pelos fatos e quisesse tomar alguma providência.

– Ultrapassada pelos fatos?!... Que bobagem é essa agora?... Você nem sabe do que está falando, idiota...

Manina continuou a encarar Diego com o ar ainda mais severo, o vinco na testa provocado pelas sobrancelhas arqueadas.

– Diego, preste atenção, vou lhe dar um conselho e juro que é a última vez que toco no assunto: não pense que vai agir comigo como você costuma fazer com alguns de nossos companheiros aqui do jornal... Tome cuidado!

– Isto é uma ameaça?

– Entenda como você quiser.

Manina saiu da sala batendo a porta sem notar a expressão de raiva do rapaz. Diego engoliu em seco, abriu novamente a porta e, numa tentativa de amenizar a situação, elevou a voz para alcançar Manina.

– Posso ajudá-la com o passado do bispo, Manina.

Mais essa agora... O desgraçado sabia demais e acabara de se entregar... Isso era armação do outro diretor do jornal, claro...

Enquanto caminhava de volta para a sua sala, sem sequer responder ao rival, uma Manina furiosa passava rápida e mentalmente a limpo tudo que vinha acontecendo até aquele momento em relação à matéria que preparava e que, por mais delicada e polêmica que pudesse se tornar, agora parecia interessar a mais pessoas, ou a mexer com outros interesses que não aqueles para os quais fora pautada.

Quando da entrevista de um deputado corrupto meses antes, lembrou-se, já havia sentido olhares de inveja profissional e tentativas de lhe puxarem o tapete, mas seu coração batia de contentamento pela repentina notoriedade que a entrevista lhe trouxera. Ali, a inveja passou ao largo de suas preocupações.

Agora não, agora o coração parecia bater em sobressaltos para os quais ainda não conseguira uma explicação razoável para si mesma. Andava nervosa, agitada, com dores nas costas e no peito.

As cenas que assistiu na sua primeira sessão de exorcismo, esgares, contorsões, olhos revirados, babas e ranhos, as histórias que ouvia e recolhia, os livros consultados sobre demonismo, bruxaria e seitas secretas... As primeiras conversas com o bispo Hamilton, uma figura deveras curiosa... Tudo contribuía para que se envolvesse numa atmosfera de incertezas.

Qual o grau de lealdade de cada ser humano por sua opção religiosa?

Tentou relacionar tudo isto ao fato de também não se sentir nada à vontade quando relia os manuscritos do monge De La Matina e ao crescente fascínio que lhe despertara a questão da prática do exorcismo... Ou seria pela própria possessão?... Vinha tudo a dar no mesmo...

Fascínio pela figura do diabo? Já caminhando para os 40 anos de idade?... Que disparate!...

Isto para não dizer – o que procurava negar com todas as suas forças – que começava a se sentir atraída pelo bispo Hamilton Fernandes dos Santos. E não era um desvario de sua parte...

Capricho? Vaidade? Descontrole? Estaria perdendo a confiança em si mesma? Ou a fé em Deus? *Tinha que admitir: estava ficando insegura, frágil, sem que encontrasse qualquer explicação consistente para si mesma...* O que não era nada bom.

Onde se originava a maldade nas relações humanas?

Seu colega Diego, embora desfrutasse da intimidade do outro mandachuva e diretor do *Jornal da Cidade*, não tinha, com toda certeza, qualquer discernimento sobre as questões éticas, ou, se as tinha, não fazia a menor questão de respeitá-las ou demonstrá-las... Nada em Diego era espontâneo, desinteressado.

Posso ajudá-la com o passado do bispo...

Claro, o desgraçado tinha que estar envolvido... Acabara de fazer referência a um assunto que imaginava ser só do seu conhecimento e do diretor Marco Antonio.

Não... Não tinha mais o direito de ser tão ingênua... E nem tinha que suportar intromissões desse tipo...

Já na sua sala, Manina pegou o celular e fez uma chamada.

– Alô... delegado Montezuma? É Manina Berruel... do *Jornal da Cidade*, sim... Posso falar um minutinho com o senhor?

[illegible] 10 gr.

[illegible] 10 [illegible]

[illegible] terminum [illegible] zu vorschreiben

[illegible] 10 [illegible]

[illegible] terminum

[illegible] zu proce-

[illegible] 10 gr.

[illegible]

[illegible] zu vorschreiben 10 [illegible]

[illegible] zu vorschreiben [illegible]

procediren [illegible] 10 [illegible]

[illegible] termi-

[illegible] zu procediren 10 [illegible]

[illegible] seine termini

[illegible] zu pro-

[illegible] 10 gr.

Octob. [illegible] und seinen

[illegible] 8 gr.

[illegible] vorschreiben 8 gr.

[illegible] den terminum

[illegible] zu procediren 10 gr.

[illegible] terminum und

zu procediren 10 gr.

[illegible]

[illegible] 10 gr.

[illegible]

[illegible] 6 gr.

[illegible] 6 gr.

[illegible]

[illegible] 6 gr.

[illegible] vorschreiben 6 gr.

[illegible]

16 sec.

[illegible] 6 gr.

[illegible]

60

TERCEIRO MOVIMENTO

Ela mora longe e o caminho é deserto
E o lobo mau se esconde aqui por perto

"Chapeuzinho Vermelho",
canção infantil

São Paulo, Brasil
ano do senhor de 2005

Com a promessa de que o assunto seria resolvido dentro de setenta e duas horas e após a discussão acalorada de quase três horas que ameaçou invadir o terreno amistoso e momentaneamente minado entre os dois principais dirigentes dos Filhos do Tabernáculo, os reverendos Hamilton e Antoniazzi decidiram que o assunto deveria ter, de fato, uma solução adulta e civilizada. Concluíram que já era hora de deixar de lado o uísque.

Nos altos e baixos da discussão, usaram de linguagem repleta de metáforas, cifrada em muitos de seus momentos, mas na qual cada um deles sabia exatamente o significado de cada palavra dita pelo outro. O diálogo deixou claro que havia mais dinheiro em caixa do que o declarado, a tal ponto que poderia ser dividido em partes iguais e ninguém sairia perdendo. E era essa uma das hipóteses... A mais aliciante, talvez.

Sem que necessitassem colocar os pingos nos is, pois eram pessoas inteligentes e se conheciam muito bem, líder e tesoureiro chegaram àquilo que consideraram a melhor solução: o destino e o motivo do dinheiro enviado para o exterior pela igreja e que tanto rebuliço vinha causando em algumas áreas sensíveis do Ministério Público seriam confirmados para a imprensa e para o fisco, mas sob a alegação de que estava sendo destinado à ampliação da igreja em alguns países africanos, e boa parte dele para a sustentação dos obreiros que seriam deslocados para os países já escolhidos... e para a construção de novos templos. Isso, de certa forma, não deixava de corresponder à verdade.

Não era saída de todo honrosa para os dois dirigentes, mas apelava ao sentimento cristão dos contribuintes. E mais: o diretor do novo empreendimento seria o próprio bispo Edmundo Antoniazzi que, dentro de noventa dias, estaria se deslocando para a África do Sul, o primeiro dos países a inaugurar o mais moderno templo tabernacular. E demonstrando seu inegável sacrifício pela causa... A imprensa seria convocada para a entrevista coletiva dali a trinta dias e todo o novo esquema seria divulgado com pompa e circunstância.

A sorte de Antoniazzi estava selada e ele teria que se conformar com seu novo destino ou, apesar da antiga amizade e da importância do cargo que ocupava, seria defenestrado pelo líder, senhor e conselheiro de todos os obreiros, o sempre poderoso Hamilton Fernandes dos Santos, para o bem e para o mal.

Considerada a solução satisfatória, do ponto de vista empresarial, e deixando de lado as questões morais e religiosas, Antoniazzi viu-se confrontado com uma situação difícil, constrangedora e, sob certos aspectos, cruel. Ainda que o objetivo fosse o de continuar espalhando as boas-novas, a palavra de Cristo, o fiel obreiro recebeu o acordo como verdadeira sentença punitiva e das mais duras.

Teria que viver fora do seu país, numa região do mundo em tudo e por tudo desconhecida para ele; comandar jovens obreiros ainda inexperientes para muitas das tarefas requeridas. Alem do mais, falava um inglês macarrônico que deveria ser aprimorado em pouco tempo... Não merecia isso, foi o que concluiu com o coração apertado.

Aceitou constrangido a decisão. Natural, portanto, que se magoasse...

São Paulo, Brasil
ano do senhor de 2005

– Aquele que não tiver pecados, atire a primeira pedra...

A seleta plateia que ocupava parte do auditório do Instituto de Políticas Democráticas para o Século XXI, ouvia com relativo interesse as palavras do cardeal arcebispo da cidade de São Paulo.

O encontro tinha sido organizado por várias entidades patronais e associações profissionais como a Federação das Indústrias do Estado de São Paulo, a Associação Brasileira de Empresas de Rádio e Televisão, a Confederação do Comércio, a OAB de São Paulo, agricultores, a Federação dos Bancos e congêneres.

O tema da reunião, estimulada pelos setores mais conservadores dessas entidades, versava sobre as vantagens da democracia representativa formal e de alguns dos pilares que a sustentavam, tais como a liberdade de opinião e a liberdade de imprensa.

O primeiro dos oradores, que abriu o encontro e provavelmente o mais inflamado, arriscou dizer que a reeleição do presidente da república nas condições em que se previa poderia levar o país para a antessala de uma nova ditadura.

Exageros à parte, a iniciativa provocou discussões e desentendimentos, pois entre os membros das várias entidades participantes havia aqueles que apoiavam o governo e eram contrários a iniciativas polêmicas como aquela por não se sentirem ameaçados em seus negócios ou em sua liberdade de cidadãos.

O cardeal era o terceiro orador a falar e exortava a todos os presentes que, tendo em vista ser aquele um ano de eleições presidenciais, os valores da tolerância e da fraternidade entre os cidadãos deveriam prevalecer sobre as disputas políticas mais acirradas. Depois dele, mais dois oradores estavam inscritos e o debate seria aberto a quem quisesse participar.

Embora a maioria dos presentes fosse formada por tradicionalistas e conservadores empedernidos, lá se encontravam também pessoas de formação liberal e que iriam defender posições contrárias à da maioria. Por ironia, o Instituto deveria mostrar que praticava a democracia dentro da própria casa.

Entre as personalidades presentes, além de um dos candidatos à presidência e principal oposicionista ao governo federal, encontravam-se figurões das comunicações, donos de jornais, revistas e canais de televisão, pecuaristas, atacadistas, publicitários, comerciantes e até executivos de empresas transnacionais, todos animados em organizar uma nova cruzada pela democracia. Marco Antonio e Cesar Augusto lá estavam representando a *Jornal da Cidade* e o sindicato patronal.

Ao final do falatório, foi servido um sofisticado coquetel com vinhos franceses, portugueses, e refinados salgadinhos, em que a plateia, ou pelo menos boa parte dela, se confraternizou em meio aos mais variados comentários sobre o evento e as perspectivas, para muitos, nada alentadoras da continuidade do governo do metalúrgico semianalfabeto.

– A reeleição do presidente e a continuidade desse governo é um perigo para a democracia...

– Esses esquerdistas estão tomando o aparelho de estado com propósitos não confessáveis...

– Já falam em rever as concessões para os canais de televisão...

– E criar nova lei de imprensa...

– Temos que botar nossa tropa de choque para funcionar nos jornais, nas emissoras de rádios, nas televisões, nas revistas semanais... Todos contra a censura disfarçada...

– A propaganda sempre foi a "arma" do negócio.

– Na nossa emissora, já instruímos o Armando Jabá para liderar o movimento... Ele é bom nisso... Esquerdista arrependido. Adora falar mal do partido do governo e dos comunistas.

– Ele não foi um deles no passado?

– Esses são os piores, pois gostam de dizer que foram enganados nos seus ideais da juventude.

– Mas não são os que se consideram bem informados, inteligentes, com ares de gênios, a falar do que entendem e do que não entendem?... Como é que se deixaram enganar na juventude?

– Enganados uma vez, enganados sempre. Esse é o risco...

– E adoram dinheiro.

– O sobrenome já diz tudo... Jabá... Armando Jabá...

Os comentários maldosos, irônicos ou sinceros corriam soltos. Faziam parte daquela cultura, cuja principal arma era a disseminação de suspeitas sobre corrupção e falcatruas de membros do governo naquele momento, enquanto varriam para debaixo do tapete grandes golpaças de governos anteriores.

Num dos cantos da sala, Cesar Augusto conversava com animação e sorrisos numa rodinha onde a fofoca também dava a tônica dos comentários. O animador da conversa era seu amigo Ronaldo Azeredo, principal editor de conceituada revista semanal e correspondente no Brasil da revista *SPY ON*, norte-americana.

Aproveitando a informalidade da ocasião, o Cardeal Arcebispo aproximou-se de Marco Antonio em outro grupo de personalidades.

– Como está, Marco Antonio?

– Tudo em paz, cardeal... E o senhor?

– Vivendo, como Deus é servido...

– Gostou do que ouviu?... Dos debates?

– Pareceram pertinentes, tirando um ou outro exagero nas avaliações...

E num tom de voz mais solene e intimista.

– Poderíamos falar a sós por dois ou três minutinhos?

Afastados do burburinho do coquetel, o Cardeal Arcebispo de São Paulo e o diretor do *Jornal da Cidade* refugiaram-se no auditório que tinham deixado há pouco.

– Como vão os negócios, o jornal? – perguntou o cardeal procurando dar um tom menos formal à conversa.

– Vão bem, Reverendíssimo, embora também tenhamos nossas dúvidas sobre mais quatro anos desse governo no poder... Nunca se sabe... Em democracia sempre se correm riscos...

– Eu não me preocuparia tanto... O país está aprendendo a conviver com a democracia...

O cardeal olhou na direção da entrada do auditório para ver se não seriam interrompidos e continuou:

– O motivo de eu querer falar a sós com você, meu jovem, tem a ver com determinado boato que chegou aos meus ouvidos... E está ligado ao seu jornal.

– Boato?!... Sobre o *Jornal da Cidade*?

– Não propriamente sobre o *Jornal da Cidade*, mas tem a ver com a matéria que vocês estão preparando sobre os Filhos do Tabernáculo e a repercussão que isso pode causar no país...

– Desculpe, cardeal, mas como é que o senhor...

Marco Antonio percebeu a tempo que iria cometer uma indelicadeza e emendou:

-... temos sempre o cuidado de não deixar escapar o tema de uma matéria quando ela é importante para nós e para o país... Como é que esse boato chegou até ao senhor, permita-me perguntar?

– Não sou e nem posso ser homem de mentiras, como sabe... Soube reservadamente numa conversa informal durante o almoço dominical com o pai de um de seus jornalistas... Lá estava um notável advogado criminalista grande amigo meu há anos e católico exemplar...

– Humm... – conseguiu exprimir Marco Antonio à espera de uma explicação minimamente razoável. Não imaginou, contudo, ouvir o que viria a seguir.

INTERLÚDIO 1969

Campinas, São Paulo
ano do senhor de 1969

Sem tirar o olho da prisioneira, o delegado Olegário Matoso pegou o telefone e discou apressadamente para determinado número na capital. A freira já não o desafiava como há cinco minutos atrás e procurava ajeitar na cabeça o véu que fora ao chão com a violência do tapa recebido.

– Alô... delegado Wandercy Morais? É Matoso, aqui de Campinas... Como vai delegado, tudo em cima por aí? Que bom... Que bom... Lembranças à esposa... Certo, certo... Obrigado, delegado... Estou aqui com aquela encomenda religiosa que o senhor pediu... Como?... Isso, essa mesmo... Ainda não verifiquei tudo o que ela vale, mas me parece feita de material resistente, o que pode ser de bastante utilidade, quem sabe? Só queria saber se o senhor precisa dela com urgência ou se ela pode esperar uns dias por aqui antes de ser entregue aí em São Paulo... Gostaria de examinar com mais cuidado, sabe como é... Saber se é mesmo genuína ou é de material falsificado... Não gosto de surpresas de última hora...

A irmã Isabel dividiu-se entre a comiseração, por reconhecer o primarismo daquela linguagem cifrada tão idiota, e a angústia e o temor ao perceber naquelas palavras a ameaça de ter que ficar detida por mais algumas horas ou mesmo dias. Fechou os olhos e elevou o seu pensamento a Deus. Ele, com certeza, se encarregaria de lhe evitar o pior.

O delegado, após as bajulações de praxe, despediu-se e colocou o telefone no gancho. Sua expressão era a de uma criança que acabara de ganhar o brinquedo desejado para se divertir. Levantou-se, ajeitou a calça sobre a barriga proeminente e tornou a contornar a mesa, dessa vez colocando-se bem ao lado da sua prisioneira.

Arrancou-lhe novamente o véu e atirou-o para o canto da sala para mostrar autoridade e não só... Sem ele, a prisioneira perdia parte da sua coragem, além do quê, Matoso já havia notado, revelava-se em sua plenitude o rosto da irmã Isabel, que continha traços suaves e trazia a marca de uma beleza à qual ele já se desacostumara. E que o inquietava, a bem da verdade... Pois era a beleza das pessoas sem preconceitos e sem desconfianças para com os seus semelhantes. Beleza que não frequentava o mundo em que ele vivia.

Tocou com suavidade os cabelos castanhos da freira, finos e agora desalinhados, sendo repelido com o movimento brusco da prisioneira, que tentou levantar-se, mas foi contida pelas mãos fortes e pela brutalidade do policial.

– Em nome do Pai, do Filho e do Espírito Santo, irmã, ajoelhe-se!

A irmã Isabel ficou paralisada diante de tamanho sacrilégio e finalmente se deu conta de que estava sozinha naquele momento. Estava só, diante de uma aberração, ou melhor, só ela e o seu Deus e mais ninguém. Matoso agarrou-a, então, pelos cabelos e foi forçando-a a ajoelhar-se bem a sua frente.

– Fique a senhora sabendo que ninguém vai tirá-la daqui tão cedo, irmã... Isto aqui é a porta de entrada para o inferno... A senhora está em minhas mãos e de agora em diante vai ser como o diabo gosta... E, para começar, vai dizer todos os nomes que eu quero, de estudantes, de padres, de outras freiras, de professores, de todos esses comunistas filhos da puta aqui da cidade e da região, um por um... A quem a senhora presta contas, hein?... Quais são os seus contatos?... Ainda está para nascer aqui em Campinas o desgraçado que vai me enfrentar dentro dessa delegacia...

O delegado, ainda segurando a freira pelos cabelos, apertou-a contra o seu baixo ventre.

– A senhora vai dizer até o nome do soldado que estocou o Cristo com a lança cheia de fel, juro pela alma da minha mãe.

Matoso ia perdendo o controle à medida que se excitava. Lágrimas de raiva e impotência começaram a se formar nos olhos da freira, cuja expressão já denunciava pânico.

– A senhora sabe latim, irmã?... Hein?! *Non ducor, duco* é o meu lema... Não gosto de ser conduzido, manipulado... Sabe ou não sabe?... Deve ter uma noção, é claro, assim como eu, que me formei em Direito... Estudou em colégio católico, é claro... Portanto é mais do que natural que saiba alguma coisa de latim... Eu é que conduzo... Vamos fazer um testezinho, hum?... Que tal?

Com os olhos fechados, a irmã Isabel começou a rezar em silêncio, procurando afastar-se daquele pesadelo que se abateu sem mais nem menos sobre o seu corpo e a sua alma naquela manhã. O coração acelerou as batidas, a dor de cabeça foi surgindo à medida que a mão do delegado forçava sua cabeça contra o próprio sexo, provocando-lhe repulsa e uma repentina ressequidão na boca.

– *Felatio* – gritou o delegado. – Sabe o que significa a palavra *felatio* em latim, hein, sua freirinha gostosa?

No seu desespero em se transportar espiritualmente para bem longe daquela situação, a irmã Isabel ignorou a pergunta feita. Foi como se não a tivesse escutado. Ouvia a voz do delegado como se ela, a voz, ecoasse à distância e nada daquilo estivesse acontecendo. Confrontava-se visceralmente com o que supunha ser uma situação surrealista. Começou a suar e a sentir dores na boca do estômago, tentando desvencilhar-se do volume abjeto apertado contra o seu rosto.

– Vai ficar calada, vai?... E por quê? Não sabe ou não quer dizer?... Vou refrescar a sua memória, mocinha, porque eu sei que vocês todas entram para o convento e não pensam em outra coisa senão numa boa foda... Chupeta é o nome do jogo... É isso, *felatio* em bom português quer dizer chupeta... É o que a senhora vai fazer agora... uma boa chupeta aqui no pau do delegado Matoso.

O delegado abriu a braguilha da calça e catapultou o membro rijo, avermelhado e pecaminoso. Em seguida, tirou da cintura a arma semiautomática que carregava consigo e encostou-a na cabeça da freira.

– A senhora vai abrir a boca e engolir todo o material com delicadeza, com suavidade... Vai e volta... Vai e volta...

A freira percebeu que estava no limite de suas forças. Sentia náuseas e as dores na boca do estômago e na cabeça aumentavam a um limite quase que insuportável. Ao abrir a boca, o jato de vômito veio com toda a força que conseguiu reunir.

– Filha da puta!... Sua freira do demônio!

A voz do delegado ribombou como trovão por toda a delegacia.

A razão cínica e a maldade do ser humano andam de braços dados em várias situações. Uma se ampara na outra. Ou, melhor dizendo, uma não vive sem a outra. E as duas juntas causam grandes danos à humanidade. O silogismo, não de todo hipotético, demonstra com boa dose de verdade que os desejos reprimidos do homem são capazes de proezas inimagináveis.

Prova disto foi o arranjo que se fez entre os destemperos, assim considerados por alguns, do delegado Olegário Matoso, a cúpula da polícia paulista e o Ministério da Justiça em Brasília, para que os maus-tratos sofridos pela irmã Isabel fossem abafados na cidade de Campinas e, sobretudo, junto à diocese da capital, comandada por um cardeal íntegro e defensor dos direitos humanos.

Mais ainda: era preciso que a notícia não chegasse aos grupos de direitos humanos em cidades como Paris, Estocolmo, Roma. Ou a determinados jornalistas de jornais como o *Le Monde*, o *Herald Tribune* ou o *The New York Times*. A imprensa brasileira não era o problema a enfrentar naquele momento, e qualquer vazamento do episódio seria devidamente censurado. Não havia, contudo, como controlar o que se publicava no exterior.

Graças à súbita aparição do escrivão Silas na sala do delegado, acompanhado por um sargento da polícia militar, a indefesa freira escapou atempadamente de ter destino mais trágico. Essas presenças não mudavam em nada o clima violento que invadira a sala, apenas o legalizavam, pois seriam duas testemunhas a defender o indefensável, caso fosse aberto algum inquérito por abuso de autoridade ou maus-tratos.

O cheiro azedo do vômito empestiava a sala e Matoso, humilhado, teve que trocar a calça. A selvageria do delegado funcionava como se tivesse ligada a um termostato. Ia e voltava automaticamente. A determinada altura, arrefecia e a situação à sua volta relaxava. Meia hora depois, o ódio poderia aflorar novamente, sem qualquer aviso.

Um médico foi chamado para examinar a prisioneira e, segundo o seu diagnóstico, ela não apresentava sinais visíveis de agressão e tinha todos os órgãos vitais em perfeito estado. A vermelhidão do tapa recebido e os vergões no pescoço da gravata aplicada pelo policial desapareceriam até o final do dia.

A irmã Isabel pôde finalmente beber a sua água com a sensação de ter vencido esse primeiro duelo. Ainda assim, a sensação era incômoda e desconfortável. Tinha a boca amarga, o corpo pesado...

Primeiro a água, depois os nomes. Matoso não se esqueceria disso, como não se esqueceria também da sua advertência inicial à religiosa. A resposta à primeira pergunta acabaria por definir, dali em diante, os rumos do interrogatório. Era esse o seu credo. Se mentisse, o preso recebia um tratamento implacável. Caso dissesse a verdade, a situação poderia ser "amaciada".

E a irmã Isabel mentira, ou melhor, falara meia verdade ao confirmar o seu nome. Seria tratada sem condescendência. Não só pela insolência demonstrada, mas também pela ficha levantada com todos os seus documentos.

Matoso foi ao banheiro mijar, trocar a calça e jogar água no rosto. Sabia muito bem que em relação a presos políticos, tinha agora total cobertura dos órgãos de repressão e quanto mais mostrasse serviço, mais ganharia pontos em São Paulo e em Brasília. Mesmo que o preso, como era o caso, pudesse ter a cobertura dos tais defensores dos direitos humanos e da Igreja. Não era homem de se intimidar com essas "pendengas", como costumava dizer.

Enxugou o rosto com toalhas de papel e passou a mão pelos cabelos que já começavam a escassear. O que mais o intrigava não era ter agredido a uma irmã de caridade, mas sim o fato de ter sentido enorme tesão por ela.

Já ouvira e lera histórias de freiras que fugiam à noite de seus conventos para aventuras amorosas às escondidas. Um amigo, de família italiana, narrou-lhe o caso do tio vindo da Itália durante a segunda grande guerra. O tio morava num vilarejo próximo a Palermo e, quando regressava à casa, já de noitinha, foi abordado por uma freira numa viela, próxima ao muro de um convento. A freira lançou-se furiosamente sobre o rapaz, beijando-lhe e agarrando-lhe o sexo com volúpia. Apavorado, o tio do amigo tentou resistir, ou pelo menos entender o que se passava com aquela figura surgida do meio do nada. Sem maiores explicações a freira afirmou, sequiosa: *Guerra é guerra, bambino...*

Divertiu-se com a lembrança.

Matoso ficou pensando se não seria melhor usar a tática oposta àquela que usara até agora... E se essa tal irmã Isabel fosse, com toda a certeza, uma dessas freiras comunistas de quem também já ouvira falar, e não exercitasse a 100% os seus votos religiosos? Se ela gostasse de uns carinhos às escondidas, por exemplo. O diabo era se ela fosse lésbica... Sapatão... Já ouvira também histórias excitantes a respeito... Comer uma lésbica também fazia parte das suas fantasias... Dali para frente mudaria de tática.

Silas, na sua costumeira mudez diante de situações desconfortáveis como aquela, aguardava – branco como cera – que Matoso voltasse do banheiro para tomar as primeiras notas ditadas pelo delegado. De pé, o sargento da PM entrara mudo e, tudo indicava, sairia calado.

A irmã Isabel, abatida, procurava manter uma postura de dignidade em sua cadeira, mas já não era a mesma pessoa que o escrivão viu entrar de manhãzinha. Evitava o olhar dos dois homens. Silas, apesar de tudo, se condoeu com a situação.

O delegado Matoso voltou à sala com o rosto e os cabelos ainda úmidos e cheirando à colônia barata. Olhou para a sua presa e desta vez ela não o encarou. Tirou da pasta colocada à sua frente um envelope e de dentro dele a carteira de identidade da freira e outros papéis, um deles o que parecia ser a fotocópia autenticada da certidão de nascimento da prisioneira.

– Irmã... Isabel, não é isso? Eu sinceramente não gostaria de perder o meu tempo interrogando uma religiosa comunista, porque é isso que a senhora é, uma irmã de caridade comunista, verdadeiro contrassenso aos olhos de Deus, mas prometo à senhora que serei mais paciente daqui em diante...

Matoso mentiu, iniciando a técnica do bater e depois lamber a ferida.

– Vou abrir uma exceção nos meus critérios de avaliação de prisioneiros... Em troca, eu gostaria de contar com a sua compreensão.

A freira, com as mãos trêmulas, entrelaçadas e postas sobre as pernas, continuava a olhar para baixo, o olhar perdido em algum lugar situado entre o cansaço e o desalento.

– Eu deixei bem claro quando a senhora sentou aí à minha frente – continuou o delegado com calma estudada – que a resposta à primeira pergunta que eu fizesse daria o tom da nossa conversa. Se a resposta correspondesse à verdade, nos manteríamos dentro de um diálogo franco e construtivo. Caso contrário, eu diria agora em bom português, o pau iria cantar...

Silas buscou no bolso da camisa uma de suas cigarrilhas fedorentas, pois já sabia onde aquela conversa iria parar.

– Sua primeira resposta foi a meia verdade, pois Isabel é parte de um nome composto... Está aqui na sua carteira de identidade...

Isabel pareceu acordar e respondeu com voz quase sumida.

– Isabel é como sou conhecida na ordem e é como todos me chamam no convento e no colégio...

– A meia verdade pode parecer uma forma esperta de mentir, mas comigo não tem dessas frescuras... Comigo, torna-se meia mentira, mas não vou perder meu tempo com besteiras... Já dei ordens para que levem a senhora para uma de nossas celas lá nos fundos da delegacia... Vai ficar incomunicável por algum tempo para meditar e procurar se lembrar de todos os nomes que quero saber... Principalmente de outros contatos dentro da sua ordem religiosa... À tarde, vamos dar uma voltinha e aí pode ser que a senhora mude de ideia, que tal?

E, virando-se para Silas, Matoso arrrematou:

– Mande deixar a F-100 preparada para sair comigo logo depois do almoço, Silas.

RONDÓ

Pela estrada afora eu vou bem sozinha
Levar esses doces para a vovozinha...

"Chapeuzinho Vermelho",
canção infantil

São Paulo, Brasil
ano do senhor de 2005

Na primeira vez em que o bispo Hamilton dos Santos e a jornalista Manina Berruel se encontraram a sós para a entrevista, corresponderam em tudo à expectativa e à imagem que tinham um do outro. Ou melhor, em quase tudo...

Hamilton apresentou-se com a altivez e a soberba dos líderes religiosos já conhecidos, sempre uma celebridade para os caçadores de notícias. Era jovem ainda para o cargo que ocupava. Um homem de sucesso. Era essa, pelo menos, a imagem que tinha de si mesmo como figura pública, mas nem sempre encontrava consonância entre os seus próprios adeptos e seguidores.

Manina, por seu lado, enfrentou-o munida de espírito mordaz e ligeiramente arrogante, qualidades muitas vezes encontradiças em jornalistas de última geração e que servem para demonstrar o poder que imaginam possuir, mas muitas vezes também usadas como escudo para protegerem sua ignorância sobre questões relevantes ao próprio tema que investigam.

Dois pesos pesados em suas especialidades. Duelo de gente grande. Ao contrário daquilo que Manina supunha, por mais incrível que isto pudesse parecer agora – levando-se em conta todas as suspeitas e acusações que recaíam sobre os Filhos do Tabernáculo – , o bispo insistia em declarar, sempre com simpatia e estudada simplicidade, não ter nada a esconder.

Ela iria pôr isto à prova.

A peleja se deu no principal escritório do bispo, que ficava em luxuoso edifício de escritórios da Alameda Santos e não em qualquer das dependências do templo principal da seita. A rua em questão situava-se em paralelo ao maior centro empresarial da cidade de São Paulo e do país, a Avenida Paulista.

O conjunto de três salas ricamente mobiliadas e decoradas realçava mais o realismo comercial dos tabernaculares do que propriamente o seu desvelo e proselitismo religioso, o que Manina logo percebeu, mas fingiu ignorar. E até duvidar de tanta religiosidade que observara nos últimos dias...

Sobressaltou-se interiormente quando chegou para o encontro. O motivo? Numa das paredes da sala de espera deparou-se com a reprodução, tosca é verdade, da tela de Caravaggio, *A Crucificação de São Pedro*. Possivelmente retirada dessas coleções que se vendem em bancas de jornal e colocada em moldura envidraçada de contornos de madeira dourada. Encontrar ali uma reprodução do quadro que a impressionara em Milão. Algumas coincidências acabam por se tornarem intrigantes.

Não poderia sair em desvantagem desse encontro, foi o que prometeu a si mesma.

A pontualidade era uma das qualidades de Manina e Hamilton soube respeitá-la, pois recebeu a jornalista rigorosamente dentro do horário agendado, às 11 horas da manhã de uma quarta-feira ensolarada de abril.

Recebeu-a em trajes elegantes e civis: terno Giorgio Armani cinza com riscas brancas quase invisíveis, camisa azul clara e gravata Hermes, vermelha, com riscas em tons de azul claro e escuro. Sapatos lisos, afivelados e impecáveis no brilho. O uniforme consagrado dos empresários novos-ricos.

O único pormenor a lembrar de quem se tratava ficava por conta do discreto distintivo de prata cravado na lapela esquerda do paletó, onde se encaixavam em cuidadosa simetria as letras F e T. Além disso, notava-se-lhe o olhar intrigante e bastante inquiridor, bem distante do ar por vezes compungido do pregador arrebatado dos cultos dominicais.

Manina, ao contrário do que se poderia esperar, apresentou-se para o encontro com discreto terninho de algodão cru e uma blusa de seda em tom lilás, sandálias de salto, bolsa e *laptop*. Quase nada de pintura, a não ser o contorno das pálpebras com lápis escuro a realçar-lhe o negro dos olhos e a pinta no queixo. Os cabelos, também escuros e curtos, tinham o brilho dos cabelos saudáveis e bem tratados.

Teve dessa vez o cuidado em se apresentar de maneira profissional e distinta, pois não gostava de oferecer qualquer possibilidade às pessoas com quem conversava de confundir o objetivo do encontro, fosse alguém do sexo masculino ou alguma celebridade feminina. Já passara por situações em que tivera de mostrar com todas as letras aos entrevistados que não confundia trabalho com jogos de sedução ou competições de vaidade.

Hamilton sugeriu, evitando atrair uma intimidade precoce e até inoportuna naquele momento, que a entrevista se desse na sala de reuniões do escritório e não na sua, pedindo à secretária que não deixasse ninguém incomodá-los nos próximos 45 minutos.

Manina entendeu tanto o recado sobre a escolha da sala como sobre o tempo que tinha disponível. Considerou elegante da parte do bispo.

A verdade é que ambos, jornalista e pastor, já haviam percebido qualquer coisa que ultrapassava as fronteiras da curiosidade profissional por parte dela e da satisfação dessa curiosidade por parte dele. Mas as primeiras impressões, mesmo que condimentadas pela timidez ou pela hipocrisia e pela dissimulação, deveriam demarcar a linha divisória do primeiro encontro.

A sala era confortável, com climatizador de ar, móveis de mogno escuro, mesa retangular de bordas arredondadas e dez cadeiras à sua volta. Vidros espelhados por fora das janelas do edifício descortinavam a vista ampla e agradável da cidade de São Paulo por sobre os bairros conhecidos sob o nome de Jardins.

Ao fundo, bem ao lado do aparador para salgadinhos, bombons e bebidas, havia uma estante baixa com poucos livros, encimada por luxuoso exemplar da Bíblia Sagrada. Na outra extremidade, podendo ser visto por todos na sala, ficava o aparelho de televisão de tela plana, sempre sintonizado no canal da seita, mas educadamente desligado por Hamilton assim que entraram.

Apenas o carpete de cor indefinida, embora bem tratado, era irritante para o seu gosto pessoal e nada adequado com o conjunto, observou Manina. Exceção feita à Bíblia, não havia mesmo qualquer vestígio de se tratar do local de trabalho que abrigava o principal dirigente de uma seita religiosa.

O gongo soou para os dois contendores.

– Aqui ficamos mais à vontade – disse Hamilton indicando uma cadeira a Manina.

– Devo dizer que responderei a qualquer pergunta que me fizer, dentro – é claro – das normas de civilidade e de respeito à liberdade de culto e de expressão, evitando-se a divulgação de pormenores que possam expor os tabernaculares ou mesmo a mim, pessoalmente, a atitudes intolerantes e preconceituosas por parte de quem quer que seja.

Manina entendeu mais esse recado, dispensável para quem a recebeu com elegância, mas não se deu por vencida.

– Eu agradeço o pequeno sermão, bispo, mas conheço bem a minha profissão e sei quais linhas escolher para costurar a minha reportagem.

O pastor sentou-se em frente à Manina.

– Muito bem... Fico mais tranquilo assim... Agrada-me essa sua segurança...

Entrevistadora e entrevistado ficaram se estudando por algum tempo.

– Posso ter o privilégio da primeira pergunta antes de você começar as suas?

– Fique à vontade, reverendo.

– A senhora é católica?

– Como a maioria dos brasileiros, sem muita convicção.

– O que, aliás, tem levado o Vaticano a grandes preocupações nos últimos anos, como deve saber... Andam a perder muitos dos seus fiéis... O diabo está sempre a nos rondar a todos.

– Confesso que não percebi a relação entre o Vaticano, a evasão de fiéis e o diabo... E, por favor, reverendo, pode me tratar por você.

– É que Roma tem se descuidado desse significativo pormenor... o diabo... Já no passado, quando as cruzadas do papa Urbano II destruíram Jerusalém e deixaram a cidade banhada em sangue, jamais se livraram dessa maldição... A presença de Satanás entre nós pecadores, muito embora o Novo Testamente bíblico faça várias referências ao tema, não é muito considerada...

– E? – indagou Manina esperando pela conclusão.

– Com isso a sua Igreja, permita-me dizer assim, vem perdendo inúmeros fiéis a cada ano que passa, seja para rituais afro-brasileiros ou crenças espíritas, mas, sobretudo para as novas religiões pentecostais que levam a sério essa questão do diabo, como nós, os Filhos do Tabernáculo.

– A propósito, por qual motivo escolheram esse nome para a igreja, reverendo?

Manina acionou o seu gravador digital, dando início ao trabalho.

– Não lhe parece óbvio?... Trata-se da morada de Deus entre os homens, o Tabernáculo. Um lugar a nos remeter a esta constante comunhão entre o Criador e seus filhos, um espaço que, em princípio, exclui a presença de Satanás.

Manina não entendeu bem a dubiedade do *em princípio*, mas foi em frente.

– E é tão importante assim saber se o diabo convive em nosso meio ou se dele está excluído?... Preocuparmo-nos com isso em demasia? Penso que as pessoas estão mais em sintonia com Deus do que preocupadas com o diabo... Ou não?

– Não tenha tanta certeza assim... Os discípulos de Satanás entre nós são muitos... Estamos a todo o momento como que a pedir a proteção divina porque inconscientemente já nos consideramos pecadores. E somos pecadores sim, adoramos cair em tentações... As pessoas têm enorme atração pelo mal, pela maldade, pelo pecado, pelos prazeres fáceis... pela desgraça alheia... É só ligar a televisão ou ler os jornais... Você já assistiu aos nossos cultos, às entrevistas que fazemos em nossas sessões de exorcismo, por qual motivo as pessoas nos procuram?

– Pude assistir a uma delas na semana passada.

– E qual foi a sua impressão?

– A pior possível... Quero dizer, fiquei chocada, mas pressenti que muito daquilo se dava pelo clima criado em torno daquelas pessoas, pela vida miserável e difícil que muitas delas levam, pela desesperança. Não me interprete mal, bispo, mas cheguei a pensar que alguns ali estavam fingindo para criar todo aquele clima...

O bispo Hamilton olhou para Manina e por alguns segundos não disse nada. Encarou-a firmemente nos olhos e Manina sentiu-se intimidada, tomada por repentino e passageiro mal-estar.

– Você acredita em Deus?

Embora resistisse a constatar, o olhar firme do bispo deixava Manina insegura. Ele usava com ela a mesma técnica ao se dirigir à sua plateia de fiéis... Ela titubeou na resposta.

– Claro... Claro que acredito...

O olhar dele mantinha-se intimidador, melhor seria dizer provocador, e ela imaginou ter visto nos olhos do pastor um brilho estranho...

Qualquer que fosse a intenção do bispo, com ela esse jogo não iria funcionar.

– Acredito à minha maneira, se é que posso dizer assim... Quando vejo tudo o que se passa à minha volta, quando estou em contato com a natureza ou penso na história do homem, nas grandes descobertas e feitos da humanidade... Mas, atenção, não vá me julgar piegas por me expressar dessa maneira... Posso assegurar que não sou, porém, quando me distraio com o canto dos pássaros ou o choro de uma criança ou olho para as estrelas à noite, tento imaginar como é que tudo isso começou, o ponto inicial dessa caminhada... Esse ponto inicial só pode ter sido criado por um ser superior, esse a quem chamamos Deus... A matéria, o homem e a natureza não podem ter surgido do nada.

Manina sentiu-se ridícula com tanta explicação para simplesmente falar da existência de Deus.

– E não pensa também na miséria, na maldade, na injustiça, na intolerância... Insistiu o bispo.

– Penso às vezes, mas nunca relacionei tais mazelas ao diabo... Se for isso o que quer insinuar, mas ao próprio homem.

– Repito... A minha experiência com as pessoas tem demonstrado que o ser humano se interessa mais pela desgraça alheia do que com a sua própria felicidade, por mais estranho que isso possa soar aos seus ouvidos...

Manina ficou olhando para o seu interlocutor por alguns segundos sem responder. Ele continuou.

– Muito bem: então quero lhe propor uma questão. Tenho certeza, como jornalista bem informada que é e mulher de muitas leituras, presumo... Tenho quase certeza de que já leu sobre a teoria dos contrários, conhece as bases do pensamento dialético, por exemplo, enunciado pelos antigos filósofos gregos e muito bem fundamentado por Hegel, o filósofo alemão...

Confusa, insegura e já agora às vésperas do fascínio, surpreendida pelo discurso até certo ponto erudito do bispo, Manina percebeu que não estava diante de um homem qualquer... Ou, bem ao contrário, talvez estivesse diante de uma grande fraude, de um mistificador.

Pensou que *o melhor a fazer, talvez, fosse levar aquele personagem para entrevistá-lo em seu programa de televisão, mas era preciso testá-lo antes, não se deixar levar pela primeira impressão... E admitiu que o pastor havia se preparado bem para aquele encontro, pois era ele quem, afinal, começava a conduzir a entrevista...*

– Não posso dizer que a filosofia seja o meu forte, ou mesmo o tal pensamento dialético a que se referiu, mas sou também graduada em História e, é claro, tive que ler sobre algumas dessas questões, mesmo que superficialmente.

– Ora, ora, é também uma historiadora?!... Isso é interessante, muito interessante... Mas não estamos aqui para um confronto de ideias, um jogo de erudição, não é mesmo?... Ou para reflexões e embates filosóficos... Vamos, então, pelos exemplos mais simples, mais prosaicos...

Manina preparou-se.

Isso agora vai ser um porre... Espero bem que não...

– Veja bem: para haver sombra é preciso que haja luz, certo? Para definirmos o calor é preciso que sintamos o frio... para uma tese, uma antítese, para o não, o sim, para o choro, o riso, para o pecado, a virtude, para o som, o silêncio... e eu poderia me perder em vários exemplos dessa natureza, todos eles ressaltando o contraste em seus extremos, mas também oferecendo as possibilidades da síntese desses contrários, que são o equilíbrio, a harmonia ou, em outras palavras, a existência daquilo a que se indica como sendo a união dos contrários – O *yin* e o *yang* para os orientais...

O bispo fez uma pausa.

– E...?

Manina ia se acostumando às reticências pastorais.

– Dentro desse contexto, eu pergunto... E Deus?

– Como acabei de dizer, é o ponto inicial, a origem, o *big-bang* dos cientistas, dos físicos e dos matemáticos, e como tal está fora dessa equação.

– Engano, minha cara, engano seu... Se há o ponto inicial, com certeza existirá também o ponto final: princípio, meio e fim, outra das regras da natureza. Tudo tem princípio, meio e fim... E sendo assim e por ser o ponto inicial, segundo a sua interpretação, Ele, Deus, o Todo, já não traria em si a sua própria negação, o seu ponto final, o Nada? O que haveria antes de Deus, por exemplo?

Manina não soube responder, além de considerar um tanto falaciosa e mesmo paradoxal a última afirmação do pastor. Pelo menos do ponto de vista cristão... Jamais havia encarado a questão daquela maneira.

Hamilton foi buscar a Bíblia que estava sobre a estante e procurou pelo evangelho de Lucas, pedindo gentilmente a Manina que lhe permitisse ler os treze primeiros versículos do capítulo 4. Manina acenou a cabeça em concordância. *Afinal...*

– *E Jesus, cheio do Espírito Santo, voltou do rio Jordão e foi levado pelo Espírito ao deserto... E durante quarenta dias foi tentado pelo diabo...*

Foi lendo cada versículo com a segurança, a intimidade e, agora sim, com a vibração de um pastor de almas, cujos olhos brilharam outra vez com intensidade quase sobrenatural e que sugeriam, durante a leitura, mais contentamento com as provocações e tentações do demônio do que propriamente com as respostas e afirmações de Cristo.

A maneira com que Hamilton leu o último versículo do trecho escolhido fez outra vez o coração de Manina acelerar. A voz do bispo ecoou pela sala:

– E acabando o diabo toda a tentação, ausentou-se dele... Por algum tempo.

Hamilton fechou a Bíblia e continuou a encarar Manina com seu olhar desafiador.

– Por algum tempo – repetiu o bispo, enfático.

– Por algum tempo, o diabo ausentou-se dele... Dele quem?... Do próprio Cristo, não lhe parece?... Pense bem, a síntese dos contrários... A origem de tudo já continha o bem e o mal... Conviveram, o Bem e o Mal, no deserto, por quarenta dias e quarenta noites... Cristo e o demônio, duas faces de uma mesma moeda... Uma mesma pessoa...

Manina ficou olhando para Hamilton outra vez sem saber se estava na frente de alguém verdadeiramente convicto de sua crença, de um pensador religioso singular ou de um farsante. Nesse momento, a porta da sala se abriu e a secretária avisou que já estavam por se vencer os 45 minutos combinados.

– O reverendo disse que era só uma primeira pergunta e falou por quase meia hora... Não posso dizer que perdi o meu tempo, mas temos que marcar novo encontro e voltar para continuarmos essa conversa, bem instigante, por sinal...

Ela desligou o gravador e sugeriu que marcassem o segundo encontro dentro de um ou dois dias, se fosse possível. Notou que tinha as mãos úmidas e frias e o coração apertado.

– Pode marcar com a minha secretária, será um prazer... Ela tem toda a minha agenda... E prometo responder mais e perguntar menos.

Hamilton acompanhou Manina até a porta de saída do escritório e lhe desejou boa sorte, despedindo-se agora com um olhar que nada tinha de religioso ou intimidador. Ao contrário, não foi difícil para ela constatar que o seu entrevistado podia ser também sedutor e amável sem ser inconveniente. *A brasa, dissimulada, aquecia?...*

Antes de sair, Manina perguntou ao bispo se a reprodução do quadro de Caravaggio estava ali na recepção por escolha dele.

– Sim, foi escolha minha... Pedro, a pedra fundamental da Igreja Católica, sendo crucificado de cabeça para baixo. Não é interessante?

– Interessante? – indagou a jornalista, que jamais havia dado importância ao fato.

– Mas é claro... Um dos ícones dos adoradores do diabo é a cruz posta de cabeça para baixo... E não se esqueça de que Pedro negou a Cristo três vezes...

– E por que esse ícone, digo, esse quadro estaria na sala de um bispo cristão?

– Duas faces da mesma moeda, lembre-se... A mesma pessoa... Por algum tempo o diabo ausentou-se dele.

Manina se despediu ainda tomada pela inquietação de minutos atrás, admitindo que teria muito em que pensar nas próximas horas.

São Paulo, Brasil
ano do senhor de 2005

O pendrive recolhido do funcionário da igreja dos Filhos do Tabernáculo pelo delegado Novaes viria a se transformar em uma das provas mais importantes das investigações que fazia a polícia federal até aquele momento. De fato, o seu conteúdo abria novas pistas, outras frentes de buscas, criando possibilidades de estabelecer conexões entre fatos que, aparentemente, não estavam ligados entre si. Aparentemente...

Já se descortinavam nomes de pessoas envolvidas e o material avaliado indicava, com abundância de pormenores, como se processava a contabilidade dos tabernaculares, revelando, mais do que a origem e as instituições financeiras envolvidas, o destino de grande parte do dinheiro arrecadado.

Nomes de bancos e de quatro ou cinco pessoas influentes implicadas nas transações, dois grandes doleiros em especial, um em São Paulo e outro em Porto Alegre, pessoas que deveriam explicar a movimentação de enormes somas de dinheiro para empresas *offshores* no exterior.

Miami, Montevidéu, Nova York, Ilhas Cayman. O caminho tortuoso dos operadores ligados a *clientes finais* no Brasil, como são chamados alguns figurões das finanças e investidores de alto calibre. Dinheiro que saía e que voltava ao país com a aparência de legalidade. Era o suficiente para a polícia federal enfiar o dedo na ferida e tentar rasgar o abscesso.

Duas equipes em São Paulo, uma no Rio de Janeiro, outra em Porto Alegre e uma quinta em Paranaguá, trabalhavam quase que em tempo integral na operação Sodoma e Gomorra. Nome pomposo, já se sabia, facilmente assimilado pela opinião pública e divulgado para a imprensa pelo serviço de relações públicas da polícia federal com duplo propósito.

Se por um lado tinha a intenção de chamar a atenção para eventuais crimes financeiros cometidos por entidades religiosas, servia também para desviar o foco da atenção dos jornais, revistas semanais e televisões sobre outras e talvez mais importantes investigações de mesmo escopo que avançavam, mas em terrenos tão ou mais delicados, sempre e quando não houvesse vazamentos para lançar areia na engrenagem...

Em reunião no quartel general da polícia federal na cidade de São Paulo, a Divisão de Repressão a Crimes Financeiros passava o pente fino nas últimas de suas investigações. Os delegados Montezuma e Novaes reportavam-se ao delegado Paulo Queiroz, chefe da DRCF, que viajaria na manhã seguinte para Brasília.

O cruzamento de informações, embora não surpreendesse os policiais pelas relações intrincadas que por vezes sugeriam, sobressaltava-os aqui e ali sempre com a possibilidade do aparecimento de nova ponta do novelo, levando a nomes sonantes nas áreas do poder econômico e político do país.

Mais do que isto: explicitava-se a ação já sem pudor e a certeza da impunidade de alguns criminosos elegantes, suas íntimas relações com os poderes executivos, legislativos e judiciários, estaduais e federais. Juízes, deputados, senadores, governadores de estado, prefeitos... A metástase não era pequena e a justiça deteriorava-se nos fundos desse mercado de negócios ilícitos a que se dedicavam conhecidas celebridades.

O mal-estar causado em certas rodas, os telefonemas de deputados e senadores de Brasília para vários pontos do país e inúmeros escritórios de advocacia indicavam estarem as investigações em boa rota. Aí, sim, residiam os tentáculos mais fortes do polvo a serem abatidos: as relações promíscuas... E a criminosa impunidade que elas criavam entre os três poderes republicanos.

Esse é o quadro que se podia montar com alguma segurança a partir dos dados obtidos em documentação contábil, confissões, cruzamento de dados com a receita federal, escutas telefônicas autorizadas pela Justiça Federal, incluídas as possibilidades de delações premiadas: grande parte da arrecadação milionária das igrejas pentecostais, em particular os Filhos do Tabernáculo, livre de qualquer tipo de imposto, era enviada para fora do país e retornava na forma de investimentos em ampliação do capital de transnacionais ou mesmo em aplicações nas bolsas de valores de Rio de Janeiro e São Paulo. E aqui, com a participação de sócios sem ligações religiosas, a linha das ilegalidades se perdia na construção de intrincados negócios feitos sob os olhares de uma justiça realmente cega. Um dos próprios ministros do supremo tribunal federal entrara na berlinda.

– Todo cuidado é pouco para que os resultados da Sodoma e Gomorra não sejam divulgados pela imprensa de forma negativa ou distorcida – advertia o delegado Paulo Queiroz. – E, sobretudo, que não deixem vazar informações sobre essas investigações paralelas. Estamos trabalhando em terreno minado e não é preciso dizer a vocês que se mijarmos fora do penico não faltará gente para ocupar o nosso lugar aqui dentro rapidinho e jogar por terra todo o trabalho de moralização da nossa PF...

Montezuma e Novaes riram, deixando o chefe intrigado:

– Qual é a graça?

– Hoje de manhã o bispo Hamilton usou essa mesma expressão "mijar fora do penico" para se referir ao seu tesoureiro Antoniazzi – explicou Montezuma um tanto sem graça.

O telefone da sala tocou.

– Delegado Paulo Queiroz, polícia federal... Pois não... Quem é?

O delegado mudou sua expressão e olhou para os dois colegas com a cara corada de surpresa, enquanto tapava o bocal do telefone para comentar em voz baixa:

– É só falar no mal e o diabo aparece...

Novaes e Montezuma se entreolharam.

– Pois não, bispo Hamilton... O que o senhor deseja?

Sem demonstrar qualquer reação, o delegado ouvia com paciência e atenção ao que o bispo tinha a dizer. À sua frente, numa atitude de ansiosa curiosidade, seus subordinados mantinham os ouvidos atentos e os olhos brilhando.

O delegado ia respondendo ou pontuando a sua conversa com monossílabos, alguns ininteligíveis, liberando os primeiros gestos de impaciência, mas sem dar qualquer pista do que se tratava.

Montezuma levantou-se e foi até a janela dar uma vista de olhos na avenida marginal. Novaes, pavio curto, fumava e tamborilava na mesa com os seus dedos amarelados pelo fumo. Por fim, Queiroz desligou o telefone.

– O bispo está bravo... Disse, com algum ressentimento na voz, que muitos obreiros e pastores estão revoltados com a nossa operação Sodoma e Gomorra e que, apesar do motivo alegado para as investigações, a sua igreja não merecia ser tratada dessa maneira... Afinal, disse ele, todas as religiões merecem ser tratadas com respeito... E onde é que nós os desrespeitamos? Estamos realizando uma investigação a pedido da própria receita federal, do Ministério Público, e rigorosamente dentro da lei, inclusive com as escutas telefônicas...

– Não esquenta a cabeça, Montezuma... Nós vamos enfrentar essa e outras resistências e tentativas de impedir ações limpas, equilibradas, sem grandes envolvimentos políticos... É difícil, pois isso leva algum tempo... Ainda temos colegas que não entenderam as mudanças, que confundem os fatos e partidarizam o seu trabalho, mas por outro lado temos advogados, juízes e gente no Ministério Público nos apoiando... E por vezes até uma parte da imprensa...

Montezuma e Novaes menearam as cabeças em sinal de concordância.

– Nem toda gente está envenenada... Aos poucos a sociedade vai perceber isso... Agora, que essa briga não vai ser nada fácil, disso pode ter a certeza, não vai mesmo... Vão me apertar em Brasília, tenho quase certeza.

– Precisamos ganhar maior apoio e a simpatia da imprensa – atalhou Montezuma.

– De preferência, a simpatia da população... Como está a sua relação com essa moça do *Jornal da Cidade*?

– Por enquanto, a melhor possível, doutor Paulo... Gente fina... Mas é bom lembrar que ela é apenas funcionária do jornal...

– Talvez fosse bom deixá-la de sobreaviso quanto a alguns desdobramentos da Sodoma e Gomorra... Nada, claro, que esteja sob investigação ou já em segredo de justiça ou que dê pistas mínimas por onde caminhamos... E pedir para ela segurar as pontas quando for necessário.

– Pode deixar, doutor Paulo, já temos o nosso materialzinho de contra-informação bem preparado... Eu, o Novaes e mais dois dos nossos soltaremos em conta-gotas para a imprensa... Quanto à jornalista, devo me encontrar com ela ainda hoje ou amanhã cedo... E aproveito para tirar a temperatura do outro lado...

– Ótimo... E os relatórios para Brasília?

– O Novaes está tocando com a minha secretária... No final da tarde estará na sua mesa, sem falta.

– Quero mostrar em Brasília que aqui em São Paulo não vai ter moleza para ninguém...

Montezuma e Novaes concordaram. O delegado Queiroz fez uma pausa, pensativo.

– Pisou fora do risco, vai ter que se explicar na justiça... Novaes...

– Pois não, doutor Paulo.

– Parece que o bispo ficou uma piça com você... O que é que você fez para ele ficar bravo daquele jeito?

– Nada de mais... O Montezuma aqui é testemunha.

– Talvez fosse bom você se benzer – ironizou Queiroz.

Surpreso e de certa maneira sem graça, Novaes olhou para Montezuma novamente, que desta vez deu de ombros.

São Paulo, Brasil
ano do senhor de 2005

Ao se apresentar para novo encontro com a jornalista do *Jornal da Cidade*, o bispo Hamilton trajava roupa esporte. Acostumado ao mais variado leque de jogos e representações sociais, ao teatrinho das vaidades mundanas, considerava que os dois já haviam ultrapassado o patamar das formalidades e que o tom reverencioso poderia e deveria ser abandonado.

Jeans azul índigo, camisa polo em tom de rosa claro e sapatos do tipo mocassim. Sua elegância era uma elegância estudada nos pormenores. O corte do cabelo, as roupas que gostava de usar, a colônia de acentuada fragrância silvestre, tudo a combinar para que, estivesse onde estivesse, sua figura se destacasse com toque invulgar, quase exótico, diriam alguns de seus seguidores.

E desta vez procurou acentuar a excentricidade, recebendo a visitante com óculos de lentes escuras e aros em tons avermelhados, também de grife famosa, numa sala de iluminação discreta.

Manina mantinha-se confusa por não conseguir definir ainda muito bem a linha que separava o ridículo do ingênuo no comportamento daquele homem, embora já considerasse que de inocente ele não tivesse nada. Ou se a vaidade era mesmo o que se poderia destacar... Havia um suspeito toque feminino por detrás de toda aquela elegância e presunção.

Enfim, o arquétipo do novo rico que conhecia bem em outras áreas de atividades, pessoas ao mesmo tempo exibicionistas e provincianas... Era assim, pelo menos, que Manina absorvia a presença daquele pastor de almas: profissionalmente interessada, femininamente atraída, mas carregada de dúvidas, de reticências.

Ao contrário do bispo, ela veio ao encontro trajando roupas sociais. Tirou da bolsa o bloco de papel onde costumava fazer algumas de suas anotações e também o gravador digital.

Começou por lembrar a Hamilton o jeito alegre e descontraído com que ele lera certa passagem dos evangelhos no encontro anterior. Os comentários originais feitos sobre a tentação de Cristo no deserto, sobre a convivência entre o bem e o mal, *as duas faces de uma mesma moeda*.

Lembranças que a ajudaram reavivar e deixar bem esticadinhas as cordas da memória e que lhe provocaram súbito desconforto espiritual no encontro anterior. E acrescentou com uma ponta de desafio:

– Prometeu que hoje responderia às perguntas sem muitas divagações.

– Vou cumprir a promessa.

Manina tinha vontade de perguntar, de investigar, de buscar por interlocutores ou mesmo por testemunhas que pudessem ajudá-la a compreender o fenômeno da possessão demoníaca... Talvez estivesse diante de um dos mais qualificados para isso... Talvez... Afinal, entrevistava alguém que se dizia exorcista, um homem que se dedicava, entre outras tarefas religiosas, a de expulsar demônios em pleno século XXI. Por vezes tinha vontade de se beliscar e confirmar se aquilo tudo era mesmo real ou não.

– O que o levou a se interessar por essas pessoas que se dizem possuídas pelo demônio, bispo?

Não era bem essa a pergunta que Manina desejava fazer, mas considerou que poderia ser um bom começo. A resposta assustou-a. Outra vez, o imponderável.

– O próprio demônio – disse Hamilton.

Pastor e jornalista ficaram se observando por alguns segundos, calados. Alguém que entrasse na sala naquele instante jamais entenderia o momentâneo silêncio que ligava aquelas duas almas, e menos ainda a sua atitude, as posições inconscientes de seus corpos sentados e que mais se assemelhavam a dois animais prontos para se engalfinharem num ataque recíproco.

– Não entendi – conseguiu articular Manina com a voz quase apagada.

– Eu fui desafiado por Satanás, como o Cristo, estive cara a cara com ele, numa luta de vida ou morte.

– Devo levar isso a sério?

– Seriíssimo.

A resposta enfática de Hamilton foi disparada, entretanto, com um sorriso apaziguador. Não sugeria bazófia.

– Gostaria, então, que me explicasse melhor essa sua afirmação... Ou eu devo entender que está a se comparar com o Cristo tentado no deserto?

O ceticismo de Manina punha em dúvida a sanidade mental do pastor.

– *Quid pro quo*, foi a resposta de Hamilton.

– Como?

– Eu falo da minha experiência com o diabo e você me diz o que está por trás dessa matéria, que imagino sensacionalista e irresponsável, para o *Jornal da Cidade*.

– Assim você está fugindo à promessa de perguntar menos...

– Mas chegaremos a bom termo, garanto.

Foi a primeira vez que Manina olhou para o bispo com indignação. Afinal, quem estava até agora apertando o cerco à Igreja do bispo Hamilton era a polícia federal, a receita federal, o governo. A imprensa, pelo menos até aquele momento, apenas repercutia as ações policiais, embora soubesse de outras intenções de seu próprio jornal.

Com a proposta que acabara de ouvir, pensou, *o reverendo colocava o trabalho que ela vinha desenvolvendo, já há algum tempo, no mesmo patamar do mesquinho jogo de interesses com que boa parte de seus colegas de profissão, e ela mesma, por vezes, tratava a maioria dos assuntos nos últimos anos... Apesar de tudo, não se sentia confortável em dar essa impressão ao bispo...*

Sua expressão facial a traiu.

– Isso a surpreende?

Manina tirou da bolsa uma caixinha de pastilhas de hortelã e a estendeu ao seu entrevistado antes de prosseguir.

– Sim... E não, respondeu Manina, guardando a caixinha de pastilhas depois de também pegar duas delas.

– A velha dialética, como sempre – emendou o bispo de forma simpática e ao mesmo tempo reforçando a sua tese defendida na discussão anterior. – E digo mais: tenho a certeza de que se nos entendermos, poderemos até ajudar um ao outro.

Diante das dúvidas, temores e advertências dos últimos dias, até que a proposta do bispo não era de todo sem propósito. Caía bem.

Precisava mesmo de alguma ajuda... De apoio... Confiaria nele?

Manina pensou em Diego e resolveu arriscar a pele.

– Jogo aberto?

– Jogo aberto, claro – respondeu Hamilton.

– Então fale da sua luta com o demônio – adiantou-se a jornalista.

– Não, não... Primeiro os interesses do jornal, pois posso lhe garantir, mesmo sem o saber, que o que está por trás da sua matéria jornalística, além de querer enxovalhar a minha igreja e defender interesses econômicos de meus adversários, fica reduzido a um conto de fadas perto do que lhe posso revelar.

Hamilton fez um silêncio com ar provocador.

– Você, por acaso, conhece bem a história do seu jornal? De como foi fundado e de que maneira chegou à posição que tem hoje?... Não se iluda minha cara, há muita sujeira nessa caminhada.

– E como sabe essas coisas?

– Na posição em que me encontro, tenho a obrigação de ter não só uma boa assessoria, mas acima de tudo o contato com membros da igreja que são bem informados... Além do Arquivo Público e de antigos arquivos dos próprios jornais...

Manina se rendeu. Não falava mais com um livre atirador ou com um amador, alguém que chegara até ali por sorte ou apenas por seu desmedido esforço pessoal. O homem pensava e esgrimia bem... Era bem informado, com certeza... Ela iria jogar o jogo... *Não tinha nada a perder...*

– Só posso falar daquilo que sei – arriscou Manina.

– Está bem... Tudo pode ser importante ou nada é importante, depende do ponto de vista... Então diga lá o que sabe.

– Quer se provar que todo o dinheiro arrecadado legalmente pela sua igreja é usado em sua maior parte para atividades supostamente ilegais e muitas delas fora do país.

– Atividades ilegais... – repetiu Hamilton pensando na frase.

– Isso mesmo... Atividades ilegais... É o que se quer provar.

– Quem quer provar? O seu jornal?

– Claro que não, reverendo, e o senhor sabe muito bem disso... Os ministérios da Justiça e da Fazenda, portanto o governo.

– Não, não... O Brasil é um estado laico e o governo não interfere nas atividades religiosas, pelo menos é o que diz a Constituição.

– Mas o uso ilícito do dinheiro, mesmo que arrecadado legalmente, configura crimes contra a economia do país, o que deu origem a essa investigação do Ministério Público e, em seguida, a diligências policiais de grande envergadura.

– Você se considera uma jornalista ingênua e mal informada?

– Penso que não... Por que a pergunta?

– Quantas pessoas físicas ou jurídicas nesse país, empresas, corporações, não mantêm o seu caixa dois, aplicam dinheiro no exterior ilegalmente, não pagam integralmente os impostos, o INSS sendo um dos principais, participam de concorrências públicas com cartas marcadas e orçamentos fajutos, superfaturados, financiam campanhas políticas também ilegalmente, tudo sob a complacência das chamadas autoridades responsáveis, até mesmo da mais alta corte judiciária, o supremo tribunal federal, e vamos ser nós, os religiosos, e mais precisamente os pentecostais, a pagar o pato? Conta essa história para outro.

O bispo fez nova pausa de tensão. E logo emendou:

– Essa é a grande matéria que o seu jornal espera conseguir?

Momentaneamente atrapalhada e sem ter respostas imediatas e à altura para dar, Manina inventou outra pergunta qualquer, traindo-se pelo inconsciente. *Não seria ele e sua metralhadora de palavras a comandar a entrevista, isso é que não...*

Considerou que não devia falar ainda da tal investigação sobre o passado mais remoto de Hamilton, mas ir abrindo perspectivas nessa direção, com discrição. Se por acaso ele tivesse fatos a esconder, logo desconfiaria.

– *Quid pro quo.*

– Força...

– O reverendo já esteve em Milão alguma vez?

– Como?!...

Foi a vez de Hamilton mostrar-se surpreso e perder por fração de segundos o controle. Manina aproveitou a brecha.

– Perguntei se já visitou a cidade de Milão.

– E o que é que isso tem a ver com essa nossa conversa, desculpe a pergunta.

– Tudo pode ser importante ou nada é importante, consoante o ponto de vista... Ou muita coisa ou absolutamente nada. Depende da sua resposta.

O bispo encaixou o golpe, entendeu o recado e considerou pela primeira vez e a sério que estava diante de uma jornalista hábil e esperta. No mínimo, perspicaz...

A pergunta parecia, naquele momento, fora de lugar e de propósito, sim, mas – intuiu – poderia levar a caminhos que ele até imaginara e, em princípio, queria ou deveria evitar.

– Estive sim, há quatro ou cinco anos atrás... Por quê?

– Esteve a trabalho ou a passeio? Quero dizer, foi em missão da Igreja ou apenas como turista?

– Nem uma coisa nem outra – respondeu um Hamilton desconfiado.

Manina levantou-se para pegar um copo de água enquanto pensava se insistia nessa nova direção ou voltava à questão dos interesses específicos do jornal. Milão levantava, quem sabe, outras possibilidades...

A referência, por parte do funcionário do museu sobre um visitante brasileiro que também procurou pelos escritos do monge Benedetto de La Matina, a reprodução do quadro de Caravaggio...

Deu as costas ao bispo com o propósito de disfarçar sua ansiedade e o nervosismo que brotou de repente dentro dela, pois percebeu que seu anfitrião ficara incomodado com a pergunta feita mais ou menos ao acaso. Este, por sua vez, considerou que deveria medir bem as suas respostas a partir daquele instante.

Mais confiante, Manina avançou.

– Embora eu não tenha a certeza, penso que a principal rede de televisão do país, sua concorrente direta, tem também interesse nessa questão do dinheiro... e pode estar preparando denúncias mais sérias contra os tabernaculares... Já que vocês devem apoiar a reeleição do presidente da república.

Hamilton ouviu e ainda ficou um tempo quieto. *Realmente uma mulher inteligente, sem dúvida... E bonita...*

– Diga o que mais quer saber – falou Hamilton seduzido, mas com dúvidas sobre onde aquilo iria chegar.

– Fica a me dever, por enquanto, o seu enfrentamento com o demônio, mas gostaria de saber se já ouviu falar ou leu alguma coisa sobre o monge Benedetto de La Matina?

Impossível a Manina não perceber, agora sim, com clareza, a palidez repentina que tomou conta do rosto do bispo e o seu quase imperceptível ajeitar-se na cadeira...

– Benedetto de La Matina...

A reflexão, feita em voz alta pelo bispo, era a procura do caminho das pedras...

– Sim, Benedetto de La Matina, monge italiano que viveu no século XI... Já li sobre ele, claro... Por quê?

– Uma figura interessante que descobri numa de minhas muitas leituras... uma alma atormentada pelo demônio...

– E, por esse motivo, impiedosamente assassinado pela Igreja Católica – interrompeu Hamilton com tom de voz que não usara até aquele momento.

Manina viu nos olhos do homem que estava à sua frente o ódio que nutria pela religião católica. Um pressentimento pesado, viscoso, tomou conta do seu corpo, sem saber o motivo real. E não por ser católica.

Sentiu como se duas couraças sinistras envolvessem o seu corpo e o do bispo, materializando-se entre os dois, não sabendo se para defendê-la de imprecações de um pastor exaltado ou se para defender o próprio bispo, impedindo-o de revelar segredos que porventura o atormentassem naquele exato momento.

Que motivos teria para odiar os católicos? Que relação, de fato, ele poderia ter com o diabo, essa entidade maligna que, apesar de exorcizá-la, também por ela demonstrava respeito?

Sem mostrar-se alterada e revelar o que sentia, Manina pegou a bolsa o o celular e, com uma boa desculpa profissional, pediu que continuassem a entrevista no dia seguinte.

O bispo Hamilton já intuia onde aquilo poderia chegar.

Já no carro, de volta para o jornal, Manina notou que transpirava além do normal.

Que relação com o diabo poderia ter acontecido, afinal, com aquele pastor de almas?

São Paulo, Brasil
ano do senhor de 2005

O delegado Paulo Queiroz embarcou o mais cedo que pôde para Brasília e levou em sua pasta, entre outros documentos, o último relatório sobre a operação Sodoma e Gomorra. Não dissera nada a seus subordinados, mas o certo é que ficara com estranha sensação, ao receber o telefonema do bispo Hamilton Fernandes na tarde anterior, de que estava invadindo uma seara bem mais delicada do que a princípio poderia supor.

Mais do que isso: sobrava-lhe a certeza de que havia qualquer coisa na voz do outro lado da linha que insinuava, mesmo que de maneira velada, algum tipo de ameaça ao trabalho da sua equipe sobre os crimes financeiros que investigavam. Sobretudo uma antipatia não dissimulada contra o delegado Novaes.

A que ponto chegaria... Um pastor de almas a ameaçar a polícia federal?

Ousadia demais, sem dúvida, para quem – as circunstâncias e as evidências assim o indicavam – teria que dar explicações consistentes a respeito do investimento de grandes somas de dinheiro a descoberto da receita federal e sobre os 400 milhões de reais, mais de duzentos milhões de dólares, enviados ao exterior em menos de cinco anos.

Decidiu que não iria se preocupar com isso agora. Quando voltasse de Brasília, onde buscaria ampliar o apoio ao trabalho que vinha desenvolvendo, conversaria reservadamente com o delegado Montezuma.

Cada coisa em seu devido tempo.

Mas, sem dúvida, a insinuação do religioso de que havia algumas maçãs podres dentro da polícia federal foi a maior das ousadias... Calculada, bem jogada e verdadeira até certo ponto... Mas não com Montezuma ou com Novaes... Não, não... Isso era inadmissível... O bispo estava apenas jogando verde...

Assim que o avião decolou do aeroporto de Congonhas, o delegado tirou da sua pasta o *Jornal da Cidade* e correu os olhos pelas manchetes. Sorriu.

Ao lado da foto do presidente da república, a discursar num encontro entre representantes de países árabes e sul-americanos, outra foto chamava a atenção e nela alguns de seus comandados carregavam computadores e pastas de papel. Sob a foto, a legenda: PF amplia a operação Sodoma e Gomorra.

Como sempre, iria encontrar em Brasília os que defendiam maior rigor contra os sonegadores e criminosos do chamado colarinho branco e os que ainda pregavam cautela com determinado tipo de investigações, em particular contra partidos políticos e igrejas.

Enquanto o problema fosse dentro da instituição que tinha a honra de comandar em São Paulo, a questão poderia ser até certo ponto contornada. *Infelizmente a polícia federal estava rachada entre os republicanos e os conservadores.* E seu sexto sentido já o deixava intuir que o próprio poder judiciário dava sinais de querer melar o jogo. Era o que indicava a atuação de alguns de seus membros na mais alta corte em Brasília e mesmo de outras instâncias em São Paulo.

O superintendente e delegado Paulo Queiroz era considerado um homem íntegro, duro e inflexível em suas ações. Um profissional sem jogo de cintura para muitas das situações que enfrentava e, portanto, alvo fácil para a conquista de desafetos e inimigos políticos, mas também – em contrapartida – para fazer correligionários e amigos.

Estoico, diligente, batalhador, tinha orgulho da "sua polícia federal", como gostava de dizer, e não escondia da família e dos amigos mais chegados o seu desejo de chegar a ser o número 1 da instituição.

A próxima eleição presidencial abria-lhe essa perspectiva. Sua carreira até agora o credenciava para isso, mas seu principal obstáculo era mesmo o fato de não ser um homem para os arranjos políticos que se fazem necessários nessas ocasiões. *Como policial* – e era assim que pensava e agia – *tinha que fazer valer as leis e a Constituição.*

Já estudara o jogo de poder no Brasil a partir dos tempos da faculdade, em que a posse das terras, desde as capitanias hereditárias, fazia do direito à posse fundiária um feudo muito especial e particular. Um jeito de estar na vida. Cultura de mando adquirida e herdada da colonização do país, segregacionista e preconceituosa.

O espírito da posse de grandes latifúndios, dos senhores de terras, do coronelismo, ainda é o que predomina no Brasil de hoje e, apesar de todos os avanços econômicos, da industrialização e de inúmeros progressos sociais em quinhentos anos, insiste em manter a senzala isolada da Casa Grande.

A função policial está sempre a reboque do poder econômico e das autoridades políticas, bajulando-o ou implorando por migalhas. Instituições policiais mal preparadas têm lá suas vantagens para os que detêm o poder, entre elas a de não proteger a sociedade como deve ser, o que vem a gerar negócios lucrativos na área da segurança e não só... Ao mesmo tempo, fica à mercê das tentações da corrupção. Tudo isso lhe serra as pernas e ajuda a manter a impunidade de muitos dos mandantes.

Em São Paulo, no suntuoso prédio da polícia federal junto à marginal do Tietê, longe das divagações de seu superior hierárquico a caminho de Brasília, o delegado Novaes – que aproveitou a viagem do chefe para chegar meia hora mais tarde – lia a notícia das investigações do dia anterior na página interna de um dos jornais, enquanto tomava um horroroso café de garrafa térmica e esperava pela chegada de Montezuma.

Já lera todos os concorrentes do *Jornal da Cidade* e, por sorte, nenhuma referência ao pendrive recolhido e que tentaram esconder durante a ação. Contudo, não gostou nenhum pouco de ver o seu nome citado na matéria como tendo discutido com o número 1 dos Filhos do Tabernáculo.

E não gostou por duas principais razões: em primeiro lugar, uma operação policial como a da véspera era uma ação coletiva e não havia que se individualizar este ou aquele participante; e depois, a família da sua mulher, mesmo pertencendo à outra igreja pentecostal, não iria gostar nada daquilo. *Entre os segredos do bom policial está também o da discrição,* pensava.

O celular de Novaes vibrou no seu bolso da calça, liberando o som estridente e eletrônico da música "Pour Elyse" de Beethoven, dando tintas a uma situação com toques surrealistas. Atendeu. Montezuma queria saber se o colega lera os jornais. Ao dizer que sim, Montezuma fez questão de lhe dar uma boa gozada sobre o tal desentendimento com o bispo Hamilton.

Só espero que isto não me prejudique lá em Brasília, pensou Novaes, desligando o celular após ouvir as gozações.

O bispo Hamilton é o tipo do cara arrogante, isso sim, e muito fresquinho para o meu gosto... Precisa levar uma boa entortada... Mais parecia um boiola com aquela roupinha toda branca... Todo preocupado com a aparência...

Procurou se lembrar do nome tatuado no braço do bispo e que não conseguira ler direito... Letras diferentes, esquisitas... Iria vasculhar as informações do pendrive apreendido com muito carinho. Com horas extras, se preciso... Página por página, item por item, letra por letra, número por número.

Do pensamento ao ato. Deu duas tragadas seguidas no cigarro que acabara de acender e pegou o pendrive na gaveta da sua mesa de trabalho. Antes de conectá-lo com o PC do departamento, onde iria gravar duas cópias em DVD, resolveu copiá-lo também no seu *laptop... Segurança a mais nunca é demais*, era um de seus lemas... Além disso, poderia consultá-lo em casa na hora que bem quisesse.

Disso tudo daria informação a Montezuma e ao próprio dr. Paulo Queiroz, pois não era homem de trabalhar às escondidas e trair, mesmo que involuntariamente, aos seus colegas de corporação em quem confiava. Não em todos, é verdade, mas naqueles dois de maneira especial. Até por que havia sempre a possibilidade de vazamentos internos e isso – dependendo do caso e dos envolvidos – era bem pior que vazamentos para a imprensa.

Cautela e caldo de galinha...

Assim que o pendrive foi copiado, Novaes devolveu-o à gaveta de onde viera e pegou o bloco para anotações, pois sua experiência nesse tipo de investigação o levava à certeza absoluta de que encontraria peixe graúdo ao ir cruzando com paciência determinados nomes e informações.

Bancos, casas de câmbio, doleiros, destino e origem das remessas, identificação de iniciais, de eventuais apelidos, codinomes, datas, número das contas, tipo de contas, códigos fajutos, tudo isso o encantava.

Ele e Montezuma já haviam identificado o nome de determinado banqueiro que aparecia em operações aparentemente autônomas, mas sempre ali... Aparecendo... Bem como de escritórios de advocacia ligados ao banqueiro... Nomes que se tornavam recorrentes e que surgiram, alguns deles, com destaque na imprensa durante o período áureo de privatizações de muitas das empresas públicas nacionais, no governo anterior.

Montezuma entrou na sala e sorriu para o colega com amável sorriso zombeteiro.

– Você vai ficar famoso, Novaes...

– Isso foi sacanagem desse jornal lá da sua amiga... Você devia dar um toque nela; qual é?

– Coisa dela não é, tenho certeza... Sabe como costumam fazer nas redações dos jornais? O repórter sai, faz a sua matéria e dá para o editor. O cara lê e, se não estiver do jeito que ele quer ou dentro da linha do jornal, corta o texto e às vezes até muda o sentido do que estava escrito, inventa manchetes, faz o diabo.

– E o cara que se foda?

– Bom, é mais ou menos assim que funciona... Mas não se preocupe, fica frio... Como jornalista, na qualidade de funcionário do jornal, a Manina é mais vulnerável que nós... Vou me encontrar com ela hoje à tarde e saber quem redigiu a matéria...

– Então senta aí e ouça um pouco do que já apurei com o pendrive lá dos bíblias.

O dia prometia.

São Paulo, Brasil
ano do senhor de 2005

Bastou despencar novo e inesperado aguaceiro de meia hora, entrecortado de alguns relâmpagos e trovões assustadores, para se instalar o caos na cidade. São Paulo já não oferecia segurança e conforto aos seus milhões de habitantes que insistiam em cumprir os horários de suas agendas.

Manina deixou as chaves do carro com o valete e foi ao encontro do delegado Montezuma no café de um moderno shopping comercial acabado de inaugurar e não muito distante da emissora de televisão dos Tabernaculares.

Reparou no visor do celular o aviso para uma mensagem de texto. Seu antigo professor de jornalismo informava estar participando de um congresso na Bahia e só voltaria a São Paulo dali a uma semana. Não faltou, como ela esperava, a gozação de sempre com o jornal... Paciência... Conversariam depois.

Vestia-se, como de costume, com discrição. O conjunto de linho, de cor creme, era uma de suas roupas preferidas, bem como as sandálias de couro cru. Com o *laptop* bem seguro numa das mãos e a bolsa a tiracolo, caminhou a passos largos e decididos para o interior do shopping.

O delegado Montezuma, cuja família materna era também descendente de espanhóis, conhecera Manina ainda adolescente e sabia por amigos comuns alguma coisa de sua rápida e destacada carreira jornalística, embora jamais imaginasse que viria a encontrá-la por razões profissionais e ainda por cima para falarem de assuntos, sob vários aspectos, delicados do ponto de vista criminal e político.

Sua trajetória dentro da polícia federal, seu contato com as diversas camadas sociais, convenciam-no cada vez mais, na prática e não na teoria livresca, de que a lei deveria ser igual para todos... Mas no dia a dia não era bem assim que as coisas se davam. Na prática, dizia a sabedoria do povo, a teoria era bem diversa.

Antes de tudo era preciso ter muita calma e agir com discernimento e ponderação, o que por vezes se revelava extremamente penoso. A sociedade quer e exige proteção, mas não costuma ver com bons olhos os que são pagos para isso. Por sua vez, tinha que reconhecer, nem todos os policiais eram preparados para essa missão.

Manina desculpou-se pelo atraso. O delegado escolhera a mesa ao fundo do café onde poderiam conversar com tranquilidade e longe de algum olhar mais curioso. Concordaram em pedir café preto e brioches recheados com geleia de amoras. Manina acrescentou ao pedido uma água mineral com gás.

– Novo espetáculo da polícia federal e nem fui convidada?

– Nem de longe, Manina, nem de longe... Surpreendemos os bíblias e eles nos surpreenderam com a equipe de jornalismo... Nada mais que isso... Aconteceu, mas não se preocupe... Você só viu a ponta do iceberg daquela que poderá ser uma das maiores contravenções investigadas até hoje contra a economia do país.

– Está bem, mas eu havia entendido que a notícia em primeira mão, o "furo" seria do *Jornal da Cidade*... Você e o seu chefe me prometeram isso.

– E será... Tem a minha palavra... Se você tiver paciência e botar a cabecinha para funcionar daqui para frente, verá que nós apenas destampamos o caldeirão, mas o que está lá dentro, o lado mais quente ou mais podre se quiser, ainda não foi revelado.

– E o que é que está lá dentro?

– Calma, calma... O que vou dizer não sai aqui desse café, por enquanto, Manina, até porque estamos somente nos primeiros dias de investigações e ligando determinados fios soltos de outras operações mais antigas.

Será que vou ouvir só desculpas?

– Você sabe que muitos desses crimes não são estanques, não são separados uns dos outros como parecem ser... O crime organizado é uma rede, seja ela tecida por marginais ou homens de colarinho branco, isso quando não se cruzam de propósito, o que não tem acontecido pouco... Aí, então, é que a coisa engrossa para valer... Para nós tanto faz se o delinquente põe a mão em 5 mil reais ou 50 milhões de dólares... seja bandido pé de chinelo, político ou juiz de direito...

O delegado fez uma pausa e, cacoete do ofício, olhou à sua volta à procura de ouvidos mercadores... Continuou.

– Um mesmo grupo econômico ou alguns de seus sócios que atua em São Paulo, por exemplo, pode estar atuando também no Pará, no Espírito Santo ou no Rio Grande do Sul, e é preciso paciência para ir juntando todas essas pontas... muitas delas embaraçadas propositalmente por advogados inescrupulosos para nos confundir... e até pela banda podre do poder judiciário, infelizmente, acobertada e até protegida por policiais corruptos.

– As igrejas pentecostais estão metidas em outras contravenções além daquelas que se supõe?

– E não são poucas... não são poucas... Se você não descobriu, já deveria ao menos ter intuído com o seu faro jornalístico... Isso é importante, mas não é o principal, o filé... Vamos lá, uma coisa de cada vez.

Por segundos, a ideia idiota coriscou o pensamento de Manina. *Poderia haver alguma relação, a mais tênue que fosse, entre profecias medievais, um bispo evangélico bonitão e exorcista praticante, com fatos relacionados a crimes financeiros do mundo moderno, num país como o Brasil, por exemplo?*

Não, não... É claro que não... Onde é que foi buscar essa ideia?... A mistura não tinha liga... Pensamento mais estapafúrdio... Mas pensamentos assim, vez por outra, passavam-lhe pela cabeça e tiravam-lhe o chão debaixo dos pés.

Já sabia de cor o trecho das profecias que mais a intrigava:

Um clarão ígneo lançará sobre essa nova terra a marca da injustiça e ela será assim batizada com o nome das chamas do inferno. E dela também se levantará o profeta para anunciar aos seus seguidores a terrível batalha, o confronto que abalará céus e infernos, o confronto entre o verdadeiro Bem e o verdadeiro Mal... o confronto entre Deus e Belzebu. O profeta, esse que será filho da dor e da maldade, construirá ali seu novo reino no tempo em que os astros mudarão suas posições no firmamento.

Em outras palavras, o inferno e suas chamas se transportariam para uma nova terra? A linguagem era metafórica, claro, mas sentiu a ligeira náusea que a vinha perseguindo nos últimos dias e agradeceu a providencial chegada do garçom com a água mineral, o café e os brioches recheados com amoras.

Montezuma, após morder com gosto o seu primeiro brioche, retomou a conversa.

– Desculpe Manina, mas tenho que insistir num ponto... O que vou dizer é de total confidencialidade e só o faço em consideração à amizade que sempre tive aos seus pais, à sua família e, em particular, a confiança que tenho em você, é claro... E não vou revelar pormenores ou fatos ainda sob investigação ou sob segredo de justiça... E muito menos nomes, certo?

O delegado ficou à espera de algum comentário, que não aconteceu.

– Sei da minha responsabilidade como policial e não vou ultrapassá-la... E se você divulgar qualquer coisa a respeito, além de me encrencar, você me obrigará a desmenti-la... Por enquanto é apenas para acalmar-lhe e garantir a confirmação de que terá prioridade para notícias mais importantes e, mais do que isso, para uma – se me dá a liberdade de dizer – uma advertência amigável.

– Advertência?!...

– Amigável, eu disse... Sem querer ser grosseiro, eu diria que nessa história toda, o buraco é bem mais em baixo.

– Continuo sem entender, delegado... Pode falar o português claro, não se iniba.

– Trata-se, como é comum em situações desse tipo, não só de se locupletar, botar a mão na grana, ganhar dinheiro fácil, mas é também uma luta encarniçada pelo poder, pelo poder político real eu quero dizer, não o poder político de aparências, aquele que é suposto ser exercido de quatro em quatro anos pelos que ocupam cargos de alta representação no governo ou fora dele, embora façam parte circunstancial desse poder, claro... Não, não...

O delegado abaixou mais ainda o tom de voz.

– Trata-se do exercício do poder real, de fato, de fazer as leis penderem apenas para um dos lados da balança, por exemplo, ignorando o outro... do controle do aparelho de estado... o poder de poder varrer todas as trapaças para debaixo do tapete quando for necessário, de usar o dinheiro público, dinheiro do povo, em benefício de poucos grupos econômicos privados... Enfim, a proteção do poder econômico e suas benesses, sejam elas públicas ou privadas, tanto faz, mas que garantam a fortuna de poucos privilegiados sempre em detrimento dos que nada possuem...

– Um momento, delegado, um momento... Também não é assim... O senhor, além de me surpreender, me confunde com esse seu discurso até certo ponto ideológico... Afinal, imagino que igrejas não tenham tantos tentáculos para se movimentarem em todas essas direções.

– E quem falou que nosso alvo final são as igrejas?... Os tentáculos que nos preocupam são outros, alguns com alcance até fora do país.

– Não são somente as igrejas que estão sendo investigadas?

– É claro que não... Ficamos por aqui, Manina. Já falei demais até... Já disse que não posso avançar mais no que ainda está sob investigação... Queria apenas tranquilizá-la quanto a ter suas notícias em primeira mão e dizer que precisamos a toda força manter o foco nos tabernaculares... E conto com sua discrição e o seu profissionalismo... Se eu fosse você, mergulharia na vida desses pentecostais, mas me interessaria mais pelo que poderá vir depois daquilo que suceder aos bíblias... em ano de eleições os ânimos ficam mais exaltados, as denúncias entre partidos e candidatos mais virulentas... E mais não digo.

– Mas até agora a razão principal da minha matéria é a igreja do bispo Hamilton...

– Tá bem, continue... Vá cozinhando o galo... Quando o caldeirão for se destampar pra valer, eu aviso você com a antecedência necessária para você dar a notícia em primeira mão.

Montezuma enfiou o que ainda restava do segundo brioche quase que inteiro na boca e mastigou com prazer, saboreando o azedinho crocante das amoras, sentindo-se aliviado por dizer o que disse. Manina refletiu uns segundos antes de voltar à conversa.

– Ok, tem a minha palavra, delegado... Fique tranquilo... Agradeço a confiança e fico à espera dessa grande novidade... Já agora aproveito para perguntar ao senhor sobre esse bispo Hamilton, quero dizer, sobre as suas origens... Preciso descobrir mais sobre o passado desse pastor.

– O passado desse homem não tem lá maior interesse para as nossas investigações, apenas o seu presente... Mas se eu souber de qualquer coisa, aviso.

– É que o meu editor e diretor, o Marco Antonio, exigiu que se fizesse investigação rigorosa sobre isso, como se as origens do bispo, o lugar onde ele nasceu e quem são os seus pais, onde estudou na infância, enfim, como se tudo isso tivesse uma importância acima do normal para a credibilidade da matéria.

– O próprio diretor do jornal pediu isso a você?

Montezuma fingidamente desinteressado limpou os cantos da boca com o guardanapo de papel.

– Hum, hum – respondeu Manina engolindo o cafezinho... – Fez até a insinuação de que esse bispo fosse talvez o filho de alguém importante...

– A velha mania de procurar pelo em ovo que vocês jornalistas adoram... Deve ser aquela tal história de humanizar a matéria.

A frase do delegado soou natural, sem transparecer qualquer tipo de gozação. Ainda assim, Manina quis rir da observação, mas considerou que não deveria fazê-lo naquele momento.

– Já ouvi boatos de que ele é bissexual, mas acho que isso não interessa mais nos dias de hoje, embora os bíblias condenem a homossexualidade... Prometo que vou bisbilhotar alguma coisa para você.

O delegado acenou para o garçom indicando que queria pagar a conta.

– Agora, daquilo que já investigamos da vida pregressa do bispo, e nem foi tanto assim, há de fato um dado curioso, se é que isso tem alguma importância...

– Tudo tem importância, pelo visto, delegado... foi essa a sensação que o meu diretor deu a entender... Que dado curioso é esse?

– Nos seus documentos pessoais, não há o registro do nome do pai.

– É mesmo?... Interessante... E o nome da mãe?

– Não me lembro agora, Manina, mas vou levantar para você, prometo.

– Obrigada, delegado Montezuma... E me prometa também que qualquer informação nova sobre o bispo o senhor só passa para mim e para mais ninguém do jornal, certo?

O delegado entendeu que tinha mais alguém no jornal atrás da exclusividade das notícias.

– De qualquer maneira, tome cuidado, Manina... Leve sempre em conta que as relações de poder nos dias de hoje são muito mais complexas... Passam por caminhos tortuosos que nem sequer imaginamos... Não estou dizendo nenhuma novidade para uma jornalista com a sua experiência, mas surpresas acontecem a toda hora...

Manina olhava para Montezuma, intrigada, com a certeza de que ele tentava avisá-la de qualquer coisa, mas não podia correr o risco de dizer o que era. Entendeu o recado, o suficiente para que redobrasse os cuidados e a atenção dali para frente.

O garçom entregou a conta ao delegado.

– Sobre as minhas posições pessoais, gostaria que as guardasse só para você.

– Delegado...

– Diga...

– O senhor sabe alguma coisa extraordinária, algum fato desabonador, sobre a história do *Jornal da Cidade*? Algum podre, alguma maracutaia?

– Fatos... Ou apenas boatos?

– Os fatos, é claro, respondeu a jornalista.

– Vá me visitar um dia desses e posso contar a você histórias interessantes... Só para dar uma pala... Sabe como o pai desse seu diretor chegou a ser o dono do jornal?... Isso se deu por falência fraudulenta de banco, em que até crianças perderam suas pequenas economias depositadas em cofrinhos, por jogadas de aumento de capital no jornal quando um antigo sócio estava fora do país, por negociatas com governos do estado... Há muito o que dizer, pode ter certeza.

Montezuma, com expressão enigmática, pagou a conta e se despediu.

Bissexual o bispo Hamilton?

Enquanto esperava que o valete lhe trouxesse o carro, Manina ficou admirada com a sinceridade do delegado Montezuma. *Um policial fora dos padrões...*

E lá ficava outra vez com a imagem do bispo Hamilton impressa na memória como se estivesse ali marcada por um ferro em brasa...

São Paulo, Brasil
ano do senhor de 2005

Marco Antonio ouvia com atenção aquilo que considerava ser o preâmbulo de assuntos mais sérios a serem revelados pelo cardeal arcebispo e sentia-se desconfortável diante da autoridade religiosa.

– E que boato seria esse, Eminência?

– Para que você entenda melhor o meu ponto de vista sobre o assunto, peço sua atenção por cinco minutinhos, não mais que isso, e vamos dar um breve mergulho no passado... Contudo, e para não jogar conversa fora, gostaria de saber se procede a informação que tenho de que o seu jornal está mesmo empenhado em preparar uma grande reportagem sobre a maior igreja pentecostal do país?

O diretor concordou com leve meneio de cabeça afirmativo aliado a um olhar de surpresa que não escapou à observação cardinalícia.

– Sei que reportagens desse tipo envolvem trabalho sigiloso, a preocupação com a originalidade, a verificação correta dos fatos, mas não se preocupe como chegou ao meu conhecimento. Não houve nenhuma inconfidência de pessoas de dentro do jornal, apenas o acidental acaso de eu ter sido convidado para almoçar no último domingo na casa de um grande jurista amigo meu e que tinha também por convidado um velho causídico baiano, expansivo, falastrão e que gosta de fazer sentir o seu vozeirão por todo o ambiente à sua volta...

Vencidos os dois primeiros *minutinhos* em descrever os participantes do almoço o cardeal mudou o rumo da sua estratégia e foi procurando, na medida do possível, ser mais objetivo... e incisivo. Sua técnica era a de jogar perguntas ao acaso e forçar o seu interlocutor à reflexão antes de responder.

– Sabe o jornalista quais são os grandes desafetos da Igreja Católica Apostólica Romana nos dias atuais?

– Os pentecostais e os neopentecostais – afirmou Marco Antonio, seguro de sua resposta.

– Exato, é natural que esteja bem informado... Temos falhado em nossa missão pastoral e a cada ano que passa perdemos fiéis, confundidos que são por pregações falsamente cristãs, por rituais supostamente modernos de evangelização, cuja finalidade esconde o principal e verdadeiro escopo dessas novas religiões, o dinheiro, meu caro amigo, o dinheiro... a mercantilização da fé... E somos muito criticados por eles.

– Tenho lido coisas a respeito e vi mesmo um programa desses televisivos que entram madrugada adentro com palavras duras contra a Igreja Católica.

– No domingo, após o almoço, ficamos eu, o advogado falastrão, o dono da casa e o filho, que é seu funcionário...

– O Diego...

– Esse mesmo... Ele insistia com o advogado para que lembrasse algumas histórias do governo militar, em particular a que dizia respeito a sevícias praticadas contra uma religiosa aqui no interior de São Paulo e que, apesar da censura à imprensa do país na época, se tornou grande escândalo devido à divulgação do fato no exterior... Uma história verdadeira e que acompanhei de perto quando ainda iniciava minha carreira eclesiástica... É sobre isso que gostaria de lhe falar e pedir um enorme favor.

O mundo era mesmo pequeno, pensou Marco Antonio.

– Naquela época em que se tomaram medidas para evitar a comunização do Brasil, a violência tomou conta da repressão aos subversivos e ninguém escapava da rigorosa caçada que se fazia aos esquerdistas, nem mesmo os religiosos... Uma nossa irmã em Cristo, professora do Colégio Nossa Senhora Auxiliadora em Campinas, andou ajudando alguns estudantes e foi presa por isso... E selvagemente torturada.

– Desculpa interromper, Eminência, mas não é aquele caso que provocou a excomunhão do torturador?

– Esse mesmo, Marco Antonio, é exatamente esse... Veja a má fama desse acontecimento... Mesmo você, que é mais jovem já ouviu qualquer coisa a respeito... Essa pobre religiosa ainda está viva e não gostaríamos que ela fosse importunada, que essa ferida não fosse reaberta depois de tantos anos...

– E qual motivo levaria o meu jornal a citar esse fato? Qual a relação disto com a matéria sobre os Filhos do Tabenáculo? Afinal, como o senhor mesmo acabou de lembrar, são duas religiões que se estranham, é verdade, mas não a ponto de entrarem em choque...

– Se essa relação se explicitar, pois vocês jornalistas têm como buscar as informações certas e mais polêmicas, você saberá o motivo da minha preocupação... Por enquanto não posso e não devo ir além dessa solicitação que faço e espero, sinceramente, que o seu jornal tenha a delicadeza de atender.

[illegible] 10 gß

[illegible] 10 ß

[illegible] 10 ß

[illegible] terminum
[illegible] proce-
[illegible] 10 gß
[illegible]
[illegible] 10 ß
[illegible] zu verschreiben [illegible]
[illegible] procediren [illegible] 10 gß
[illegible] termi-
[illegible] procediren 10 gß
[illegible] terminu
[illegible]
[illegible] 10 gß
[illegible] Octob. [illegible]
[illegible] 8 gß
[illegible] 8 gß

60

[illegible] terminum
[illegible] zu procediren 10 gß
[illegible] terminum [illegible]
[illegible] procediren 10 gß
[illegible]
[illegible] 10 gß
[illegible]
[illegible] 6 gß
[illegible] 6 gß
[illegible]
[illegible] 6 gß
[illegible] 6 gß
[illegible]

16 sec.

[illegible] 6 gß
[illegible]

SCHERZO

De coragem revisto-me e começo
A suspeitar do equívoco do demo
Que mente sob a capa da verdade.

W. Shakespeare, **Macbeth,**
Ato V, cena V

São Paulo, Brasil
ano do senhor de 2005

– Benedetto de La Matina! Então é sobre ele o que você mais quer saber de mim nesse momento?

Terminar a matéria e da melhor maneira possível era o que Manina mais queria naquele instante. E por vários motivos: eliminar a maçante e desagradável concorrência de Diego, comprovar a sua capacidade profissional e vencer, ou sucumbir de vez, à atração física que sentia pelo bispo, situação cada vez mais difícil de controlar.

– Não... Ou melhor, é e não é... Não é que seja tão importante, mas como estou impressionada com essas práticas exorcistas a que tenho assistido... Bom, eu tenho lido e procurado me informar bastante sobre o assunto.

Ainda sob o efeito dos maus pressentimentos da véspera, Manina foi ao novo encontro com o bispo dos tabernaculares tendo o humor dividido entre o dever profissional e a preocupação com a saúde, acometida por pequena indisposição estomacal e estranhos calores pelo corpo.

– Em Milão, na Biblioteca Ambrosiana, para ser mais precisa, me deparei com alguns dos escritos já milenares que, – na verdade, eram parte das profecias feitas por esse monge italiano que viveu no norte da Itália – continuou Manina.

Enquanto falava, tirou da bolsa um envelope de comprimidos para o estômago e engoliu dois. Na verdade, analisava o terreno por onde avançar.

Hamilton ajeitou-se na cadeira procurando a maneira mais confortável de se mostrar à vontade naquela situação e pontificar o seu conhecimento sobre o assunto, mas sem se expor em demasia. *A mentira e a dissimulação não seriam suas melhores aliadas para isso... Não nesse momento, embora soubesse usá-las com precisão e na hora adequada...*

– Conheço bem a história do monge e já li as suas profecias... Por quê?

Manina teve finalmente a certeza de que estava próxima de descobrir alguma coisa de muito nova no passado do bispo Hamilton, mas jamais imaginou o que poderia ser. Avançou.

– Sabe-se que ele foi possuído pelo demônio por alguns dos escritos encontrados, mas tudo leva a crer que na aldeia em que viveu não existia nenhum exorcista ou alguém que tivesse autorização da Igreja para a sua prática... Foi condenado a morrer na fogueira junto dos animais que o acompanhavam. Morte encomendada para servir de exemplo... Um assassinato, como eu disse... Uma vida atormentada e vivida em orfandade... Foi deixado à porta de um convento logo ao nascer, e tudo indica que foi criado e educado por uma freira.

– Morta pela inquisição e acusada de heresia, segundo consta.

– Interessante, vejo que conhece bem a história do monge de La Matina – avaliou Hamilton entre o reticente e o início de uma excitação interiormente reprimida.

– Tenho lido alguma coisa sobre ele, reverendo... E sobre outras profecias e histórias de pessoas que cultuam o demônio.

Manina interrompeu a frase e olhou o bispo bem nos olhos, disposta a avançar por aquela trilha, mas percebeu que os olhos que a olhavam de volta, além de atentos e desconfiados, pareciam querer comunicar mais do que o assunto permitia naquele momento. Ou estaria interpretando mal tudo aquilo?

– Interesse que não é nada comum de se encontrar hoje em dia – observou Hamilton – , mas no seu caso, por tudo aquilo que já me explicou, até procede.

Ficaram se olhando por alguns instantes, fato que se repetia cada vez com mais intensidade. Olhos nos olhos.

Suas fantasias sexuais, ou o que quer que fosse que os atraía, jamais teriam conseguido imaginar qualquer coisa parecida com o que se passava ali naquele escritório.

Súbito, Hamilton levantou-se e foi até a porta da sala, trancando-a. Virou-se e encarou a jornalista, à espera que ela reagisse.

– Algum motivo especial para trancar a porta?

Manina fez a pergunta sem demonstrar qualquer nervosismo aparente.

– Não, apenas não quero ser interrompido... Sei muito bem quem foi o monge Benedetto de La Matina, sua história, suas profecias e posso falar dele melhor do que qualquer outra pessoa.

– E para isso precisamos ficar aqui trancados?

– Não se preocupe, dou-lhe a minha palavra.

Manina tinha que avaliar a situação rapidamente.

Pensando bem, o risco não era grande... E a aventura, quem sabe?

– E por qual razão se julga a melhor pessoa para falar dele?

– Porque o demônio... a demonologia... é um assunto que me encanta, quero dizer, que me atrai... E que tem me dado grandes alegrias nos cultos e nas minhas pregações, que me traz a estima de milhares de pessoas a quem tenho abençoado... Que me faz ser considerado e respeitado por centenas de milhares de fiéis a quem tenho ajudado a enfrentar não só quanto à possessão, mas acima de tudo a não temerem as tentações de Lúcifer, como ensinam os mandamentos cristãos.

– Está a declarar uma espécie de simpatia pelos possuídos, pelos endemoninhados ou é apenas uma impressão minha?

– Evidente... De onde você acha que vem a grande aceitação da nossa igreja, seu crescimento vertiginoso, senão da crença sincera e verdadeira de milhares, eu diria milhões, de seres humanos que querem um pouco de paz, que querem viver em harmonia uns com os outros, de se sentirem livres das tentações do dia a dia, das tentações do diabo?

Manina, que apesar de tudo ainda não estava inteiramente à vontade diante do bispo, considerou prudente, pelo menos enquanto a porta da sala estivesse trancada, não continuar naquela linha de investigação... *Ou se entregaria sem censura ao jogo da sedução?*

Alguma coisa dentro dela, receosa, premonitória até, não lhe permitia ser intolerante ou ter atitudes extremadas. Tocou num dos pontos que a inquietava.

– É capaz de interpretar, de explicar algumas das profecias do monge, por exemplo?

Hamilton aquiesceu com um gesto positivo de cabeça.

Finalmente alguém com quem poderia trocar impressões sobre o que havia lido, pensou Manina.

Seu entusiasmo, apesar das defesas, das inseguranças normais em momentos como aquele, voltou à tona. Estava excitada.

– Não considera instigante o que lá está escrito, toda aquela parte sobre o novo mundo, o surgimento de um profeta que anunciaria a chegada do anticristo? Novo mundo que seria a América, como é óbvio...

– Sob certo ponto de vista, sim... Mas penso que isso não é o mais importante dos escritos do monge...

– Não?!... Aquela cidade a ser edificada no novo mundo? O surgimento do anticristo quando um papa escolhesse o nome de Bento, o décimo sexto Bento, Benedetto... O que seria mais importante então?

Os olhinhos de Manina brilhavam atentos e momentaneamente suplicantes, famintos.

– Seus ensinamentos sobre a possessão e o exorcismo, e que naquela época não foram entendidos.

Manina procurou se lembrar de tudo o que já havia lido.

– Ensinamentos sobre possessão e exorcismo? Não me lembro de ter lido sobre isso.

– Nem todos que leem as profecias se dão conta de tudo que vem escrito... É preciso lembrar que a própria possessão de Benedetto de La Matina se deu quase que no mesmo tempo em que os cruzados de Urbano II destruíram Jerusalém... E não se pode dizer que destruir a cidade de Cristo foi um ato cristão, concorda?... Havia, portanto, de tomar cuidado em expressar os pensamentos ou determinados conhecimentos naquela época.

Manina jamais havia pensado em coisa semelhante.

– O monge, mesmo sendo uma pessoa simples, era dotado de grande sabedoria e inteligência e soube avisar – tanto quanto era do seu conhecimento, – aqueles que se debatiam com a possessão demoníaca, soube alertar para as práticas de rejeição... Ou mesmo de aceitação do fenômeno, dependendo do ponto de vista, de como fazer uso de algumas propriedades medicinais encontradas em ervas e folhas...

– É verdade – interrompeu Manina cheia de entusiasmo; agora me lembro... claro... A tradução que li, feita por um estudioso de nome Borromeu, fala de infusões e chás...

– E que durante boa parte da Idade Média foram usadas por exorcistas, nem sempre com grandes êxitos em suas tentativas, diga-se a bem da verdade, pois a principal consequência da possessão não é o seu efeito visual exterior, os espasmos e agitações do corpo, mas o tormento ou o prazer que pode causar ao espírito e a alma dos possuídos... O transe de passagem... A perspectiva da transformação...

Hamilton fez uma pausa como que se estivesse a avaliar o efeito das suas palavras sobre a jornalista.

– Posso garantir a você que o demônio existe e, se me prometer sigilo absoluto, sequer insinuando sobre isso na sua matéria – porque a maioria das pessoas não acreditaria em nada do que escrevesse a esse respeito – posso finalmente narrar-lhe a minha experiência pessoal.

Manina ajeitou-se na cadeira naquela atitude que indica *sou toda sua*, ou melhor, *sou toda ouvidos.*

Hamilton foi até um dos quadros que decorava a sala, retirou-o da parede fazendo surgir um pequeno cofre, destrancando-o em seguida. Com cuidado, retirou do cofre uma pequena caixa de aço inoxidável colocando-a sobre a mesa de reuniões.

– Você tem o coração forte?

Hamilton fez a pergunta com ar levemente zombeteiro.

– Tenho a impressão que sim, pelo menos é o que mais preciso nessa minha profissão.

– O que vai ouvir pode ser, de certa maneira, perigoso para você.

– Perigoso?... Em que sentido?

Manina, em sua excitação, procurava não dar importância àquilo que pensou ser uma brincadeira.

– No sentido do fantástico, do irreal, eu diria... Revela a minha origem e o meu poder... Realidade e mistério... A realidade, como sempre, é dura, sofrida, amarga e irônica, sob certos aspectos...

Hamilton fez nova pausa de suspense.

– E o mistério? – devolveu Manina.

– Por vezes, é melhor não saber o que é o mistério... respondeu o pastor, cujo rosto sorridente e enigmático abria para sua entrevistadora as portas de um jogo fantástico e imprevisível.

A aventura mais do que prometia, pensou Manina.

São Paulo, Brasil
ano do senhor de 2005

A primeira providência tomada pelo delegado Paulo Queiroz ao regressar de Brasília foi chamar Novaes à sua sala, saber o que de fato se passara na contabilidade dos Tabernaculares e repreendê-lo educadamente sobre sua atitude para com o bispo Hamilton, mas sem desautorizá-lo. Não era de seu feitio menosprezar os comandados. Apenas pediu para que tomasse mais cuidado com o seu jeito duro de interrogar.

O delegado Novaes, mesmo assim, não gostou nenhum pouco da repreensão que recebeu de seu superior. Para ele, as novas instruções recebidas dentro da polícia federal para que tratassem com civilidade todo e qualquer pessoa investigada, para que não humilhassem os cidadãos apenas por suspeitas e coisas do gênero, tinham lá sua razão de ser, concordava, mas em alguns casos eram pura boiolagem, pois – como se costumava dizer – havia bandidos... e bandidos.

E depois, andavam dando muita trela a esse pessoal dos Direitos Humanos. O bispo, além de fresco e arrogante, estava devendo... e muito. Já não eram poucas as provas encontradas contra ele ou sua igreja, ou contra o tesoureiro Antoniazzi.

Era a primeira a vez em toda a sua carreira que alguém lhe chamava a atenção daquela maneira por ter cumprido bem o seu dever ou o que entendia como sendo ainda o seu dever. Os tempos estavam mudando na polícia federal... Mas gostava do delegado Queiroz e, sobretudo, de seu colega Montezuma, velhos amigos e companheiros de profissão.

Se o Doutor Paulo chegasse ao cargo de diretor geral da PF, quem sabe ainda podia sonhar com alguma promoção e receber uns caraminguás a mais no final do mês.

Sinceramente, esperava que a reprimenda feita pelo delegado Queiroz, a quem continuava e continuaria respeitando, não lhe manchasse a folha de serviços. Afinal, mais alguns anos e iria se aposentar, esperando fazer jus à bela e digna pensão.

Iria ter uma conversa franca com Montezuma e saber até que ponto aquilo poderia lhe prejudicar, pois o cargo que ocupava fora conseguido com anos de dedicação e esforço pessoal, não possuindo como muitos dos seus colegas mais novos os estudos e os títulos acadêmicos que lhe servissem de incentivo e escada para subidas na carreira. O jeito era tocar para frente, mas continuava com o tal bispo Hamilton atravessado na garganta.

O cruzamento das informações obtidas dentro da operação Sodoma e Gomorra, em especial aquelas mais recentes originadas do pendrive que copiara, iam se revelando mais do que suficientes para o enquadramento da igreja em crimes contra a União e de alguns cidadãos em crimes contra a Fazenda e o patrimônio público.

Montezuma, a quem considerava por sua lealdade e inteligência, tinha a mesma opinião que ele. Ambos e toda a equipe que comandavam, sob as ordens seguras do delegado Paulo Queiroz, seguiam empenhados em botar o dedo na ferida e expelir todo o pus acumulado pelos criminosos de colarinho branco. Se não houvesse interferências superiores, é claro...

As investigações caminhavam lentas, mas com segurança. Havia o nome de um doleiro que se punha em evidência, e Novaes sugeriu que o homem deveria ficar sob constante observação; e o seu escritório, quando fosse a hora certa, deveria ser revistado com ordem judicial. Outros doleiros e bancos eram usados no esquema de remessas para o exterior, mas esse, em particular, se destacava pelo volume de dinheiro e pelo número de viagens para fora do país. *Organização de quadrilha também não era um enquadramento malvisto...*

Seguindo essa trilha, o aviso de atenção se acendeu na cabeça do delegado ao se deparar com um nome que não lhe era de todo estranho. Onde é que já lera ou ouvira falar daquela pessoa? Enquanto não se lembrava, anotou o nome no bloco em cima da mesa, sublinhou-o e colocou uma interrogação ao lado. checaria com Montezuma.

O telefone na mesa em frente tocou e Novaes foi atender. A telefonista, nova ainda no serviço, não se acostumara a ligar para o ramal certo dos vários policiais em serviço. A chamada era mesmo para ele, mas foi cair na mesa ao lado. Após lembrar à telefonista que o ramal dele era o 139 e não o 129, atendeu a chamada.

– Delegado Novaes, boa-tarde...

Eram poucas as mulheres que telefonavam para Novaes na PF. Sua própria mulher tinha instruções de telefonar só em casos de extrema necessidade. Foi com alguma surpresa que ele ouviu a voz desconhecida do outro lado se apresentar e identificá-lo.

– Boa-tarde, delegado Novaes, meu nome é Ana Maria e eu trabalho na companhia de Seguros Nova Aliança... Nós estamos aqui revendo o cadastro de antigos clientes e constatamos...

Haja saco, desabafou para si mesmo... *Esse pessoal tem mesmo cara de pau...*

Enquanto ouvia a lenga-lenga da vendedora, Novaes ficou puto por terem ligado para o geral da PF, pois se fosse no seu telefone direto, ele tinha como identificar a chamada pelo bina. Detestava essas chamadas de telemarketing, mas resolveu ser gentil e ouvir toda a conversa.

De fato, ele fora cliente dessa seguradora, mas há três ou quatro anos que deixara de trabalhar com a empresa. *Queriam recuperar o cliente, claro.*

– Olha, Ana Maria, no momento eu agradeço, mas não estou interessado... eu até já mudei de seguradora.

A moça era esperta e daquelas que não largavam o osso facilmente.

– Está bem, doutor Novaes, mas nós temos uma promoção especial para aqueles que já foram nossos clientes e quem sabe isso possa interessar ao senhor agora, reconsiderar o assunto...

O "doutor Novaes", dito de maneira simpática, acabou por quebrar a resistência inicial do delegado, que resolveu entrar na conversa da vendedora fazendo uma dessas brincadeiras irresponsáveis que costumava fazer ao telefone, do tipo "se colar, colou".

– Está bem, Ana Maria, vou ouvir sobre essa tal promoção, mas com uma condição...

– E qual é?

– Só se você prometer que sai para jantar comigo.

– Ué, quem sabe? Passe aqui na loja e podemos discutir os dois assuntos.

Gato escaldado em situações semelhantes, Novaes surpreendeu-se mais ainda com a resposta que acabara de ouvir, muito embora aquilo fizesse parte do jogo da vendedora.

– Você está falando sério?... Insistiu o delegado, despreocupado com a possibilidade de que a situação pudesse escapar, involuntariamente, do seu controle e do seu desejo...

– Claro que estou – reforçou a voz do outro lado da linha.

– Hoje à noite?

Ainda com reservas, Novaes animou-se e começou a ficar cheio de intenções...

– Hoje, não prometo, mas amanhã com toda a certeza.

Macaco velho, Novaes considerou que deveria dar atenção ao seu desconfiômetro. *Qual é?...* Vendedoras de telemarketing ou promoções por telefone não vão aceitando assim, sem mais nem menos, o convite de um desconhecido, ainda mais de um policial. Mesmo que, a seu favor, pudesse ser identificado como um antigo cliente da seguradora. E também por ser um policial...

Calma, Novaes, por outro lado, a moça pode estar sendo sincera...

Poderia até ser, mas seu faro experiente não costumava deixá-lo na mão...

– Escolha, então, o local – arriscou Novaes.

– Agora você me pegou – respondeu a vendedora... – Aceito sugestões.

O delegado pagou para ver.

– A que horas você costuma sair do trabalho?

– Normalmente por volta das seis e meia ou sete horas da noite.

– E o seu escritório, fica aonde?

– Na avenida Nova Faria Lima.

– Nove horas, quero dizer, vinte e uma horas, é um bom horário para você?

– Está ótimo.

– Ok! Você conhece o Restaurante Mancini na rua Avanhandava?

– Já estive lá umas duas ou três vezes... é uma boa lembrança.

– Vou reservar mesa em meu nome, sou conhecido do *maître*... Assim que você chegar, peça a ele para levá-la até a mesa do delegado Novaes... Preciso só que você me dê o seu telefone.

Despediram-se.

Fácil demais, pensou o delegado. *Fácil demais até...*

E nada é fácil demais para quem está acostumado a lidar com o lado mais escuro do ser humano...

São Paulo, Brasil
ano do senhor de 2005

Nada havia sido premeditado, mas o clima que passou a envolver os encontros entre Manina e o bispo Hamilton já não se resumia apenas a questões profissionais.

Podia-se mesmo dizer que os sentimentos que se encobriam eram bem mais intensos e ardentes do que aqueles que se procuravam revelar. Cada um à sua maneira. A água fervia, mas a chaleira ainda não se destampara.

– Insisto – continuou Hamilton – e pode ter a certeza de que não estou brincando... O que vai ouvir aqui, o que pode acontecer aqui é muito sério, incomum... E pode colocá-la numa situação delicada, num beco sem saída...

Manina encarou o seu interlocutor com expressão que não denunciava ainda para que lado se inclinavam as suas emoções, seus sentimentos... Tinha apenas a ilusão de que, para conhecer cada vez mais o seu entrevistado, mergulharia no desconhecimento de si mesma.

Não sabia se acreditava naquele jogo de sedução até certo ponto banal, embora exótico, interrompendo-o se necessário, ou desfazia tudo aquilo e voltava à entrevista pura e simplesmente... Ir de imediato para as perguntas mais diretas sobre o que interessava saber sobre o passado do bispo.

Dividia-se, a cada novo encontro, entre o dever profissional e o prazer irreprimível de *testar algumas hipóteses...* Recusava-se interiormente a entrar naquela encenação envolta em sugestões de possíveis falsos mistérios, mas poderia ser uma viagem maravilhosa. *Cada um pratica a fantasia que pode... O diabo sabe tecer bem a sua teia...*

– Por acaso está sugerindo que vai me contar sobre segredos terríveis dos Tabernaculares e que isso me tornará uma testemunha incômoda ou até uma alma a deixar se seduzir também pelo demônio?

– Não acredita mesmo nas minhas palavras?

– Ora, reverendo, não seja assim tão melodramático... Afinal, não somos personagens desses livros do Dan Brown e nem estamos a interpretar um filme de suspense feito em Hollywood, concorda?

A expressão de Hamilton, de certa maneira tranquila, ainda assim demonstrava que ele não tinha gostado nenhum pouco daquele jeito de falar de Manina e de ser tratado com observações vulgares pela advertência que fez. Não era pessoa para brincadeiras desse tipo...

– Seu maior interesse, aquilo que você tem procurado nesses dois últimos dias, não é saber tudo o que puder sobre o meu passado? Virar-me pelo avesso? Onde nasci e passei a minha infância e adolescência, quem são meus pais, onde estudei, descobrir as minhas preferências sexuais?

Hamilton tinha o ar sério e o tom de voz inamistoso.

Dessa vez Manina inquietou-se de verdade, pois não havia revelado qual era exatamente a sua principal intenção.

– O que o levou a deduzir isso, bispo?

– Vamos abrir o jogo, minha cara... E deixemos esse joguinho sem graça de lado... O seu jornal jamais mostrou simpatia para com os tabernaculares... Sempre que pode, procura motivos para lançar suspeitas sobre nós, como a história de que teríamos comprado o nosso canal de televisão com dinheiro lavado da droga, vindo da Colômbia...

– O que nunca ficou esclarecido, que eu saiba.

Manina previu a subida da temperatura.

– Como também nunca se esclareceram algumas tramoias envolvendo o *Jornal da Cidade* e que você pode descobrir na hora que quiser... É só fazer uso da sua habilidade, devolveu Hamilton.

– Mas não é sobre o *Jornal da Cidade* que...

– Um momento, ainda não terminei... Deram também ouvidos a um de nossos pastores que nos abandonou e foi viver em Nova York... O rapaz andou inventando histórias sobre práticas homossexuais no meio pentecostal, dentro da nossa seita... E agora essa história de grandes remessas de dinheiro para o exterior... Tudo isso servindo de pauta para o telejornalismo da nossa principal concorrente e o seu próprio jornal nos agredirem, sempre que podem...

– Que eu saiba, jamais foi uma questão pessoal, reverendo... Por que haveria de ser agora?

Manina percebeu que tinha pisado no risco.

– Sou dotado de alguns poderes paranormais, permita-me dizer com muita franqueza... E era bom que começasse a acreditar nisso... Você quer, ou melhor, você foi instruída a saber tudo sobre o meu passado mais remoto, desde o meu nascimento... É ou não verdade?

– Andou conversando com alguém mais do jornal?

– Dou-lhe a minha palavra que não – respondeu Hamilton com seu tom de voz persuasivo e seguro. – Tenho, sim, dotes paranormais, quer você acredite ou não... Sou capaz de adivinhar a intenção de uma pessoa quando se aproxima de mim... O pessoal da polícia federal está de fato pesquisando as nossas finanças e eu cuidarei disso no devido tempo, mas você – e provavelmente não tenha ideia – está sendo usada para chegar a um segredo que guardo há anos, que diz respeito ao meu nascimento, para ser mais exato... Mas tudo isso só vai favorecer um colega seu dentro do jornal e que não gosta nem um pouquinho de você... Que na verdade o que quer é intrujá-la profissionalmente...

Manina admitiu que o assunto fosse mesmo sério. Não podia negar a verdade daquelas afirmações.

– Eu já estava à espera disso – seguiu o pastor – só não sabia quando ia acontecer... E quem iria me procurar.

Ela ouvia o bispo com a consideração que até então não tivera. Embora sem saber explicar muitas das reações que vinha sentindo nas últimas horas, uma ou outra desconfiança, intuições ou mesmo desejos confrontavam-se agora e, pela primeira vez de fato, com a perspectiva nada agradável de estar caminhando em terreno pantanoso, desconhecido, pois o que acabara de ouvir ou era fruto de inconfidências que ignorava ou aquele homem tinha mesmo algo de extraordinário.

– Se é verdade que tem capacidades paranormais, que é capaz de sentir ou ler o que as pessoas pensam, por qual motivo só agora resolveu falar dessas coisas comigo e nesse tom pouco amistoso?... Isso já devia estar claro para você desde o nosso primeiro encontro...

Enquanto falava, Manina retirou da bolsa o seu gravador digital.

– Desta vez, sem gravações – ordenou Hamilton. – Eu precisava apenas de um sinal para confirmar as minhas suspeitas, mas desde que a vi pela primeira vez no nosso templo, desconfiei que você estivesse ali para descobrir quem de fato eu sou, para revelar a minha verdadeira identidade... E não para essas baboseiras sobre crimes contra o fisco...

– Um momento, reverendo... Por acaso tem outra identidade?... Isso é assim tão misterioso, quero dizer, o seu passado é assim tão cheio de segredos? Alguma coisa que vá mudar a sua vida ou mesmo a minha, por exemplo? Sua Igreja não será mais a mesma? Aproximamo-nos do apocalipse?

– Isso agora você verá pouco a pouco... Gostaria que não se expressasse desse jeito... Afinal, você quer ou não quer investigar a minha história? Não foi isso que o seu diretor exigiu? Então vá em frente, experimente...

Aquilo era uma ameaça?

– Diga, então, qual foi o sinal, o motivo que confirmou as suas suspeitas em relação às minhas intenções?

– Na verdade, foram dois sinais, ou melhor... três: a curiosidade acima da média sobre o exorcismo, o interesse na reprodução do quadro de Caravaggio aqui na recepção e, sobretudo, quando perguntou sobre o monge Benedetto de La Matina... A partir daí não tive mais dúvidas... Estava diante de alguém que, sendo jornalista e com conhecimentos de história medieval, preocupada com aspectos religiosos mais profundos, iria mais dia menos dia encaixar as peças de um quebra-cabeça até agora desconhecido... E quer saber mais? Não se trata apenas de suas intenções profissionais... Isso vai um pouco mais longe...

Ao dizer essa última frase, o bispo Hamilton trouxe para bem junto de si a caixa de aço inoxidável retirada do cofre na parede da sala. Em seguida, foi buscar duas taças na mesa ao fundo e meia garrafa de bom vinho tinto.

Marco Antonio tinha recebido informações corretas de sua fonte? Que raio de jogo era aquele? Que intenções eram essas que desconhecia?

Manina começou a temer pela porta trancada.

De dentro da caixa, Hamilton retirou dois pequenos frascos que guardavam o que pareciam ser sementes e também ervas para infusões. Os frascos estavam amarrados por um cordão de couro.

– Você se importaria em fumar comigo um pequeno cigarro de ervas? É a prova máxima que podemos dar e de demonstrar confiança um no outro... Desarmar os espíritos e atiçar os corpos... Posso garantir que não se trata de marijuana...

Não havia como resistir ao apelo, pensou Manina.

Jamais passou por sua cabeça que chegasse a enfrentar situação tão extravagante e próxima às fronteiras do irreal... O jogo de cena proposto mexia com a sua libido com a intensidade de um ímã, deixando-a sem resistências. Aquilo poderia fugir ao seu controle?... *Talvez... E daí?* Ou ia até o fim ou interrompia já o que poderia ser a grande matéria jornalística da sua vida profissional...

– Ok – respondeu Manina... – Eu corro o risco.

– Por enquanto não há riscos a correr... Essas são duas misturas de ervas descritas por Benedetto de La Matina e que são preservadas até hoje, podendo ser encontradas em qualquer farmácia de manipulação, mas sem a combinação que ele descreve... São ervas naturais, sementes e folhas, usadas medicinalmente, se misturadas e manipuladas com determinadas proporções, tem efeitos alucinógenos, deixando os sentidos muito apurados, capacitando-nos a enxergar muito além daquilo que pensamos ver na realidade à nossa volta...

Manina, ainda não de todo convencida sobre as intenções do bispo e buscando apoio numa racionalidade discutível e frágil, naquela altura já em frangalhos, quis, já no desespero persuadir-se de que *tudo não passava de uma boa e vulgar cantada que estava levando do principal dirigente de uma igreja pentecostal, e que se revestia de inegável originalidade, tinha que concordar.*

Procurou relaxar.

– Sei que não devo, mas já disse que vou arriscar.

– Dou-lhe a minha palavra de bispo que não há efeitos colaterais e nem causa qualquer tipo de dependência... Aliás, basta uma pequena quantidade para fazer os efeitos que faz... Posso garantir a você que sentirá coisas indescritíveis... Deixe o medo de lado, se é o que está sentindo... Coragem...

– Seja o que Deus quiser – aquiesceu Manina.

– E o diabo também – acrescentou Hamilton com um sorriso lascivo.

Iniciando o ritual, Hamilton preparou os dois cigarros, abriu a garrafa de vinho e encheu as duas taças em silêncio, sob o olhar admirado e ainda desconfiado da jornalista, mas, sobretudo, tomada por irresistível excitação.

Pediu a Manina que se colocasse de pé e proferiu algumas palavras desconexas em voz baixa que a fizeram segurar a vontade de rir. Com certeza uma evocação a Baco... *Ou ao demônio?*

Finda a oração, Hamilton ofereceu uma das taças a Manina, tomou a outra para si e pediu que bebessem todo o vinho de uma só vez. Em seguida, colocando os dois pequenos cigarros nos lábios acendeu-os e passou um deles para a sua visitante.

Começava para Manina a revelação tão esperada...

O exercício da religião é um negócio como outro qualquer...

Perdido em suas reflexões, o bispo Hamilton, tendo o cuidado de trancar novamente a sala do escritório por dentro, logo após a saída da jornalista, refestelara-se no sofá gostosamente.

Necessitava, vez por outra, desse isolamento, em que procurava pôr em ordem as suas ideias, organizar os negócios e devanear à procura de novos investimentos. Era ali, por exemplo, onde convocava videoconferências com os seus obreiros e orientava-os como fazer da fé um negócio cada vez mais lucrativo.

Guardava no cofre os principais documentos da seita e alguns de seus mais valiosos segredos. Embora soubesse que a tal reportagem sobre os Filhos do Tabernáculo fosse desde o início apenas uma cortina de fumaça para que seus inimigos tentassem prejudicá-lo, recriminava-se por não perceber no devido tempo que Manina caminhava em outra direção, a de desvendar o segredo guardado há tantos anos. E não somente isso... Ela não conseguiria, é claro, mas inquietava-se com essa perspectiva... Teria o truque da paranormalidade a convencido?

Era de fato uma mulher sensacional e não tinha culpa de ter sido escolhida para enfrentá-lo. De provar a sua fé... *Se for verdade que Deus escreve certo por linhas tortas, o diabo diverte-se em se meter na redação do texto.* Criara o provérbio há tempos para seu divertimento pessoal.

A situação chegara ao limite, não havendo mais retorno. Tinha a noção exata que, da próxima vez que se encontrassem, tudo seria esclarecido...

Antes de decidir o que revelaria a Manina para além dos prazeres e fantasias acabadas de viver ou de que maneira o faria, precisava acertar os pormenores para a despedida de Antoniazzi. Apesar de tudo, gostava do seu principal obreiro, amigo de longa data, e entendia as tentações pelas quais passara, mas não podia deixar que o mal se alastrasse e, como líder, precisava ter a certeza de tomar a decisão mais acertada.

Cristo, ao ser crucificado, não conseguiu sobrepor-se aos problemas terrenos. Eu, Hamilton Fernandes dos Santos, conseguirei...

Tomara suas providências e seria apenas uma questão de oportunidade, de poucos dias... Ou mesmo de poucas horas.

O jogo tinha o seu início...

São Paulo, Brasil
ano do senhor de 2005

O Restaurante Mancini fica numa das ruas centrais de São Paulo transformada em corredor gastronômico. Os Mancini, família de origem italiana, – aliás, boa parte da população da cidade – e que começaram com uma modesta cantina, haviam enriquecido o suficiente para abrirem mais dois restaurantes vizinhos à cantina original.

Novaes entregou as chaves do carro ao *valet* e entrou no restaurante exatamente faltando dez minutos para as 21 horas. Ao cumprimentar o *maître*, foi informado que a jovem a quem iria encontrar já estava esperando por ele na mesa de sempre.

Outra novidade, pensou o delegado, ao se dirigir para o cantinho que gostava de frequentar na parte mais ao fundo do restaurante. Ali, desfrutava da privacidade que sua profissão requeria.

Normalmente as mulheres gostam de se valorizar chegando um pouquinho depois da hora combinada, criando aquela expectativa do primeiro encontro. Pelo visto, não era esse o caso...

Assombro maior, entretanto, estava reservado ao avistar sua convidada. Mulher exuberante, apesar de falsa loira, logo se via, pormenor que pouco importava a Novaes. "Um mulherão para duzentos talheres", como diria seu cunhado mais velho.

– Ana Maria?

Novaes se apresentou com boa disposição e alguma antecipada animação. Recebeu como resposta um sorriso cativante.

– Delegado Novaes, agora em pessoa...

– Muito prazer, delegado – respondeu sua convidada, levantando-se.

– Sente-se, por favor – devolveu Novaes gentilmente, após o aperto de mão.

– O *maître* me indicou a mesa e tomei a liberdade de pedir uma caipirosca.

O decote do vestido de Ana Maria não era daqueles a que se poderia chamar de discreto.

Novaes, sem deixar de avaliar o material à sua frente, interpretou todo aquele à vontade como um bom sinal, mas também com a necessária reserva exigida de policiais experientes como ele. Já aprendera a não ir com muita sede ao pote.

– Tudo bem... Sinto que estou diante de uma pessoa decidida e voluntariosa... Gosto de mulheres assim.

– Faz parte da minha profissão, delegado... Vendas... Tenho que conversar com muitas pessoas... E convencê-las... Alguma ousadia – controlada, é claro – será sempre útil, mas devo confessar que nunca recebi um convite de um delegado de polícia para jantar...

O nome do decote era, então, "ousadia controlada"...

– Para tudo existe uma primeira vez, disse a serpente para Eva no Paraíso – pontificou um bíblico Novaes.

– Confesso que nunca li isso nas Escrituras, mas tem lá a sua verdade – sorriu Ana Maria.

– Costuma ler a Bíblia?

– Quando menina era obrigada a isso pelos meus pais... Aquilo era um porre...

Desta vez ambos sorriram e Novaes chamou o garçom, pedindo sua caipirinha temperada, como costumava fazer, o que significava em linguagem cifrada entre os dois, mais gelo e limão do que cachaça. Era um hábito adquirido por não se permitir perder o controle, mas apenas para aquele aquecimento interno e o desbloqueio de algum pudor nesses primeiros encontros – se é que fosse pessoa verdadeiramente praticante dessas atitudes.

Por vezes, considerava-se cínico.

– O trânsito até que não estava ruim e acabei chegando mais cedo do que previa – explicou-se Ana Maria.

– Confesso que você me surpreendeu, pois normalmente as mulheres quase sempre não chegam na hora marcada... Isso deve ser algum truque feminino.

O garçom chegou com a caipirosca da moça e alguns petiscos de entrada: pão ciabata, queijo gorgonzola, sardela e fatias de salame leonês.

– Onde é que fica mesmo o escritório da seguradora?

– Você já me fez essa pergunta ao telefone, delegado... fica na Nova Faria Lima.

– Desculpe, são os vícios da profissão... Acho que eu queria perguntar é onde você mora – emendou Novaes com tranquilidade.

– No bairro da Aclimação, por quê?

– Por nada... Curiosidade apenas.

Acostumado a decifrar, ou pelo menos a tentar decifrar os mais diferentes códigos de comunicação do ser humano, principalmente nas pessoas que têm alguma coisa a esconder ou mesmo mentir sem nenhum pudor, Novaes gostava de ir direto ao assunto, sem maiores cerimônias.

– É casada?

– Dei alguma bandeira nesse sentido?

– A não ser a aliança na mão esquerda, não – brincou com elegância o delegado, tentando ser simpático.

Ana Maria não perdeu o rebolado e, com sutil toque de recato, cobriu ligeiramente a mão esquerda.

– Estou me separando...

– Veja lá, não vá me arranjar confusão...

– Esse tipo de confusão?!... Pode ficar tranquilo.

– E haveria outro tipo de confusão que pudesse ocorrer entre nós?

Novaes notou que sua pergunta descontrolara a convidada.

– Nós, mulheres, temos sempre que ter o pé atrás – defendeu-se Ana Maria bebericando sua caipirosca.

Assim que conhecia alguém, que fazia novas amizades, Novaes lutava interiormente para não agir como policial, não ficar com desconfianças sem motivo, nem fazer perguntas a mais, a não ser... bem, a não ser que houvesse algum indício, por menor que fosse, de que alguma coisa estava fora de lugar. Uma palavra, um gesto, um olhar evitado...

E isto tinha acabado de acontecer. Sua convidada, sem perceber, tomou com um pouco mais de vontade e desembaraço a caipirosca que já ia pela metade do copo... foi um gole maior, sorvido com alguma sofreguidão, o que não é comum nas mulheres em situações como aquela. Teria sido a referência à aliança? Ou haveria de fato algum tipo de problema a enfrentar e que não era aquele? Não se conteve:

– Haveria algum outro motivo, por acaso, com que eu devesse me preocupar? – insistiu o policial.

Ana Maria esperou o garçom colocar a caipirinha de Novaes na mesa antes de responder.

– É claro que não, delegado... Eu fiquei sem graça com a questão da aliança e não sabia o que dizer... é só isso.

– Para quem você trabalha, quero dizer, quem é o dono, o proprietário da sua empresa de seguros?

– Isso é importante para você? – respondeu Ana Maria, com ares já bem menos tranquilos.

– Tudo é importante para o delegado Novaes.

– Pensei que fosse um encontro social e que nos divertiríamos essa noite...

– Uma coisa não exclui a outra... Tenho essa mania de perguntar... É o tal ditado: o uso do cachimbo põe a boca torta... Não me leve a mal... E também não há nada demais em querer saber o nome do seu patrão.

– Claro que não... A empresa pertence a uma igreja, por sinal muito famosa...

Novaes ligou as antenas. Seu faro de policial experiente estava certo...

São Paulo, Brasil
ano do senhor de 2005

Se fosse obrigada a reproduzir o que sentiu no escritório comercial da igreja Filhos do Tabernáculo e, mais especificamente, o que se passou entre ela e o bispo Hamilton dos Santos, Manina teria que procurar e medir muito bem as palavras para não ser considerada irresponsável ou minimamente insana. *Ou uma mulher fácil,* no linguajar preconceituoso do chefe Marco Antonio...

O ritual e o apelo envolvente de sedução chegaram ao clímax e não poderiam ter sido evitados por tudo que já se insinuara entre ambos. Contudo, por trás da originalidade da cantada recebida e do sexo selvagem que tomou conta dos seus sentidos durante a entrevista e todo o tempo que durou a transa, havia um sinal de alerta que a sua intuição captava, mas ela, por mais que tentasse, não conseguia racionalizar...

Tão logo o reverendo, mostrando sua habilidade na confecção de baseados, entregou-lhe o pequeno cigarro contendo as ervas milenares descritas pelo monge Benedetto de La Matina, ou seja lá o que fosse, e após degustarem o delicioso *chianti*, Manina – seguindo as instruções do pastor – foi puxando toda a fumaça que conseguia inspirar e deixou-se consumir por um inebriante sentimento de alívio, relaxamento e poder.

Em segundos, a censura desapareceu de sua mente, do seu corpo e da sala em que estava. Foi como saltar de um avião, num sonho, sem abrir o paraquedas. O perigo era apenas virtual.

Visões, desejos, sensações de posse e de entrega, arrepios pelo corpo, o coração aos saltos, alterações reais ou imaginadas apoiadas na luz ambiente, as peças de roupas tiradas pouco a pouco e jogadas pelo chão, os primeiros toques de mãos, lábios, pernas, sexos, os rostos que substituíam o do próprio bispo, trazendo-lhe à lembrança antigos namorados e amantes até o momento em que, no auge do prazer, Manina pensou ter visto no bispo a própria figura do diabo.

Não a figura clássica, pelo menos, aquela em que o bode chifrudo, de casco duplo, faria esgares de prazer e ao mesmo tempo de terror. Mas um diabo de pele macia e sorriso largo, musculoso e atlético, disposto a tirar dela os prazeres mais escondidos... Sons exóticos invadiam seus ouvidos sem que soubesse da sua procedência. Não sentia medo, mas cada vez mais atração e desejo... Atração pelo perigo... Desejo insaciável... Submissão e domínio...

O medo e o horror – se alguma vez quiseram dar o ar de sua graça, inibidos que estavam pela ação alucinógena das ervas – misturavam-se a uma agradável sensação de magia, força e explosiva sensualidade.

O tempo era o que menos importava. Manina sentia o sangue correr-lhe pelo corpo, espesso, rubro como gotas de minúsculos rubis a dilatarem-se por suas veias e artérias, deixando por onde passava a sensibilidade em elevada potência, como unhas a percorrer e sulcar um tecido aveludado... Chegou mesmo a misturar-se com o próprio sangue, debatendo-se contra as paredes de suas veias, num deslizar alucinante e incontrolável como se estivesse em um escorregador de parque aquático.

Mãos a apalpavam por todos os lados, mãos do bispo ou do próprio demônio se transformado em vários seres que a possuíam não só suas partes mais íntimas, mas cada pormenor de seu corpo quase que anestesiado. A um só instante possuída e dominadora... Sentia espasmos de dores e prazeres, alguns jamais experimentados. Perdeu a noção do tempo e do espaço à sua volta. Um desmaio, talvez...

Lembrou-se mais tarde de algumas coisas que foram ditas, entre os sons ininteligíveis que ouviu, de frases estranhas, parecendo-lhe escutar o latim ou outra língua exótica qualquer, envolvidas numa musicalidade selvagem que mais pareciam um convite para que descesse aos infernos...

Passado o efeito alucinógeno, Manina, ainda nua e com o corpo aquecido pelo calor agradável do sexo de alta voltagem, não mais se sentiu em condições de continuar a entrevista... Teria sido exigir demais do seu corpo e da sua mente... O recato, surgido assim num rompante, denunciou a volta da razão.

Prometeu a Hamilton que voltaria a procurá-lo. Sem falta.

Arrumou-se o melhor que pôde, pegou a bolsa, o bloco de notas e o gravador digital e deixou a sala sob forte emoção e com algumas partes do corpo ainda adormecidas...

Contudo, quando duas horas mais tarde Manina enfiou-se na banheira do seu apartamento para relaxante imersão, ainda podia sentir o arrepiozinho gostoso a percorrer-lhe toda a superfície do corpo.

[illegible] . . . 10 gr
terminum zu vorschreiben
[illegible] . . . . 10 g
[illegible] terminum
[illegible] zu proce-
[illegible] . . . . . 10 gr
[illegible]
[illegible] zu vorschreiben 10 ß
[illegible] zu vorschreiben [illegible]
procediren [illegible] . 10 gr
[illegible] termi-
zu procediren . 10 g
ob [illegible] terminum
[illegible] zu pro-
schreiben . . . . 10 gr
Octob. Dem Fiscal und seinen
[illegible] . . . . . . 8 gr
[illegible] . . . 8 gr
60
Novemb. Den terminum
[illegible] zu procediren 10 gr
[illegible] terminum und
zu procediren . . 10 gr
[illegible] Beclagten
[illegible] . . . 10 gr
[illegible]
[illegible] . 6 gr
[illegible] . . 6 gr
[illegible]
[illegible] . 6 gr
vorschreiben . . 6 gr
[illegible]
16 sec.
[illegible] . 6 gr

INTERLÚDIO 1969

Octob.

Novemb.

Decemb.

Campinas, São Paulo
ano do senhor de 1969

Quando a irmã Isabel abriu os olhos e se deu conta do que estava para acontecer, suas pernas bambearam. Algemada e aliviada com a retirada do capuz negro que lhe cobria a cabeça, tinha sido colocada em um camburão policial e levada pelo delegado Matoso para algum lugar desconhecido nas proximidades de Campinas.

Cansada, fraca e em jejum, ainda assim os seus sentidos funcionavam. Ou por isso mesmo funcionavam, até com mais acuidade. Jamais passara por nada parecido em sua vida, mas ouvira falar sobre esses momentos de grande tensão e medo em que o corpo – talvez fosse melhor dizer a mente – se punha em estado de alerta e defesa.

Além disso, ela contava com aliado poderoso e com o qual vinha mantendo contato desde que deixara pela manhã o Colégio Nossa Senhora Auxiliadora: o seu bom e misericordioso Deus.

Pelo percurso e pelo tempo gasto para chegarem até ali, não deveriam estar muito longe da cidade e da delegacia para onde fora levada. Antes que lhe fosse retirado o capuz, irmã Isabel já sentira – na parada do camburão – o cheiro forte de carne assada, quase queimada, o que poderia significar que estavam estacionados próximos a uma dessas churrascarias de beira de estrada.

Foi conduzida pelo braço para aquilo que a princípio julgou ser uma sala. O cheiro forte de carne assada foi sendo substituído por outro, não menos desagradável, de desinfetante ambiental barato de lavanda ou pinho silvestre.

Já podendo ver onde estava, deu-se conta de que aquilo era o quarto minúsculo de um hotel de terceira ou quarta categoria, desses hotéis vagabundos de beira de estrada a que algumas pessoas chamam de motel.

As paredes estavam pintadas num tom esmaecido de amarelo, salpicadas aqui e ali com manchas de cerveja ou refrigerante. À sua frente, a cama de casal com lençol e fronhas encardidas e duas toalhas de banho ao centro ocupavam o maior espaço do quarto. Eram toalhas pequenas, frisadas em círculo, com dois sabonetinhos ordinários dentro de cada círculo e que compunham um cenário bizarro, quase surreal para a sua sensibilidade religiosa e feminina. Ficou olhando para aquele cenário o quanto pôde, evitando virar-se e encarar o seu algoz.

– Irmã Isabel... Irmã Isabel...

A inflexão e o conhecido tom anasalado daquela voz gelou o coração da freira. Reuniu a coragem que lhe restava, apesar da fadiga e do mal-estar, de algumas dores pelo corpo cansado e manteve-se firme, calada, de costas para o delegado.

– Não tenha medo, irmã... Desta vez serei bem carinhoso... relaxe e fique tranquila... Vamos passar a noite juntos, eu e você... e mais ninguém para nos incomodar.

Em seguida, Matoso aproximou-se da religiosa para retirar-lhe as algemas.

– O senhor não teme a Deus?

A frase saiu quase inaudível.

– Fale um pouquinho mais alto, irmã.

– Perguntei se não teme a Deus?

– Temo, sim, irmã, temo... Mas quando se trata de comunistas, essa é uma questão que não se coloca, não acha?... Deus não foi aqui chamado.

De repente um fiozinho de esperança brotou no coração da irmã Isabel, pois vislumbrou a possibilidade de iniciar qualquer diálogo com aquela figura saída não se sabe muito bem de onde, em formato de aleijão moral e físico, que pudesse demovê-lo de intenções pecaminosas... Um monstro ao qual teria que domesticar... Tinha que tentar.

Não merecia passar por tudo aquilo...

Ganhou coragem, virou-se com calma e conseguiu encarar o delegado.

– E quem disse ao senhor que sou comunista?

– Ora, ora, ora... Até que enfim a freirinha está disposta ao diálogo?

– Desde que não haja desrespeito e violência contra uma mulher indefesa, uma religiosa...

– Não se faça de esperta, irmã... Está tudo lá nos relatórios que recebi de São Paulo, toda a sua ficha, repleta de ações e pregações subversivas... A senhora nega, por exemplo, que esteja ligada à Juventude Universitária Católica ou que acredita nessa bobajada da Teologia da Libertação?

– Não... Eu não nego, mas isso não tem nada a ver com ser comunista.

– Como não?... É tudo a mesma coisa... Vocês são todos subversivos, todos farinha do mesmo saco... Misturar a cruz de Cristo com a foice e o martelo desses comunistas ateus... Trocar a Bíblia por uma metralhadora é pecar contra os sacramentos da Igreja, é pura blasfêmia, um insulto a Deus.

– Quem sabe aqui, a sós, poderíamos discutir melhor essa questão como duas pessoas civilizadas...

Matoso olhou para a freira com um misto de sarcasmo e divertimento.

A moça era sabida, não havia dúvida...

– Discutir melhor a questão – zombou o delegado – até que não é mal pensado... Claro, claro, temos bastante tempo para discutir melhor essa... e outras questões... E mesmo que para a senhora não pareça, considero-me uma pessoa civilizada.

– O senhor não ia me tirar as algemas?

Sem responder, Matoso foi certificar-se de que as janelas estavam bem trancadas e retirou a chave da porta, colocando-a ao lado da sua arma automática em cima da pequena cômoda, onde colocou também um segundo par de algemas trazido no bolso da calça. Em seguida, aproximou-se da prisioneira:

– As ordens são claras... Não tenho autorização para retirar as algemas... Devo manter um dos pulsos algemados em algum lugar e apenas um dos braços livre, mas talvez eu possa fazer melhor, abrir uma exceção... Quem sabe?

– Fique tranquilo, delegado, não tenho a menor intenção de fugir daqui, ou melhor, não tenho condições físicas e nem anímicas... Nem sei bem onde estou... e muito menos para onde ir.

– Nunca se sabe irmã, nunca se sabe... Já vivi situações bem piores que esta, enfrentando bandidos muito perigosos, e posso garantir que o homem, de modo geral, adquire força e inteligência nos momentos em que se sente mais acuado, como qualquer outro animal, aliás... Portanto, vamos nos acalmar como acabou de sugerir e fazer as coisas do jeito mais simples.

– Está bem, mas eu gostaria de comer alguma coisa, por favor, estou me sentindo fraca... Esse cheiro horrível de carne estorricada, apesar de tudo me deu fome.

O delegado Matoso, cheio de piedosa excitação e revelando intimidade com a espelunca em que estavam, pegou o telefone ao lado da cabeceira da cama e chamou a portaria.

– Santana?... Olha aí, peça aí para mandarem aqui pro 2A dois sanduíches de frango, uma porção de batatas fritas e uma coca-cola.

Em seguida, pegou a garrafa de uísque barato em cima daquilo que se poderia chamar de penteadeira e despejou boa dose num copo de vidro, velho e embaçado, com desenhos indecifráveis em alto relevo.

– Quer dar uma bicada no uísque, irmã?

– O senhor só pode estar brincando.

– Eu não brinco em serviço, irmã... Sei que a senhora não bebe uísque, mas quem sabe, aqui nesse fim de mundo, nas circunstâncias em que se encontra, longe de testemunhas, talvez um golinho de uísque ajudasse a relaxar... Experimente...

Dessa vez não havia na voz do delegado qualquer sarcasmo. Acreditava e até desejava de verdade que, naquela situação, a freira pudesse aceitar a sua sugestão. Ajudava a refinar a sua fantasia. Afinal, pelo que sabia padres e freiras gostavam de tomar vinhos de boa qualidade de vez em quando.

– Ou quem sabe, um copo de vinho tinto?

– Não, obrigada... Depois do sanduíche eu bebo um café quente.

O silêncio fez-se inquietante e atravessado por desejos, temores e maldade, passando a tomar conta do quarto por alguns minutos. Os contendores se avaliavam após o primeiro diálogo.

O medo, a vergonha e o desconhecido de um lado e um último resquício de constrangimento e culpa de outro – pois nunca se sabe quais são os verdadeiros limites da impunidade e da felonia – mediam-se, e o algoz e sua presa avaliavam as possibilidades de um fim menos trágico e mais prazeroso para aquela insólita situação.

Contudo, a primeira talagada de uísque, seguida agora de uma segunda mais encorpada, começava a fazer efeito sobre o delegado e ele deixou de ver a freira à sua frente para ver apenas a mulher, a fêmea. Ao diabo as culpas e os constrangimentos...

O tesão súbito, animal, tomou conta de Matoso e finalmente o destino parecia conceder-lhe satisfazer a maior de suas fantasias sexuais: trepar com uma freira. E tinha que fazer isso como cavalheiro, com todo o carinho que conseguisse reunir.

O silêncio era tal que se ouvia o bater dos dois corações cruzando o ar do imundo quarto, de maneira a misturar em doses cada vez mais desproporcionais o medo e o desejo. Finalmente, Matoso tomou interiormente a decisão que o martirizava. Assim que os sanduíches chegassem e saciassem sua fome, ele colocaria o segundo par de algemas na freira, prendendo-a de braços abertos numa das extremidades da cama.

Sem imaginar o que se passava na cabeça do seu carrasco, a irmã Isabel aproveitou aqueles poucos momentos de silêncio e, fechando os olhos, rezou com toda a força de sua alma. Foi despertada com as batidas na porta e viu quando o delegado, impedindo o empregado de entrar no quarto, recebeu a bandeja com os sanduíches, as batatinhas e a coca-cola.

Comeram em silêncio e com os olhares arredios cruzando--se fora de tempo, desencontrados. A freira mastigava lentamente, alongando o tempo daquela miserável refeição, como que tentando adivinhar o que poderia vir logo a seguir. Matoso engoliu o seu sanduíche em três grandiosas e pantagruélicas mordidas e decidiu-se pela terceira dose de uísque.

Ao observar a caminhada do policial para a mesinha onde estava a garrafa de uísque já quase pela metade, não foi difícil à freira perceber o volume que se formava na calça do delegado. No limiar do desespero, ela suplicou:

– Não poderia pedir o meu café agora?

– Claro, claro, irmã Isabel – respondeu Matoso, denunciando ligeira alteração na voz.

Fez o pedido pelo interfone.

– A senhora já experimentou café com uísque?

O olhar da irmã Isabel era de pânico.

Matoso foi pegar o segundo par de algemas antegozando o grande momento da sua vida.

A cortina de tecido claro e estampado, encardida e rota em alguns pontos, não conseguia impedir a entrada dos primeiros raios de sol de uma manhã que a irmã Isabel jamais imaginara viver.

Ainda com os braços algemados à cabeceira da cama, sentia-se suja por dentro e por fora. Não se considerava mais digna dos votos que fizera e sentia-se corroída interiormente pelo maior dos pecados cometidos contra o seu Deus: o desejo de se matar.

O gosto salobro na boca, amordaçada por uma hora ou mais durante a madrugada, de onde um fio de saliva grossa deixara manchas úmidas no travesseiro antes de lhe colar parcialmente os lábios, a noite toda mal dormida, as têmporas latejantes, o corpo doído, o fiozinho de sangue escorrido por entre as pernas ainda dormentes, as feridas nos pulsos provocadas pelas algemas, o zumbido intermitente nos ouvidos, tudo contribuía para que desejasse, do mais fundo do seu coração, estar morta.

Morte indigna, com certeza, que nem mesmo a redimiria perante os estudantes a quem cedera salas no seu colégio. Indigna também por ser desprovida de qualquer gesto humano de grandeza, de sacrifício ou mesmo de um sentimento mínimo de solidariedade para com seus semelhantes.

Não tinha forças para se mexer, mesmo que quisesse. A tortura era interminável, causando-lhe a sensação de estar naquele cubículo há dias, semanas, meses. O sangue corria-lhe nas veias como fel e o ruído provocado pelos roncos do delegado ao seu lado na cama entravam-lhe pelos ouvidos como broca de aço a perfurar blocos de concreto.

Que Deus a perdoasse, mas era capaz de entender mais do que nunca as palavras de Cristo na Cruz... *Pai, por que me desamparastes?*

Súbito, os roncos se interromperam e Matoso ajeitou-se na cama, encostando ao acaso suas pernas nas pernas frias da irmã Isabel, que mal teve forças para recuar, num gesto de puro instinto. Sonolento, o delegado tateou em busca do relógio de pulso que deixara no criado mudo ao lado da cama.

– Merda! – exclamou, limpando o pigarro na garganta.

Com dificuldades para ajeitar o corpanzil, sentou-se na cama ainda de cuecas e meias. Olhou para o corpo desnudo da mulher ao seu lado, alheio ao seu sofrimento e muito menos à sua condição de religiosa. Para Matoso, as mulheres só tinham uma serventia na terra, fossem elas quem fossem.

Vestiu a calça deixada ao lado da cama e foi até a mesinha onde deixara o uísque na noite anterior. Serviu-se da última dose, nada modesta, bochechando com ela os dentes amarelados pelo fumo e engoliu aquela maçaroca viscosa que lhe queimou gostosamente a garganta ressequida. Em seguida, tirou as algemas do pulso da freira e atirou-lhe as roupas por cima do corpo.

– Não temos tempo a perder, irmã... Já devem estar à minha espera na delegacia... Vou dar uma mijada e passar água na cara, tempo suficiente para a senhora se arrumar.

O delegado entrou no minúsculo banheiro do quarto e tomou o cuidado em deixar a porta aberta, caso a prisioneira tentasse alguma esperteza. O espelho devolveu-o a realidade: via-se mais gordo, os cabelos começando a ralear, pequenas bolsas a se formar por debaixo dos olhos.

Ouviu o baque surdo no quarto e foi até a porta do banheiro ver o que tinha acontecido. Com o hábito caído por cima do corpo desnudo, a irmã Isabel estava estendida ao lado da cama. Mal teve forças para se vestir.

– Merda... Esbravejou pela segunda vez o enraivecido policial.

Tomou o pulso da religiosa e procurou também sentir-lhe a respiração. Estava viva, mas aquilo poderia fugir ao seu controle. Pegou-a, agora com cuidado, e colocou-a novamente na cama, desta vez sem o uso das algemas. Umedeceu uma toalha de rosto e colocou-a sobre a testa da prisioneira, massageando-lhe os pulsos.

Não era homem religioso, de fé, mas sentiu que talvez tivesse ido longe demais.

Paciência, quanto a isso não havia retorno. Nem remorsos.

Pediu nova ligação para São Paulo, urgente.

Enquanto aguardava que a ligação se completasse, ficou admirando o corpo alvo da freira, jovem, firme e aveludado, de uma sensualidade que ela mesma jamais desconfiara e há anos escondido pelas vestimentas conventuais.

O que passa pela cabeça de uma bela mulher para querer ser freira?

A voz do delegado-geral Wandercy, de São Paulo, interrompeu os pensamentos sacrílegos de Matoso.

– Matoso? Olegário Matoso? O que é que manda o meu caro colega?

– Tudo na santa paz, Wandercy... É novamente sobre aquela encomenda religiosa... De ontem para hoje a coisa mudou um pouquinho e acho que já posso enviá-la para São Paulo... e eu queria saber se vocês mandam buscar ou eu providencio o transporte?

– Se você tiver condições de enviar eu agradeço... E olha, o mais rápido que você conseguir.

– Por quê, alguma novidade?

O delegado Wandercy foi direto ao assunto, dispensando aquela bobagem de usar uma linguagem cifrada:

– Eu diria que já tem gente preocupada aqui em São Paulo e em Brasília, pois souberam da prisão da freira aí em Campinas, sabe como é o Brasil... País católico, o pessoal fica cheio de dedos... Não sei como ela está, mas talvez fosse bom escondê-la por uns dias e o melhor é que seja fora de Campinas.

– Está bem, delegado – continuou Matoso enfiando as calças... – Vou providenciar para que ela esteja em São Paulo o mais rápido possível, quem sabe aí pela hora do almoço...

Assim que desligou o telefone, o delegado Matoso cobriu a freira com as cobertas da cama e tornou a ligar para a portaria pedindo o café da manhã, café reforçado para duas pessoas. Acabou de recompor-se, vestindo a camisa social e calçando os sapatos. Nestes simples gestos mecânicos, seu pensamento, pela primeira vez, desde que encontrara a irmã Isabel na sala da delegacia, admitiu que talvez tivesse exagerado um pouquinho e temeu por sua impunidade. *Fodam-se...*

Embora o dinheiro para a repressão política viesse de grandes bancos e empresas nacionais e multinacionais, além de outras entidades que davam cobertura à repressão, como a embaixada norte-americana em Brasília, o poder estava naquele momento na mão dos militares. Eram eles os gerentes da empreitada.

E muitos militares não viam com bons olhos os policiais civis, tidos como grandes corruptos. Não os tinham em boa conta. Uma eventual crise com a Igreja poderia ser, mesmo se tratando de uma freira subversiva, uma pedra no sapato dos homens em Brasília.

Matoso sentiu a dorzinha no peito aumentar um pouco acima do estômago... E, pior do que isso, descobriu, afinal, que trepar com uma freira não tinha nada de especial.

QUARTO MOVIMENTO

Maravilhosa gente humana que vive como os cães,
Que está abaixo de todos os sistemas morais,
Para quem nenhuma religião foi feita,
Nenhuma arte criada,
Nenhuma política destinada para eles!

Álvaro de Campos,
"Ode Triunfal"

São Paulo, Brasil
ano do senhor de 2005

Depois da meia perna de cabrito, de um *carmenère* chileno safra especial e de um papo de cerca "lourenço" com a jovem Ana Maria, como costumava dizer, Novaes pediu ao valete do Restaurante Mancini que buscasse o carro.

Coincidências existem, é claro, mas ser procurado pela bela funcionária de uma empresa seguradora, cujo dono era exatamente quem estava sob investigação da polícia federal? No mínimo, era uma tentativa de "amaciá-lo". E das mais estúpidas, por sinal.

Isso só vinha confirmar que o sinal de alerta já havia sido dado entre os investigados e que os suspeitos já se preparavam para a guerra com seus exércitos de advogados e *habeas corpus*. A audácia fazia parte da estratégia dessa guerra, onde grandes quantias de dinheiro eram transferidas para as mãos de políticos, policiais, membros do poder judiciário, para abafar o resultado das investigações. Armadilhas, algumas em parceria com equipes de jornalismo da emissora de maior audiência do país, flagrantes, chantagens...

O valete chegou com o carro e Novaes, como sempre, deu-lhe boa gorgeta, aproveitando a espera para telefonar a Montezuma. Perdera todo e qualquer entusiasmo de uma noite mais agradável, de uma boa trepada, para ser mais explícito.

Armação ridícula, mas que iria exigir dele atenção e explicações mais cuidadosas ao delegado Queiroz. Afinal, sob certos aspectos, seu comportamento poderia ser considerado, no mínimo, ingênuo. Logo a seguir a repreensão pelos modos de tratar o bispo... *Não estava nos seus bons dias...*

Tido na corporação a que pertencia como um perdigueiro, com faro especial para trambiques e armações, Novaes perguntou-se se não estava envelhecendo antes do tempo...

A merda do celular de Montezuma estava na caixa postal e resolveu não deixar qualquer mensagem.

O casal entrou no carro sabendo Novaes para onde deveria se dirigir. Apesar de tudo, não cometeria a indelicadeza de deixar a sua acompanhante ir de táxi para casa. E menos ainda deixar que ela percebesse a sua desconfiança. Era uma funcionária e cumpria ordens.

Pela conversa durante o jantar, Novaes notou que a moça representava bem o seu papel de vendedora de seguros, provavelmente até sem saber que servia de isca para alguma coisa que ele, com toda a sua experiência profissional, ainda não atinara muito bem, mas iria descobrir... A não ser a rixa com o líder dos tabernaculares, mas isso não seria motivo para ser, quem sabe, "amaciado"... Tudo era possível...

Realizou mentalmente o caminho a seguir e arriscou algumas palavras para quebrar o gelo.

– Vou deixar você em casa, mas tenho de voltar para o trabalho.

– Não precisava se preocupar, eu poderia pegar um táxi...

Novaes tomou o caminho do bairro da Aclimação, lembrando-se de que agora existiam novos viadutos próximos ao largo Dom Pedro II e que cortavam boa parte do caminho. Sua dúvida é se estavam todos eles operacionais ou se ainda havia obras por terminar.

Uma garoinha fina começou a cair sobre a cidade e o movimento do trânsito era normal para aquela hora da noite. Enquanto conduzia, Novaes tentava driblar a paranoia que se insinuava, por exemplo, lembrar-se de que no restaurante alguns *flashes* indicaram a existência de alguém que fotografava. Um grupo de turistas apenas? Uma festa de aniversário? Ou fotografavam a ele?

Sentia-se confuso... e um pouquinho tocado pela caipirinha... Não, não... como de costume havia tomado os cuidados de sempre quanto a bebida... A não ser...

As ameaças do bispo Hamilton passaram-lhe rapidamente pela cabeça...

A moça Ana Maria seguia quieta ao seu lado – talvez preocupada em saber se cumprira bem a sua missão até agora? Ou esperava de verdade apenas recuperar o cliente? O convite para o jantar partiu dele, fruto de uma inconsequência; ela não... mas bem que poderia ter sido aproveitado por ela, por que não? *Ela não deveria saber da missa a metade...*

Quando contornou a praça 14-Bis e entrou na rua que o direcionava para o bairro da Aclimação, Novaes pôde notar pelo retrovisor do carro que uma van preta de vidros escuros parecia segui-lo. Tinha quase a certeza de que aquela van estava estacionada próxima ao Restaurante Mancini. E mais: ao receber o seu carro do *valet*, notou que esse olhava na direção da van.

Acelerou para ver se, de fato, estava sendo seguido.

Estava...

– Não se importa mesmo em pegar um táxi?

– É claro que não delegado.

Novaes parou o carro perto do único táxi que se encontrava no ponto.

Esperou que Ana Maria entrasse nele e seguiu-o por alguns quarteirões. Entrou numa pequena rua e esperou pela van preta com a arma engatilhada.

São Paulo, Brasil
ano do senhor de 2005

Mais cedo ou mais tarde o gajo acaba por meter o pé na argola...

A frase, Manina ouviu-a de um jornalista português quando passou por Lisboa numa de suas viagens a Milão, e expressava bem o seu sentimento atual. *Teria ela metido o pé na argola?*

Em seguida à sua última conversa com o delegado Montezuma, depois de ter recebido a ordem do jornal de investigar em minúcias o passado do reverendo Hamilton e, acima de tudo, após a loucura e o destempero no seu escritório, maravilhoso por sinal, Manina reconheceu que o chão começava a lhe escapar de verdade de seus pés. Tinha pequenos lapsos de memória... Se fosse um quebra-cabeça que estivesse a montar, via-se que tinha peças a mais... Ou algumas das peças não faziam parte daquele *puzzle*? Quando sobram dúvidas em relação ao futuro, há que se repensar estratégias do presente e do passado...

O que tinha a fazer, sem grandes caraminholas na cabeça, era escrever o quanto antes o raio da matéria sobre os bíblias, ponto final. Trabalhar rápido e com as informações que pudesse conseguir. No entanto, até esse objetivo já não encarava com a mesma disposição de dias atrás... Não sabia o motivo pelo qual o jornal ainda não lhe dera o assistente que pedira.

Conhecera e se encantara por uma figura estranha, é verdade, um homem enigmático e sedutor... *O diabo em pessoa...* Perdera o seu ponto de equilíbrio e isso era o pior que poderia lhe acontecer naquele momento.

Hamilton e La Matina... La Matina e Hamilton... Um adorava o demônio, o outro o exorcizava em nome de Cristo. Entre essas duas vidas já haviam se passado quase dez séculos.

Exorcismos, profecias, poder político, poder econômico, poder religioso, investigações policiais, briga de televisões por audiência, sedução, inveja, como é que isso tudo foi parar dentro do seu *laptop* e da sua cabeça em tão poucos dias, absorvendo de tal forma seus interesses, já agora com os primeiros sintomas de um pequeno e fantasioso delírio que ultrapassava o dever profissional? Ou seria uma obsessão? Um início de paranoia?...

Precisava de ajuda com urgência. De quem, como, onde? Buscar por um psicanalista? Não, não... Não era para tanto. Desabafar com a família, com seu velho e querido pai? Também não era o caso. E Diego? Apesar de tudo, apesar de ser mau caráter, era suposto ser um jornalista bem informado... Frequentava determinados círculos influentes... Mas não era pessoa em quem se pudesse confiar. Definitivamente.

E tudo para favorecer a um seu colega dentro do jornal e que não gosta de você... A frase de Hamilton ainda estava fresca na sua memória.

Calma Manina, o primeiro passo a dar é botar essa cabecinha em ordem.

Em casa, tomou uma chuveirada de água fria, preparou o chá de hortelã, dessa vez com gotas de limão e vodca, e foi para o seu acolhedor cantinho de trabalho.

Ali, relaxou alguns minutos no sofá de couro que usava para suas leituras, bebericou dois goles do chá e deixou a cabeça trabalhar livremente. O pensamento desordenado debatia-se com os fatos como uma bola de bilhar mal arremessada numa mesa vazia, tomando várias direções.

Passados alguns minutos, Manina levantou-se e retirou algumas folhas de papel da impressora, distribuindo-as sobre a mesa. Havia que por ordem naquela atrapalhação.

Começou por enumerar as folhas e depois, com canetas hidrográficas de cores diferentes, anotou os temas que lhe chamavam mais a atenção:

– O mistério feito por Marco Antonio sobre o passado de Hamilton, cuja fonte era um velho advogado;

– As descobertas de grandes golpes financeiros pela polícia federal, não somente sobre a igreja evangélica, e que não podiam ainda ser divulgados... E a advertência até certo ponto enigmática e meio fora de propósito do delegado Montezuma sobre as relações de poder;

– A indisfarçável curiosidade de seu colega Diego para saber como estava escrevendo e conduzindo a matéria;

– O seu próprio interesse fora de hora por exorcismos e a tentativa de encontrar a relação desse interesse com profecias feitas no longínquo século XI;

– Em particular, dois ou três trechos dessas mesmas profecias que a intrigavam, porém não conseguia atinar por quais motivos;

– E, sublinhando a anotação com dois traços, o motivo da inevitabilidade de suas contínuas fantasias eróticas com o próprio Hamilton.

Nessa última folha de papel desenhou um enorme ponto de interrogação, tendo o cuidado de anotar com letra miúda e entre aspas a expressão "ervas medicinais". Ficou tentada ainda a incluir a palavra DEMÔNIO, sem saber exatamente para quê, mas desistiu.

Na verdade, o que juntava tudo isto, o que saltava logo à vista, e não era preciso ser nenhum Sherlock Holmes para fato tão elementar, era a presença óbvia de uma única pessoa: o reverendo Hamilton dos Santos.

Outro pensamento, entretanto, brotou sem pedir licença, vindo não se sabe de onde: *E o tal tesoureiro, o bispo Antoniazzi?*

Claro! Como não tinha pensado nisto? O número 2 da igreja deveria ser um poço de informações... Puxou mais uma folha, anotou o nome do tesoureiro com uma caneta vermelha e colocou-a ao lado das outras.

Talvez fosse ele o homem mais indicado para falar do passado de Hamilton, agora que se sentia aflita e desamparada... Sua personalidade parecia distingui-lo em quase tudo do líder. Mais velho e mais experiente na vida, ocupando um cargo de responsabilidade dentro da igreja. Além do mais, por suas mãos passava todo o dinheiro arrecadado pela igreja no Brasil desde a sua fundação. E por onde passa o dinheiro, passa também a verdadeira história.

Decisão tomada: a sua nova etapa do trabalho começaria por aí.

Antoniazzi deveria conhecer melhor que qualquer outra pessoa o passado do seu líder espiritual e muito mais do que isso. Deveria saber alguns dos seus segredos. E quem não tem segredos guardados, como os líderes religiosos, em particular aqueles escondidos pelas conveniências sociais e os desafios profissionais?

Ou mesmo para evitar o fisco diante da incalculável fortuna obtida? Poderia até entrevistar o tesoureiro no seu programa de televisão – por que não? – e despertar os ciúmes do chefe, tão vaidoso que era. Não, não... *A conversa pessoal seria bem mais aliciante, o homem se abriria sem maiores censuras...*

Tornou a olhar para as folhas de papel espalhadas pela mesa e reconferiu o significado de cada uma delas. Essa disciplina, que costumava usar nos tempos de faculdade, quando preparava algum trabalho, a reconfortou. Uma nova, frontal e definitiva conversa com Hamilton era mesmo o que tinha a fazer.

Antes, porém, até para conhecer melhor o terreno ainda virgem em que estava pisando, valeria a pena a conversinha com o tesoureiro Antoniazzi.

São Paulo, Brasil
ano do senhor de 2005

Diego sabia que para conversar a sós com o diretor Marco Antonio, só mesmo lá pelas dez horas da noite... Antes disso, era quase impossível. Seu nervosismo era evidente, mas não podia demonstrar isso ao patrão. Fumava um cigarro atrás do outro e roía as unhas, hábito adquirido ainda na adolescência. Olhou novamente o relógio e resolveu arriscar. Entrou na sala de Marco Antonio com ar preocupado. *Vou jogar o verde para colher o maduro...*

– Com licença, chefe...

– Olá Diego, entre... O que é que manda?

– Luz amarela para essa matéria dos tabernaculares... Se o que eu ouvi do nosso amigo Ronaldo Azeredo na hora do almoço for verdade, acho que é bom o jornal tirar o pé do acelerador.

– Que novidade é essa agora?

Marco Antonio lembrou-se da conversa que tivera reservadamente com o Cardeal Arcebispo e ficou imaginando se Diego já sabia da solicitação feita por ele. Detestava o ambiente de fofocas.

– Já disse que você e a Manina precisam acabar com a merda dessa briga... Isso não é bom para o jornal, pelo menos do jeito que estão levando a coisa.

– Posso me sentar?

– Fique à vontade.

O diretor, precavido, levantou-se e foi fechar a porta da sala já impregnada pelo cheiro da colônia English Lavander, a preferida de Diego.

– Não vim falar propriamente da Manina, embora ela possa chegar às mesmas informações por outros caminhos.

– Que informações?

– Em particular as que levam às origens do bispo Hamilton.

Falar ou não falar? Era a dúvida de Marco Antonio. Pelo visto, Diego não sabia ainda sobre sua conversa com o arcebispo e brincava com fogo sem saber, o que mostrava por vezes o grau de fragilidade e hipocrisias das relações humanas, profissionais ou não. Conteve-se.

– Tá bem... e daí? Você já me deu as dicas do advogado, do tal Aríclenes e ela está em campo... E sem saber quem me passou a informação... Ou você tem mais alguma carta aí na manga do colete?

– Ok, deixe que ela trabalhe em paz, por enquanto, mas estou me referindo às informações de um contato do Azeredo dentro da polícia federal...

– Na polícia federal, que tipo de informação?

– Negócios feitos com anunciantes de peso aqui do seu jornal, Marco Antonio... Empreiteiras, por exemplo, supermercados, ou mesmo na participação do *Jornal da Cidade* em licitações do governo estadual com cartas marcadas...

– E qual o problema? O que é que o jornal tem a ver com o que fazem os seus anunciantes? E o que tem a ver os nossos anunciantes com essas investigações... Ou o governo estadual? Menos, Diego, menos...

– Anunciantes que cobram serviços do jornal como bônus, em troca de polpudos anúncios de página inteira ou até de duas páginas, conforme o serviço... Edição de livros educativos para escolas públicas estaduais sem concorrência...

– Com os anúncios publicitários, trata-se de um negócio como outro qualquer, Diego, e é feito entre as agências de propaganda e os veículos... Perfeitamente normal... Já essa história de publicações ou de concorrências viciadas, se é o que você quis dizer...

– Calma, calma, não precisa ficar se defendendo... Por enquanto são somente boatos.

Diego procurou ser mais explícito na sua prospecção.

– Existem suspeitas de que aqui dentro do *Jornal da Cidade* tem gente usando o emprego e as informações que obtém para favorecer a um ou outro grupo empresarial, dando dicas para concorrências públicas, investimentos, compra de ações... Sabe como é, troca de informações privilegiadas...

– Não vamos agora entrar nesse tipo de paranoia, em boatos conspirativos... Isso é coisa espalhada pelo governo do metalúrgico, por gente lá do partido dele... Todo mundo sabe que, como qualquer órgão de imprensa, exercemos a nossa função de fiscalizar e informar com imparcialidade.

– E se eu disser que existe alguém dentro do jornal recebendo dinheiro para plantar determinadas notícias que interessam especificamente a um banqueiro?

– Não acredito – respondeu o diretor.

– Pois pode acreditar... O Azeredo soube de fonte seguríssima.

– Do próprio banqueiro? Ou estão grampeando algum telefone?

Marco Antonio fez as perguntas com ares de gozação.

– Ele ficou de descobrir e me passar a informação... De qualquer maneira penso que seria bom alertar o jurídico, pois de uma hora para a outra os federais podem aparecer por aqui.

Um silêncio, todo ele reflexivo e cortado por pensamentos que se confundiam entre a dúvida e uma pontinha de temor, tomou conta de Marco Antonio. *Afinal* – pensava – *se aquilo fosse verdade, o* Jornal da Cidade *tinha um passado e uma reputação a defender perante seus leitores... Que história era essa agora de favorecimento através do jornal, negócios por fora?...Muito embora...*

Diego percebeu que não havia por parte do diretor suspeitas sobre *negócios paralelos... Dúvidas, talvez...*

– E posso saber por que razão isso lhe preocupa, Diego?

– É o jornal em que trabalho... Não gostaria que acontecesse nada de desagradável por aqui... E que pusesse em risco a credibilidade do jornal e o meu emprego, claro...

– O seu emprego?! E por qual razão isso colocaria o seu emprego em risco?

– Nunca se sabe...

– Consiga esse nome, então, com o Azeredo... É a melhor maneira de contornar o problema... Vou conversar com o Cesar Augusto e vamos ficar de olho também... Sem saber nomes e do que realmente se trata, não dá para agir.

– Se eu puder ajudar em mais alguma coisa...

Diego deixou a frase e a intenção no ar com aquela entonação que mal conseguia disfarçar o seu interesse em obter algum tipo de vantagem. Disfarçava muito pouco o seu caráter.

– E exatamente no que você poderia ajudar?

– Blindar o jornal junto ao poder judiciário... Meu pai é unha e carne com o atual presidente do STF...

A expressão de Marco Antonio não conseguiu esconder sua incredulidade diante da resposta de Diego.

– Blindar o jornal?! Que história é essa agora, Diego? Conversa mais disparatada... Caso você não saiba, o nosso escritório de advocacia é um dos melhores do país... Já não precisamos desses cuidados, mas está bem, toda ajuda é sempre bem-vinda... Na conversa com o meu sócio vou me lembrar disso.

Precisava encerrar aquele papo maluco...

Diego deixou a sala com a convicção de que não suspeitavam de suas ligações com o tal banqueiro.

Marco Antonio, por sua vez, desconfiou que Diego estivesse escondendo alguma coisa que o preocupava.

Não gostaria que acontecesse nada de desagradável por aqui... e que pusesse em risco a credibilidade do jornal e o meu emprego.

A frase, além de soar falsa, era ambígua e desnecessária para as preocupações de um funcionário como Diego... Sua amizade com o sócio Cesar Augusto era jogo que não interessava ao jornal.

São Paulo, Brasil
ano do senhor de 2005

Tendo resolvido acelerar o ritmo da sua matéria, Manina ainda assim não queria que a conversa com o bispo Antoniazzi fosse rápida, superficial, feita às pressas. Teve que se encaixar na agenda do atarefado tesoureiro para a noite de sexta-feira.

Por precaução e para não despertar espíritos curiosos e intrometidos, ela sugeriu ao pastor que o local fosse neutro, isto é, longe de qualquer das dependências da igreja e muito menos da redação do jornal.

O Café Expresso Paulista ficava numa das ruas mais badaladas de um bairro chique de São Paulo, a rua Oscar Freire, onde o exibicionismo consumista de muitos moradores da cidade e de turistas vindos de vários lugares do país e do mundo compunham um balé em homenagem ao efêmero. Havia um mezanino no café escolhido, e ali se poderia conversar mais à vontade.

Antoniazzi, na luta interna que travava para se acostumar à decisão que Hamilton tomara a seu respeito, aceitou o convite da jornalista sabendo da reportagem que ela escrevia sobre a igreja, mas não do conteúdo. Soubera pelo próprio Hamilton, antes das escaramuças da polícia federal.

A invasão da sua sala pela polícia criara-lhe problemas inesperados... *E mudado algumas subjetividades*, é verdade. Por causa dela, sua relação com o líder entrara em rota de colisão, mesmo que fosse passageira, e sentia-se inseguro.

Manina mostrou-se sem graça por ter chegado dez minutos atrasada. Pediu desculpas ao pontual reverendo e alegou que não era sua intenção demorar com a entrevista.

– Não se preocupe, comentou Antoniazzi, as minhas sextas-feiras à noite são os meus momentos de descanso... tenho o tempo que você precisar. Apenas tomei a liberdade de pedir uma água mineral antes que você chegasse, pois tive o dia agitado, difícil, e estou morto de sede.

– Vou pedir água mineral para mim também, mas bebemos um cafezinho, não, reverendo?

– Está bem... o meu é com leite, por favor.

Manina ergueu o braço e chamou o garçom. Em seguida, colocou o gravador digital em cima da mesa:

– Importa-se de que a nossa conversa seja gravada?

– Em absoluto.

Antoniazzi procurava não demonstrar o seu estado de espírito nem dar ares de estar preocupado com o seu drama pessoal. *Quem sabe até pudesse relaxar um pouquinho...*

– Na verdade, adiantou Manina, meu maior interesse nesse momento é saber um pouco da biografia do reverendo Hamilton.

– Hamilton?!

Antoniazzi deixou escapar um ligeiro toque de amargura, mas que a Manina soou mais como decepção.

– O meu diretor, que tem acompanhado de perto as minhas entrevistas e pesquisas, é muito exigente... Ele considera que o trabalho ficará incompleto se não tivermos informações pormenorizadas sobre a vida do reverendo Hamilton... E a opinião de pessoas como o senhor, que deve conhecê-lo muito bem, poderá facilitar esse caminho.

– Entendi... E olha que não deixa de ser justificado e até curioso tal interesse – interrompeu Antoniazzi, já saboreando a possibilidade de se defender e dar, quem sabe, o troco no chefe.

– Curioso? Como *até curioso*?!... Desculpe reverendo, mas eu diria que é mais do que natural... Afinal ele é o líder de uma das igrejas mais em evidência no Brasil, nesse momento sob o foco da mídia, da polícia federal e, embora sejamos um estado laico, também do governo.

– Não, não... não é dessa curiosidade profissional que estou falando...

– E existe outra? – quis saber Manina.

Antoniazzi esperou que o garçom servisse a água e o café para afinar o seu raciocínio e poder explicar com maior naturalidade o seu ponto de vista.

– É que existem fatos, como é que eu posso dizer... histórias não muito bem explicadas a respeito da origem do nosso bispo... ou, se quiser, de como ele começou a sua vida religiosa, o início da Igreja dos Filhos dos Tabernáculo...

Manina tinha acertado na sua intuição.

Antoniazzi parou de falar por instantes para pensar no que dizer, e de que maneira iria dizer, avaliando os motivos da sua repentina indiscrição, consciente de que poderia estar jogando a cartada final da sua vida. *A cartada final...*

O pensamento apertava-lhe o coração e tinha o sabor amargo da decepção, não havia como ignorá-lo. Já não tinha idade para recomeços, para criar e organizar novas igrejas; afinal, a saída mais elegante que esperava de Hamilton, ainda mais tendo de inventar e confirmar uma divergência que no fundo era falsa, pois havia criado e cativado para si também a imagem de fundador e um dos principais dirigentes dos Filhos do Tabernáculo.

– Eu não deveria estar falando disto para você, mas seria ingênuo da minha parte ignorar que mais cedo ou mais tarde, com toda a publicidade desses últimos dias e dos próximos, o assunto não iria aparecer... Peço apenas que, em troca de algumas dessas pequenas inconfidências, você omita o meu nome na sua reportagem.

São Paulo, Brasil
ano do senhor de 2005

Passava da meia-noite, quando uma das faixas de trânsito no sentido centro-bairro do parque Dom Pedro II, junto à Avenida do Estado, foi interditada. Parte das obras impedia os poucos motoristas que passavam de ver exatamente o que ocorrera. O congestionamento, mesmo moderado para aquela hora, foi evitado com a rápida intervenção da Companhia de Engenharia de Tráfego.

Sob um dos viadutos acabado de construir, isolado por fitas amarelas e pretas e protegido por poucos homens e viaturas policias, a pedido da própria polícia federal, o carro do delegado Novaes era um amontoado de ferros e vidros espalhados sobre o asfalto.

A porta dianteira da van, blindada, como era natural para a atividade que tinha o seu proprietário, estava aberta. O delegado tinha a cabeça pendida sobre o que restava do volante, o pescoço quebrado e um fio de sangue escorrendo pela testa.

No viaduto, que encimava a tragédia, alguns metros antes do local da queda, a perícia da PF, da polícia civil e homens do Departamento de Trânsito examinavam as marcas da tentativa de freada e da destruição parcial da mureta que servia de proteção aos carros que por ali trafegavam. Trabalhavam todos com determinação e muita atenção a cada pormenor que pudesse esclarecer o que acontecera.

– A rigor, esse viaduto ainda não estava totalmente liberado para o trânsito, observou um dos policiais.

– E o delegado não percebeu isto? – estranhou outro.

– Tudo indica que rolou uma cervejinha a mais... Ninguém é de ferro...

– Isso é fácil de se verificar no Instituto Médico Legal...

Os comentários, irreverentes ou preocupados, sucediam-se em meio ao natural nervosismo dos atentos policiais encarregados das primeiras investigações.

Os delegados Paulo Queiroz e Montezuma desceram da viatura da polícia federal e, constrangidos e nervosos, dirigiram-se até onde se encontrava o corpo inerte do colega. A emoção fazia que evitassem olhar um para o outro. Dizer o quê?

Queiroz lembrou-se da advertência que fizera a Novaes no dia anterior, e ficou intranquilo com a possibilidade de que o fato tivesse afetado psicologicamente o seu subordinado.

– Montezuma...

– Pois não, doutor Queiroz.

– O Novaes comentou sobre a advertência feita a ele por mim? Ficou chateado ou preocupado?

– Ficou sim, doutor Queiroz, mas entendeu... e disse que continuava confiando no senhor... Ele só esperava que o fato não interferisse na carreira dele.

– Porra, vou ter que conviver com isso.

– Não se preocupe, doutor, ele não demonstrou nenhuma mágoa... Isso não tem nada a ver... Essas coisas acontecem.

O celular de Montezuma vibrou no bolso da calça. Ele atendeu e em seguida olhou para cima, na direção onde o concreto cedera com o impacto do carro de Novaes. De lá um colega seu fazia sinais para que ele e o delegado Queiroz subissem até aquele ponto do viaduto... A perícia tinha algumas considerações a fazer.

– Ele foi fechado exatamente neste ponto.

O funcionário da Companhia de Engenharia de Tráfego que acompanhava a vistoria do local do acidente apontava para as marcas de pneus que indicavam a tentativa de evitar a colisão com a mureta de proteção, bem como a tinta do carro de Novaes que marcava exatamente a altura do primeiro impacto com o concreto.

Outro policial, esse da polícia militar, colocou dois cones próximos à marca e isolou a área de pouco mais de dois metros, onde se podia distinguir alguns restos de pequenos estilhaços de pintura e vidros da lanterna lateral, sendo que alguns deles indicavam ser do carro que abalroou o do delegado.

Montezuma estava inconsolável e por duas vezes as lágrimas se formaram nos cantos dos seus olhos. Discretamente, enxugou-as. Sabia, por anos de convívio com o colega, que Novaes não bebia o suficiente para provocar aquele estrago. Ali tinha coisa... Os sinais na mureta, as marcas de pneus pela pista, as manchas e lascas de tinta davam mais a ideia de uma perseguição, de uma tocaia preparada para Novaes. Por quem, por qual motivo? Alguém haveria de pagar por aquilo...

Após trocarem poucas palavras reservadamente, os dois delegados rumaram apressadamente para a sede da polícia federal.

[illegible] mb.
[illegible]
[illegible] fermin [illegible]
[illegible]
[illegible]
Octo [illegible]
[illegible]
[illegible]
Octob. [illegible]
[illegible]
[illegible]
[illegible]
ob.
[illegible]
[illegible]
Octob. [illegible]
[illegible]
[illegible]
[illegible] b.
[illegible]
[illegible] nemb. [illegible]
[illegible]
[illegible]
[illegible]
[illegible]
[illegible]
[illegible]
Decemb. [illegible]
[illegible]
[illegible]
[illegible] Decemb. [illegible]
[illegible]

São Paulo, Brasil
ano do senhor de 2005

Manina ia se acostumando aos sobressaltos uns atrás dos outros... *Pequenas inconfidências*, na linguagem que entendia e praticava, se traduziam por fofocas... Fofocas terrenas... ou celestiais, no caso? Melhor ainda: demoníacas?

– Na verdade – continuou Antoniazzi – , parte do que vou lhe contar se passou já há algum tempo, mas foi e ainda é assunto proibido entre os obreiros mais velhos, a tal ponto que um deles, antigo membro do conselho, foi expulso da igreja por insinuar que não se sabia quem eram os pais do reverendo Hamilton... E tudo, veja só, a partir de apaixonada discussão iniciada sobre clonagem com seres humanos.

A ansiedade de Manina aumentou na mesma proporção em que a voz de Antoniazzi ia ficando mais baixa para que não o ouvissem.

– Isso é verdade?

– Você se refere à expulsão ou à discussão sobre clonagem?

– A nenhuma das duas, reverendo... Quero saber se é mesmo verdade que não se sabe quem são os pais dele.

– Há controvérsias sobre o assunto, pois o desconhecimento – eu diria o segredo – a respeito desses problemas pessoais acaba por gerar mal-entendidos, fofocas, boatos... E o ser humano adora essas polêmicas, não é verdade?

O bispo tesoureiro, ainda pouco à vontade, mexia-se na cadeira, demonstrando constrangimento. Bebeu o último gole do seu cafezinho com leite e retirou do bolso traseiro da calça uma carteira de couro e, dela, uma fotografia.

Manina ia conseguindo reprimir sua impaciência com técnica de fazer inveja às boas atrizes de teatro.

– A vida é surpreendente, minha cara jornalista, e isso é maravilhoso por um lado... Por outro, nunca se sabe o que nos espera na próxima esquina, concorda?... Vamos vivendo, vivendo, e muita coisa a memória apaga. De repente, pimba... Lá está... Uma fala, uma determinada situação, um simples sorriso ou até a fragrância de um perfume, catapulta da memória o passado, as lembranças... e somos capazes de reviver momentos já vividos com a mesma intensidade da época em que se deram...

Manina não percebeu muito bem a filosofia um tanto tosca sobre a arte de viver e envelhecer do bispo Antoniazzi que, de olhos na fotografia acabada de tirar da carteira estendeu na sua direção. Nela, Antoniazzi e Hamilton, mais jovens, estavam separados por uma senhora aparentando os seus cinquenta e poucos anos de idade.

– Esta foto foi tirada há 12 anos, no dia em que esta senhora me foi apresentada pelo bispo Hamilton... É a mãe dele... Tem quase o seu nome: Marina.

– Interessante... Uma mulher simpática é o que parece... E o senhor nunca mais a viu?

– Não... E desde esse dia, também não ouvi qualquer referência a ela por parte do bispo Hamilton... Ou melhor, cheguei a perguntar por ela uma ou duas vezes... Sua resposta foi áspera, dizendo que ela estava ótima e que não gostava de ser incomodada no seu anonimato.

– Anonimato?!... Ele usou essa palavra?

– Também não entendi o que ele quis dizer com isso, mas me lembro bem da expressão... Anonimato.

– Interessante – foi de novo o comentário lacônico da jornalista.

– Nesse dia em que a conheci – continuou Antoniazzi – passeamos pela cidade, vistamos o Museu do Ipiranga, o centro velho de São Paulo... Uma senhora bem-educada, de modos simples, sem maiores vaidades... Ela não disse o que fazia e nem tive coragem de perguntar... Tinha o jeitão de dona de casa... uma professora primária talvez ou funcionária pública.

– A foto parece mostrar isso... E o senhor não acha estranho que o bispo não tenha voltado a falar da mãe, citado um fato qualquer, feito uma menção à relação entre eles, além desta de ela querer se esconder, pelo visto, nesse anonimato?

– Sim... e não. É que nós, os dirigentes de toda essa organização e pelo volume de trabalho ao qual nos dedicamos, quase não temos tempo para o convívio com nossas famílias... É a nossa missão... Alguns de nós nem casados somos e outros, até pela idade, já não temos os nossos pais vivos... ou filhos para cuidar... O bispo já deixou bem claro que não gosta de tocar no assunto família, de falar dos pais.

Manina olhava para a foto com atenção, procurando por qualquer coisa sem saber exatamente o quê. Lembrou-se novamente da observação feita por Marco Antonio no jornal, *sugerindo uma relação imprópria*. Com toda a certeza não era o caso ali...

A foto mostrava alguém que guardava ainda os traços de alguma beleza da juventude, vestia trajes comuns, tinha o aspecto de pessoa recatada, nada que indicasse ser alguém da alta sociedade, por exemplo, atriz ou cantora famosa com vida social pública e mundana.

Uma cafetina do interior? Não, não... Que asneira!...Por que razão tinha que pensar coisas assim?...

– Se ela está viva, deve ter hoje perto dos 65 ou 70 anos de idade – disse Manina, que se lembrou também da informação do delegado Montezuma sobre a provável certidão de nascimento de Hamilton.

– E sobre o pai, ele nunca falou? – perguntou Manina, devolvendo a foto a Antoniazzi.

– Não, nenhuma referência ao pai em todos esses anos... Chego mesmo a pensar – e peço perdão a Deus por expressar-me desta maneira – que ele é filho de mãe solteira.

O tesoureiro fez nova pausa, olhou Manina com olhar sério e ligeiramente suplicante.

– Mas por favor, espero de verdade que respeite essa minha irresponsável indiscrição e não publique o que é apenas uma suposição.

Interiormente, Manina pressentiu que por trás daquela história havia um gostinho de disputa pessoal, mas a propósito de quê? O certo é que a matéria começava a ganhar novos contornos e regozijou-se com isso. Tinha agora um tema objetivo, sério, humano, para conversar com Hamilton, além das questões de dinheiro.

Quem eram seus pais? Por que a mãe vivia uma vida reclusa?

– Fique tranquilo, bispo, dou-lhe a minha palavra de que o senhor não será citado como sendo o autor dessas inconfidências, mas, em compensação, quero saber um pouquinho mais da história do bispo Hamilton.

– Pergunte o que quiser...

RONDÓ

Entregue à própria sorte,
Presa da dúvida entre o sim e o não,
Senti-me quase que levado à morte

Dante, **A Divina Comédia,**
Canto VIII, versos 109-111

[illegible] mb.
[illegible]
[illegible] fermin[illegible]
[illegible]
[illegible]
Octo[illegible]
[illegible]
[illegible]
Octob. [illegible]
[illegible]
[illegible]
[illegible]
[illegible] Oct[illegible]
[illegible]
[illegible]
[illegible]
Octob. [illegible]
[illegible]
[illegible]
[illegible] nb.
[illegible]
[illegible] emb. [illegible]
[illegible]
[illegible]
[illegible]
[illegible] 4 Dec[illegible] nb [illegible]
[illegible]
[illegible]
Decemb. [illegible]
[illegible]
[illegible]
[illegible] cemb. [illegible]
[illegible]
[illegible]

São Paulo, Brasil
ano do senhor de 2005

Jogar fora todo o trabalho feito até aquele momento?

Encarnando, mal e porcamente, a figura de um Hamlet *yuppie* e subdesenvolvido, Marco Antonio continuava a se debater interiormente com os resultados da conversa com o cardeal arcebispo de São Paulo.

Como enfrentar Manina, por exemplo, embora não fosse esse o mal maior. E Diego, com seu joguinho idiota, mas travestido de grande interessado na empresa?

Chamaria à sua sala Manina e Diego ao mesmo tempo e acabaria com aquela situação imbecil. Ou os dois se enquadravam ou eram demitidos. Afinal, era ele quem dirigia um dos jornais de maior prestígio no país e não ia ficar à mercê das picuinhas de dois de seus funcionários. Ótimos profissionais, sim, mas o que fazer?

Já devia ter relatado ao sócio a conversa que teve com o cardeal arcebispo, mas não o fez. E por qual motivo?

Era impressão sua ou havia fantasmas querendo sair do armário?

Não foi difícil a Marco Antonio recordar momentos da adolescência, do nervosismo do pai, um dos fundadores do jornal, quando confrontado com problemas políticos causados pelos militares que governavam o país, mesmo que os apoiando.

Pouco mais de trinta anos haviam se passado e, no entanto, qualquer coisa daquele passado insistia em permanecer agarrada às paredes do jornal. Uma nostagia pesada, por vezes tensa, envolvida em miasmas impregnados de violência e que deixavam no ar a mistura do cheiro de sangue, urina e fezes insepultos.

Muitos deputados, senadores, governadores estaduais, assessores governamentais, ministros de estado, eram pessoas que haviam sofrido os rigores da ditadura. Muitos lutaram contra ela até, e quem sabe, depois de tantos anos, ainda dispostos a acertar as contas com a história.

Contudo, seu jornal procurava ser imparcial, mesmo sabendo dos escorregões em algumas denúncias e editoriais, muitos deles de inteira responsabilidade do sócio, mas com a sua anuência, claro...

Levantou-se e foi em direção à sala de Cesar Augusto.

O mundo não ira acabar por isso, claro...

São Paulo, Brasil
ano do senhor de 2005

O ambiente na sala de Montezuma era pesado, fúnebre, como não podia deixar de ser. E de perplexidade também. Acabara de perder o colega de maneira estúpida, mas antes de tudo um amigo. Dois outros policiais, consternados, trocavam com Montezuma algumas impressões sobre o que de fato poderia ter acontecido.

Não era difícil, numa cidade como São Paulo, policiais arranjarem inimigos, até porque os vários segmentos do crime organizado, em particular o narcotráfico, já chegara a níveis mais refinados de atuação e era capaz de preparar ou encomendar "acidentes" com a participação de matadores profissionais contratados pelo interior do país ou mesmo no exterior.

As informações dos peritos garantiam, com indicações técnicas, ter sido o carro fechado no viaduto, parcialmente em reformas, e projetado sobre a Avenida do Estado. As marcas dos pneus e o rombo provocado na mureta de proteção indicavam com bastante precisão o que acontecera.

– Tem alguma coisa que não se encaixa nessa história, doutor Queiroz.

Quando Montezuma enfrentava situações mais delicadas nas suas investigações ou até mesmo quando tinha discussões em casa, era comum inchar-lhe uma das veias da testa e os olhos se fixarem, perdidos, em algum ponto à sua volta.

O delegado Paulo Queiroz, só de mangas de camisa, fato raro mesmo dentro das salas e corredores da PF, mas perfeitamente explicável diante das circunstâncias, já percebera aquele pormenor e, atento a ele, ouvia em silêncio algumas das conjecturas de seus colegas e subordinados.

Além da dor, o clima era de revolta, pois todos ali sabiam dos cuidados e da astúcia de Novaes ao enfrentar as mais diversas ocorrências ou sua manha em sair de conflitos em que se envolvia, mesmo os de caráter pessoal.

– E você tem alguma ideia sobre o que pode ser, o que é exatamente que não se encaixa? Não podemos interromper ou amaciar com o que já conseguimos sobre a operação Sodoma e Gomorra... Vamos avançar com ela já e aprofundar as investigações... fazer um pente fino, especialmente naquilo que o Novaes estava investigando... Isso é uma ordem!

– Já estou verificando o pendrive que ele recolheu na sala do tesoureiro e também vou checar as anotações que ele fazia no seu bloquinho em separado – respondeu Montezuma ao doutor Queiroz.

– Encontrei duas anotações nesta folha de papel solta na mesa dele, delegado, e que me deixaram com a pulga atrás da orelha, pois nada escapava ao seu faro muito bem treinado – falou outro policial.

– E que anotações são essas? – perguntou Queiroz vindo sentar ao lado dos colegas.

– Um número de telefone e um nome.

– Qual é o nome?

– Diego... apenas Diego.

– Acho que sei quem é – informou Montezuma.

– Hum, hum... E o telefone?

– Se for mesmo de quem penso que é, desse mesmo Diego... o telefone deve ser de um jornal.

Montezuma passou a folha de papel que recebera do colega para as mãos do seu superior, que não perdeu tempo. Pegou no aparelho de telefone à sua frente e discou o número anotado para confirmar sua origem. A expectativa dos policias aumentava à espera de que atendessem. A voz eletrônica anunciou:

– Você ligou para o *Jornal da Cidade*... Disque o ramal desejado ou aguarde na linha para falar com a telefonista...

– Conhece algum Diego que trabalhe no *Jornal da Cidade*? – indagou Queiroz devolvendo o telefone ao berço.

– Bingo... É um dos colegas da Manina... Ela já fez referências a ele em uma de nossas conversas, referências nada amistosas por sinal.

– Acho que você deveria voltar a ter um papo com essa Manina, Montezuma... Pode ser que a gente encontre alguma coisa por aí, quem sabe?

– Mas existe um novo dado... e mais intrigante ainda, chefe.

– Desembucha.

– A mulher com quem ele jantou trabalhava para uma agência de seguros chamada Nova Aliança.

– Como é que descobriram?

– Um guardanapo deixado com o *maître* do restaurante em que ele jantou... O *maître* é nosso chegado...

Montezuma fez uma pequena pausa de suspense esperando o que diria Queiroz, mas este fez um gesto de mão e a expressão de quem diz *e daí?*

– Puxei os dados pelo CNPJ e também na receita federal... Sabe que são os donos?

– Desembucha logo, Montezuma, para com o suspense...

– A igreja Filhos do Tabernáculo, doutor...

– Como?!

– É isso mesmo que o senhor ouviu... a igreja do bispo Hamilton Fernandes dos Santos... Os bíblias são os donos da seguradora Nova Aliança... E essa moça pode até correr algum perigo...

[illegible]

[illegible] Octob. [illegible]

[illegible] nb. [illegible]

[illegible] mb. [illegible]

[illegible] Decemb [illegible]

[illegible] mb. [illegible]

[illegible]

São Paulo, Brasil
ano do senhor de 2005

– Sobre o pai, de fato, ele jamais fez qualquer tipo de comentário.

– E nesse dia aí, da foto, não houve nenhuma referência à cidade onde a mãe morava... ou mora.

Animada, e antes de receber a resposta, Manina sugeriu que pedissem mais um cafezinho, obtendo a aprovação de Antoniazzi.

– Engraçado – afirmou o tesoureiro – não me lembro de ter ouvido referências a lugares, a uma cidade em particular... Mas por alguns dos assuntos conversados, pelo sotaque e pela fala mansa, pelo jeitão simples de ser, tenho quase a certeza de que ela mora aqui mesmo, no interior do estado.

– É possível, concordou Manina... Eu gostaria muito de encontrá-la, descobrir os motivos dessa sua reclusão... Saber o que ela pensa do filho, como se relacionam.

– Posso estar enganado, mas acho que você não terá muito sucesso nessa tentativa... Mas tente, não custa nada.

Claro que custaria, pensou Antoniazzi, *e como gostaria de ouvir essa parte da entrevista...*

Manina decidiu mudar o rumo da conversa.

– O senhor não considera que o reverendo Hamilton é ainda muito jovem para chegar onde chegou?... Tanta influência, tanto dinheiro, tanto poder.

– Trata-se de uma pessoa abençoada, que sabe aproveitar as oportunidades que a vida oferece... Inteligente, rápido nas decisões que toma, com grande vocação para ajudar os mais humildes.

– E só essas qualidades são suficientes para criar o império que criou?

– Império?!... É até engraçado ouvir a questão colocada dessa maneira... Eu não chamaria os Filhos do Tabernáculo de um império... Estamos longe disto... Ganhamos novos adeptos todos os anos, é certo, mas não nos consideramos um império... Com todo o respeito, penso que o termo ficaria mais apropriado ao Vaticano.

Lá estava a velha bronca com os católicos, pensou Manina.

– Não... Sinceramente penso que o grande segredo do bispo Hamilton é a sua capacidade, sua sensibilidade em perceber o que cada novo membro necessita, seja para a alma, seja para o corpo, e o atendimento imediato para essas necessidades.

Manina ouvia com interesse as opiniões do tesoureiro.

– E sobretudo a sua argúcia em perceber onde atua o demônio... É para aí que aponta a sua sensibilidade... descobrir as armadilhas preparadas por Satanás, sua força interior em combater as tramas mais ardilosas de Lúcifer... Parece mesmo conhecer essa figura sinistra... tem com ela uma intimidade estranha... quase física.

– E o senhor, bispo, também acredita de verdade na existência dessa figura sinistra... do diabo?

– E por quê não? Sem ele seria impossível acreditar na existência de Deus... O Bem e o Mal são duas faces da mesma moeda, concorda?... Um não existe sem o outro... Ou, um existe para combater o outro... Eu arriscaria dizer que se completam.

Pelo visto, tinham todos o mesmo discurso bem ensaiadinho.

– Essas afirmações me soam como um grande lugar comum, reverendo, desculpe dizer dessa maneira, com franqueza, mas às vezes também me debato com essas questões e aceito com mais naturalidade a existência de Deus do que a possível existência do diabo.

– Tenho provas da sua existência.

A voz de Antoniazzi soou firme e convincente.

– Provas?!

Mais um que havia se encontrado com o demônio?...

– Fui possuído por ele.

Por uma fração de segundos Manina deixou-se dominar por um pensamento que não lhe ficava bem, mas era inevitável diante das circunstâncias: *Havia mesmo gente assim no mundo, com essas fantasias, essas preocupações quase que paranoias?*

– E isso se deu há muito tempo? Quero dizer... quando é que o senhor foi... possuído pelo demônio?

[illegible] mb.

[illegible] termin[illegible]

[illegible] October [illegible]

[illegible]

[illegible] Octob. [illegible]

[illegible] mb.

[illegible] Decemb. [illegible]

[illegible]

São Paulo, Brasil
ano do senhor de 2005

Marco Antonio entrou na sala do sócio Cesar Augusto e o convenceu de que precisavam conversar a portas fechadas. Prático, gostava de tomar as decisões em cima dos fatos. E não havia mais tempo a perder.

As suspeitas trazidas por Diego, reais ou não, e a solicitação feita pelo cardeal arcebispo criavam momentaneamente uma situação delicada e que precisava ser resolvida o quanto antes, pois o jornal havia se comprometido a entrar na campanha de denúncias que viessem a enfraquecer a reeleição do presidente da república, apoiado, entre outros grupos, pelos Filhos do Tabernáculo.

Juntando os fatos, as duas situações eram graves até certo ponto, inconvenientes mais do que qualquer outra coisa, e talvez devessem ser abafadas. E como fazer isso?

– Antes de marcar qualquer reunião com o conselho de redação, o que sugiro que seja feito entre hoje e amanhã, precisamos acertar os ponteiros e ver qual a melhor solução.

Cesar Augusto procurou relaxar na sua cadeira de trabalho, não demonstrando maiores preocupações.

– Você não está exagerando um pouco com essas questões, Marco?

– Aquela história do Diego é verdadeira?

– Qual delas?

– De que tem alguém aqui dentro do jornal repassando informações e ganhando dinheiro com isso.

– Não tenho a menor ideia... E se tiver?

– Como, e se tiver? Temos que acabar com essa história.

Com o olhar perdido, sem saber ainda como encarar a questão, era a impressão que dava pelo menos, Cesar Augusto manteve-se em silêncio por algum tempo. Enquanto organizava as ideias, foi até o frigobar e pegou um refrigerante.

– Isso que o Diego anunciou como sendo uma coisa muito grave que, segundo ele, pode prejudicar a imagem do jornal, não é uma novidade, Marco... Bobagem... Você sabe disso tão bem quanto eu... Já enfrentamos situações semelhantes... Ou até piores.

– Os tempos são outros, Cesar... Os fundadores desse jornal não aprovariam uma coisa dessas...

– Você tá brincando... Conta essa história pra outro... O que sustenta essa empresa até hoje são os anunciantes e vários outros negócios em que nos metemos, inclusive o governo, qual o problema?... Se dependêssemos somente da venda de jornais, já teríamos ido à falência.

– Certo, mas as matérias mais polêmicas têm que passar pelo nosso crivo, pela nossa aprovação... E nenhum funcionário pode fazer negócios extras usando o jornal como trampolim... Isso aqui não é a casa da mãe Joana...

– E tudo passa pela nossa aprovação, ou não passa? E depois, você pensa que pode comer a Manina impunemente?

– Calma, Cesar, calma... Não vamos misturar as coisas... O que é que a Manina tem a ver com isso? Não tem nada a ver uma coisa com a outra.

– Será?

– Estou por fora de alguma coisa? Até onde sei a Manina não está metida em nenhuma confusão.

– Você dá muito espaço para ela... E ela tem muito boas relações com políticos, empresários, banqueiros, Marco... É esperta, ambiciosa... Pode muito bem dispor de informações que, devidamente preparadas, indicam bons negócios, se me faço entender... E já ganhamos concorrências aqui do governo paulista com cartas marcadas, qual o problema?

– Com informações dela?

– Em parte, sim... Foram ou não foram?

Cesar Augusto bebeu com vontade um bom gole de água mineral com limão. Procurava mostrar que o caso poderia se resolver sem estresse.

– Não foi só o *Jornal da Cidade* que ganhou esse tipo de concorrência, Cesar... muitos de nossos concorrentes também, portanto... De qualquer maneira eu gostaria de deixar a Manina de fora desse tipo de suspeita... O que é que rolou na sua conversa com o Diego?

– O advogado amigo da família dele, um grande mala por sinal, quis se mostrar amigo íntimo do jornal e, além de falar sobre fatos ligados à origem dos Filhos do Tabernáculo, andou falando umas besteiras sobre nós...

– Besteiras sobre nós?... E que besteiras são essas?

– Coisas dos tempos dos militares, nós éramos pequenos...

Os miasmas? Cadáveres no armário?

Marco Antonio ficou olhando o sócio, pensativo. Cesar Augusto continuou.

– Eu, por exemplo, me lembro de uns apuros lá em casa...

– Espera aí, Cesar... Você vai continuar a embaralhar assuntos?... Quero saber se existe alguém dentro do jornal fazendo negócios por fora, ganhando dinheiro com informações privilegiadas ou ajudando alguém a ganhar? É disso que se trata... Concorrências de cartas marcadas e coisas do passado não vêm ao caso, pelo menos por enquanto.

– Há um momento em que essas coisas se misturam, Marco Antonio... E temos que ser espertos para resolver os mal-entendidos entre nós... Com discrição...

– Talvez você tenha alguma razão... O pedido do cardeal não sai da minha cabeça...

– Pedido?... Que pedido?... Estou por fora...

– Veja só como são as coincidências... Ele esteve nesse almoço de domingo na casa dos pais do Diego.

– Qual o problema?

– Ouviu e participou da conversa sobre fatos do passado, sobre a nossa matéria dos tabernaculares e ficou preocupado que se tocasse num assunto muito delicado para a Igreja Católica.

– Agora sou eu quem não está entendendo... O Diego não me falou sobre isso.

– Fez um apelo, em tom grave e solene, para que não nos referíssemos nessa matéria da Manina à prisão de uma freira durante o regime dos militares.

– E por qual razão?

– Disse que não estava autorizado a revelar, pois se tratava de um segredo da Igreja Católica guardado a sete chaves.

São Paulo, Brasil
ano do senhor de 2005

Diante do crime praticado contra o delegado Novaes, a operação Sodoma e Gomorra foi priorizada e intensificada, dando início rapidamente a sua segunda etapa. Foi o que se decidiu em reunião extraordinária da cúpula da polícia federal em São Paulo, tão logo os delegados Paulo Queiroz e Montezuma voltaram do parque Dom Pedro II, antes mesmo de o dia raiar.

Com a diligência e os cuidados que a situação exigia, três equipes foram formadas e se reuniram às quatro da manhã na sede da PF. Partiriam às cinco horas em novas diligências, cada qual com seu objetivo bem definido, à procura de três dos suspeitos por crimes de lavagem de dinheiro, formação de quadrilha e sonegação fiscal, esperando-se com isso o desbaratamento de uma rede composta por mais de trinta pessoas envolvidas. Duas das equipes ainda se incumbiriam de trazer os dois doleiros mais envolvidos no esquema.

Seriam intimados a prestar declarações, além dos doleiros, o diretor e principal acionista de um banco de investimentos, um dos maiores investidores da bolsa de valores em São Paulo e um ex-senador da república.

Para evitar qualquer vazamento para a imprensa e a frustração de não encontrarem os suspeitos em suas casas, os principais responsáveis pelas equipes, uma delas comandada por Montezuma, passariam o resto da noite na sede da polícia federal descansando e se concentrando na operação.

Os indícios preliminares de que as investigações poderiam estar sendo monitoradas por alguém de dentro da própria corporação indicavam que deveria ser dado novo passo à frente e o mais rápido possível, evitando-se que alguns dos suspeitos fossem avisados e pudessem viajar para fora do país.

O delegado Montezuma tirou uma soneca de meia hora em sua sala e pouco depois das três da madrugada deu início às últimas providências para a *blitz* que ele mesmo comandaria. Aproveitou para conferir as anotações feitas pelo colega assassinado.

O dia seria agitado e cansativo, mas prometeu a si mesmo que tão logo os primeiros depoimentos dessa nova investida fossem colhidos, se dedicaria às diligências sobre Novaes.

Ele merecia ter sua honra lavada... Precisava encontrar a mulher da seguradora antes que outros o fizessem...

Tinha que ligar para Manina, tirá-la da cama, com certeza. Tinha uma dívida a pagar e as prisões previstas para o início da manhã lhe dariam belo material em primeira mão. E não só isso: conseguira algumas das informações que ela pedira sobre a mãe do bispo Hamilton.

São Paulo, Brasil
ano do senhor de 2005

– Quando conheci o pastor Hamilton, há 12 anos, ele era um jovem cheio de fé... e eu, já precocemente aposentado por problemas de saúde, era proprietário de uma revenda de carros, onde trabalhei por mais de quinze anos...

– Foi quando entrou para os Filhos do Tabernáculo?

– Já lá chegamos... Fui enganado nessa revenda, caí feito um pato... no período de um ano e meio comprei, sem saber, três automóveis roubados para revender... A polícia só me deixou em paz quando eu aceitei dois policiais para entrarem na sociedade da revenda... comecei a beber e a tomar uns comprimidos para dormir... Uma noite, os meus "sócios" me deram o ultimato: ou eu deixava a sociedade ou eu sofreria um acidente... Consegui que me dessem algum dinheiro e fui morar numa pensão na Bela Vista... O quarto era sujo e cheio de baratas, onde mal cabia a cama para dormir... Ali mesmo, no quartinho imundo da pensão, fui incentivado por um dos vizinhos a experimentar a cocaína...

Antoniazzi olhou para a sua entrevistadora talvez à espera de um comentário sobre essa particularidade. Ela apenas fez sinal para que ele prosseguisse.

– Esse vizinho perguntou se eu não podia pagar um pingado e um pão com manteiga para ele no café da manhã... Eu disse que um pingado e pão com manteiga ainda podia pagar e fomos os dois para a padaria da esquina... No caminho o rapaz resolveu abrir-se um pouco... Quis saber se eu tinha algum trabalho em vista e eu respondi que não... e num tom de voz mais baixo perguntou se eu gostaria de ajudá-lo a fazer umas entregas... Entregas? Entregar o quê?, perguntei...

Bagulho, ele respondeu entre dentes... Do quê?!... Bagulho, farinha, pedra... Não estou entendendo, insisti... Umas coisinhas aí que a moçada procura... Maconha, cara, cocaína, crack...

Antoniazzi revivia com intensidade nervosa a sua história tal qual filosofara minutos antes.

– A sensação era a de alguém que chega ao fundo poço... recebia uma proposta de trabalho que jamais passaria pela minha cabeça... pombo-correio de cocaína... "Então?" perguntou o rapaz... Ele começou a tomar o seu café da manhã, mergulhando uma das metades do pão francês cheio de manteiga no copo de pingado, deixando aquelas manchas de gordura amarelada se juntar umas às outras... Recolhia as pequenas bolhas gordurosas com a colherzinha e se deliciava em saboreá-las... Confesso que aquilo chegou a me dar ânsias de vômito.

Manina ouvia com atenção a história do reverendo Antoniazzi, já agora arrependida de ter dado corda ao entrevistado e se questionando aonde é que aquilo iria chegar. O tesoureiro seguia em seu entusiasmo.

– A minha primeira entrega, um papelote com três gramas de cocaína, era para ser levada a um endereço que ficava nos fundos de uma igreja no bairro da Mooca... Que eu procurasse por um sujeito chamado Hamilton...

– O senhor está me dizendo... Manina deixou a frase em suspenso, mas o gesto afirmativo de cabeça de Antoniazzi foi suficientemente claro e explícito para ela entender a origem da amizade, ou talvez fosse melhor dizer agora, dos negócios entre aqueles dois evangélicos.

Diante da sua recentíssima experiência com as ervas, ficou pensando se... *Não, não... Ela teria percebido se ele tivesse misturado alguma coisa a mais...* Pensou nos pais e sentiu um aperto no coração.

– Mas isso eu peço a você que, pelo amor de Deus, não escreva aí na sua matéria... Foi mais um desabafo, um jeito de demonstrar o nível de compromisso, de amizade, do que propriamente uma fofoca ou uma maledicência... Até porque foi isso que me salvou... E um dia eu teria que contar a alguém.

A vingança do reverendo tesoureiro ia se materializando.

– O senhor, então, foi salvo pela cocaína?

– Não, não, Deus me livre dessa blasfêmia... foi o encontro com Deus, com o pastor Hamilton que salvou a minha vida naquele dia... Na verdade, quer a senhora acredite ou não, foi a única entrega que fiz... Única e abençoada entrega, se é que isso faz alguma diferença no dia de hoje.

À medida que ouvia a narrativa de Antoniazzi e sem saber parte do que o motivava, e por mais estranho que isso pudesse parecer, Manina sentiu pena do bispo Hamilton. A mãe, que parecia viver isolada em recolhimento, o pai desconhecido, cocainômano, pelo menos antes de se tornar bispo, um exorcista fascinado pelo demônio, todas as novas peças do quebra-cabeças sugeriam que Marco Antonio pudesse ter razão quando disse que tinha "uma bomba" para ela.

– Mas e a possessão, o encontro com o demônio? – insistiu Manina.

Antoniazzi não se desviou da narrativa começada.

– Naquele mesmo dia da entrega, perguntou se eu acreditava em Deus e eu disse que sim... Quis saber se eu gostaria de trabalhar com ele na igreja e, na situação em que me encontrava, fui logo dizendo que sim... Pagou a encomenda em dinheiro, conforme o combinado, e me convidou para consumir uma carreirinha de cocaína e aí eu disse que não... Ele fez uma espécie de canudo com uma nota novinha de dez dólares, dividiu a cocaína em duas metades em cima de um pedaço lisinho de mármore e insistiu: "Experimenta". Eu não tinha a menor ideia de como fazer aquilo entrar pelo meu nariz, mas o reverendo já era craque no assunto e me mostrou como se fazia.

– Dentro da igreja?

– Não, não... Nos fundos... Havia um quartinho nos fundos onde ele costumava descansar depois dos cultos.

– E como foi a sensação dessa experiência?

– Não houve nenhuma experiência... Eu disse a ele que queria distância daquele tipo de problema, que não me levasse a mal, mas eu já tinha problemas suficientes para enfrentar e já ouvira dizer que muita gente entrava na droga e não conseguia mais sair... Ele, então, consumiu as duas doses, levantou-se e começou a caminhar de um lado para o outro... De repente, parou de andar e olhou para mim com o olhar esquisito, distante, como se não me reconhecesse mais e disse com a voz meio rouca:

– Você vai trabalhar para mim... É uma ordem... Será meu principal ajudante e vou fazer você ganhar muito dinheiro... Ficaremos muito ricos, pode escrever... Você só precisa vender a sua alma ao diabo...

Os sentidos da jornalista entraram em alerta total à espera do que pudesse sair daquele vomitório, já com ares de pura invencionice. O bispo Antoniazzi parecia querer entrar em transe e falava quase que para si mesmo:

– Eu não tinha a menor ideia dos efeitos que a cocaína produzia numa pessoa e achei que já estava na hora de dar no pé... Ele percebeu e me segurou pelo braço... com uma força que não parecia ser a dele... "Não tenha medo", ele falou... "Você faz um pacto com o diabo e eu assino em baixo, fico sendo seu avalista". O olhar continuava esquisito e aquela voz rouca me deu a sensação de que ele estava sendo possuído pelo próprio demônio... *Iero Gam*, ele gritou, *Iero Gam*... Minhas pernas começaram a tremer e eu tentei me desvencilhar daquela mão cada vez mais forte que segurava o meu braço...

– Iero Gam?!... O que vem a ser isto?

Manina tentou recordar-se dos sons que ouviu no sofá do escritório da alameda Santos.

– Uma invocação, ele me explicou depois, um chamado para que a mente se esvaziasse e se libertasse de qualquer pensamento, de qualquer ideia, pois isso dava à pessoa que conseguisse essa libertação a condição de atingir um estado de inconsciência ou semiconsciência para daí chegar a uma nova consciência, num outro estágio de compreensão da vida...

O tom de voz do bispo havia se elevado ligeiramente e Manina percebeu que algumas pessoas olhavam na direção da mesa em que se encontravam.

– Perdão, reverendo, mas talvez fosse conveniente a gente não chamar a atenção dos nossos vizinhos.

– Essas lembranças sempre me deixam exaltado – desculpou-se um Antoniazzi ligeiramente sem graça... E, abaixando o tom de voz, prosseguiu:

– Mais surpreendente foi a insistência em ser o avalista na venda da minha alma... Por instantes, sua voz me pareceu ainda mais rouca, mais grave, como se tivesse sido tomado pelo demônio... Os olhos ficaram avermelhados e segurando-me apenas com os braços, me levantou do chão como se eu fosse um boneco de madeira, de palha, sei lá... O calor no quartinho pareceu aumentar e nós dois começamos a transpirar... Foi quando ele pegou uma caixinha de metal prateado e tirou de dentro dela um saquinho de veludo e espalhou pelo chão, dentro de um círculo desenhado no assoalho, alguns objetos que a princípio não identifiquei...

Impossível a Manina ignorar o último encontro com Hamilton. A adrenalina subiu a níveis desequilibrados...

Antoniazzi se recompôs e voltou ao seu tom de voz normal.

– Ainda fico emocionado quando me lembro de alguns acontecimentos que marcaram a minha vida, ainda mais agora que se tenta desqualificar a igreja a qual pertenço, o meu reverendo e a mim mesmo... Não foi nada fácil chegar até aqui... Até por que hoje tive sério desentendimento com o bispo Hamilton, o que não é nada reconfortante para um velho obreiro como eu.

– Se não se importa, que tipo de desentendimento?

– Não digo mais do que já disse... Não me leve a mal.

– Fique à vontade, reverendo, mas devo lembrá-lo de que continua me devendo aquilo que para mim será o mais importante dessa nossa conversa: o seu encontro com o diabo.

– Parece que você não está prestando muita atenção na minha história.

– É claro que sim, reverendo... Por qual razão o senhor diz isso?

– Aquilo que eu pensava ser efeito da cocaína era, na verdade, um transe demoníaco, uma possessão, se é que posso chamar assim.

O tesoureiro Antoniazzi, apresentando a fisionomia tensa, rosto exangue, baixou ainda mais o tom de voz e, quase que sussurrando, acrescentou:

– O jovem Hamilton tinha os olhos injetados de sangue e dizia palavras desconexas... Começou a girar e a gritar... "Ainda hoje estarás comigo no inferno, ainda hoje estarás comigo no inferno."

Atônita, sem saber muito bem como digerir toda aquela história, ainda assim Manina segurou o riso.

– Depois, parou de girar, abraçou-me e pediu que eu me ajoelhasse dentro do círculo que continha os estranhos objetos... Como se eu fosse a oferenda de um ritual e dizia com a voz grave e rouca: *"Shemhamforash... Shemhamforash..."*

– Não entendi... *Shenham* o quê?

– *Shem-han-forash*... É uma saudação a Satanás, ele me explicou depois.

– Não é aquela palavra que ele tem tatuada... no ombro?

Quando percebeu o que acabara de falar já era tarde...

INTERLÚDIO 1969

[illegible]

[illegible] mb.

[illegible]

[illegible] fermi[illegible]

[illegible]

[illegible]

[illegible]

[illegible]

[illegible]

[illegible] Octob. [illegible]

[illegible]

[illegible]

[illegible] Octo[illegible]

[illegible]

[illegible]

[illegible]

Octob. [illegible]

[illegible]

[illegible]

[illegible] nb.

[illegible]

[illegible] 6 [illegible] mb. [illegible]

[illegible]

[illegible]

[illegible]

[illegible] 4 [illegible] nb. [illegible]

[illegible]

[illegible]

Decemb. [illegible]

[illegible]

[illegible]

[illegible] Decemb. [illegible]

[illegible]

[illegible]

[illegible]

Campinas, São Paulo
ano do senhor de 1969

Os jornais colocados sobre a mesa do delegado Olegário Matoso, dois de São Paulo, dois do Rio de Janeiro e um de Brasília, traziam, sem exceção, na primeira página, a notícia da prisão da freira Marina Isabel Menezes de Sá, natural de Itápolis, interior de São Paulo, pertencente à Ordem das Irmãs Salesianas no Brasil e vice-diretora do Colégio Maria Auxiliadora em Campinas.

Alguns trechos estavam sublinhados e com um ponto de interrogação ao lado da matéria, expediente que o delegado usou para checar a veracidade das notícias e ver até que ponto a imprensa sabia de fato sobre o que havia acontecido.

Na verdade, esperava encontrar, com sua leitura minuciosa, alguma explicação, alguma pista que identificasse o vazamento das informações, se internas, da própria polícia, ou apenas como o resultado natural da prisão da irmã Isabel, isto é, o envio de denúncias ao exterior pelo próprio esquema subversivo.

O tom do noticiário era favorável à prisão, ou melhor, procurava justificar a atitude acertada daquela detenção, pois não se podia admitir que religiosos católicos, uma irmã de caridade em particular, tivessem ideias subversivas e ajudassem os comunistas. Mas isso não aliviava a pressão vinda de algumas áreas do próprio governo.

O escrivão Silas lera também com atenção cada linha dos jornais, estando um deles – podia-se ver – com boa parte da notícia censurada, tudo indicando que se tratava de insinuações sobre torturas a presos políticos. A informação vinha de agências noticiosas do exterior.

O governo militar fora pego de surpresa dois dias antes com a divulgação, pelo *L'osservatore Romano*, jornal oficial do Vaticano, da prisão ocorrida no Brasil, tendo a notícia sido repercutida no *Le Monde* francês, em sua seção internacional e em minúscula nota de primeira página no *The New York Times*. Isto foi o suficiente para que de Brasília partissem ordens para São Paulo desfazer o "imbróglio".

Matoso foi convocado à Delegacia de Ordem Política e Social em São Paulo para ter uma conversa com o delegado Wandercy, chamado a que atendeu prontamente. Nem bem entrou na sala do segundo principal responsável pela repressão no estado, depois do secretário de segurança, e já foi confrontado com aquela voz um tanto aguda e que bem conhecia:

– O Cardeal Arcebispo de São Paulo pediu uma reunião com o Secretário de Segurança para hoje à tarde, querendo informações sobre o estado de saúde da irmã Isabel.

– Até onde sei, ela foi trazida em segurança e com boa saúde aqui para São Paulo – respondeu Matoso com ares profissionais.

– Não foi o que ela alegou – retrucou Wandercy.

– Com todo respeito, delegado, mas é a palavra dela contra a minha... E o senhor sabe, até melhor do que eu, como esses subversivos mentem e inventam histórias sobre torturas e coisas do gênero... Para tentarem nos desmoralizar, para ganharem tempo... Tempo precioso para seus comparsas fugirem.

– Ela alega que foi abusada sexualmente e pediu a interferência do Vaticano na questão.

Não havia na voz do delegado-geral um tom acusatório, mas o silêncio que se seguiu foi suficientemente esclarecedor e ao mesmo tempo constrangedor para os dois policiais, pois era conhecida na polícia de São Paulo a fama de Olegário Matoso.

– Eu gostaria de poder dar a melhor resposta ou pelo menos a resposta adequada ao secretário de segurança, Matoso... Preciso da sua ajuda e compreensão.

Enquanto falava, o delegado Wandercy procurou deixar o colega à vontade, oferecendo-lhe o maço de cigarros que estava sobre a mesa. Ainda mudo, Matoso retirou um cigarro do maço, acendeu-o com seu isqueiro Zipo de aço inoxidável, devolveu o maço ao tampo da mesa, levantou-se e caminhou em direção a uma das janelas da sala, que ficava no quarto andar da Delegacia de Ordem Política e Social no Largo General Osório.

Dividia-se Matoso entre a preocupação e uma enorme e indisfarçável irritação. Observou o movimento do largo lá em baixo, bem em frente à delegacia e, após duas ou três tragadas, encarou o colega.

– Merda... merda... Recebi liberdade total de ação, qual é?... Você vai dizer ao secretário que é tudo mentira, Wandercy, senão eu me fodo... Só que não vou me foder sozinho, já adianto... Ah, isso é que não.

– Fique calmo, vamos conversar, homem... Para mim você não precisa se justificar, mas quero saber toda a verdade do que se passou lá em Campinas... Só assim eu posso montar toda a história para o cardeal e o secretário.

Matoso ficou encarando o delegado-geral por detrás da fumaça. Súbito, apagou o cigarro que estava pela metade e tirou do bolso um de seus charutos Winston, sua muleta para momentos de dúvidas ou de irritação... Tentava ainda assim mostrar tranquilidade.

– Aceita um charuto, Wandercy?

– Não, obrigado. Isso vai empestar a sala.

Matoso ignorou a observação do colega e acendeu o seu Churchill, já agora deixando à mostra todo o seu nervosismo.

Houve novo momento de silêncio, com o delegado-geral esperando com paciência que Matoso abrisse o bico.

– A carne é fraca, Wandercy... quando vi aquela freirinha pelada, não resisti. Eu ia realizar a grande fantasia sexual da minha vida... e sem qualquer sentimento de culpa, juro, sem qualquer problema de estar cometendo um pecado ou coisa parecida... A pecadora era ela, caralho... Onde já se viu uma freira ser comunista?... Os comunistas são ateus, não acreditam em Deus, logo... a freira era uma farsa.

– Você não exagerou um pouquinho, Matoso?

– Exagerou?!... Que conversa é essa? No meu lugar você teria feito o mesmo.

– Eu sou católico, Matoso.

– Eu também sou, Wandercy.

Pela segunda vez, Matoso levantou-se e foi até a janela que dava vistas para o largo, pensativo. Após alguns segundos, virou-se para o seu superior hierárquico que continuava sentado, à espera de encontrar uma boa explicação para a sua espinhosa missão com o cardeal arcebispo.

– Mas repito, Wandercy, não vou me foder sozinho.

– Acho que você já está fodido, meu caro, foi a resposta seca do delegado-geral.

– Você vai me deixar nessa fria?

– Eu não... É a Igreja que poderá tomar alguma atitude, nunca se sabe...

– Uma atitude? Qual?

– Como excomungá-lo, por exemplo.

Matoso olhou o colega com expressão de incredulidade, mas que embutia uma ponta de receio. Em seguida começou a rir nervosamente, o riso que se divide entre o deboche e a insegurança diante da possibilidade de um castigo que imaginava divino.

– Você só pode estar brincando, Wandercy.

– Não estou não, Matoso... O negócio é mais sério do que você pensa... Eu também sou católico, temente a Deus e acho que você foi longe demais dessa vez... A excomunhão é quase certa em casos como esse.

– E daí? Eu não tenho o menor problema a respeito... Se for essa a punição, não fará a menor diferença para mim... Para ganhar tempo, diga ao Cardeal que você conversou comigo e que eu não confirmei qualquer tipo de abuso sexual.

– Existem exames médicos para isso... Se eu fosse você, Matoso, tirava umas férias e saía por duas ou três semanas do país... Dê um pulo até Buenos Aires ou Santiago... Essa bola de neve pode crescer e piorar as coisas para o seu lado.

– E os oito subversivos presos na região com as confissões da freira, não contam a meu favor? Estavam se preparando para a luta armada, para a guerrilha...

Matoso não dava o braço a torcer.

– É claro que contam – respondeu o delegado Wandercy.

O delegado-geral abriu uma de suas gavetas e apanhou um envelope com o timbre da Secretaria de Segurança.

– A propósito, tenho aqui um cheque enviado por empresários que sustentam parte das nossas atividades... Elogiaram bastante o seu empenho e trabalho.

Wandercy entregou o envelope a Matoso, que o abriu sem cerimônias. A brasa do charuto aumentou de intensidade e, por trás das lentes um tanto embaçadas dos óculos, os olhinhos miúdos do policial de Campinas encheram-se de repentino brilho. Acenando para o colega com o cheque na mão, arrematou:

– Você tem razão, Wandercy... Acho mesmo que mereço umas boas férias em Buenos Aires.

[illegible] 10 gr.

[illegible] 10 gr.

terminum [illegible] vorschreiben

[illegible]

[illegible] 10 gr.

[illegible] terminum

[illegible] zu procc-

[illegible] 10 gr.

[illegible]

[illegible] vorschreiben 10 gr.

[illegible] vorschreiben [illegible]

procedires [illegible] 10 gr.

[illegible] termi-

[illegible] procediren , 10 gr.

[illegible] termini

[illegible]

[illegible] 10 gr.

60

[illegible] termin [illegible] 8 gr.

[illegible] vorschreiben 8 gr.

[illegible] terminum

[illegible] procedires 10 gr.

[illegible] terminum [illegible]

[illegible] procediren 10 gr.

[illegible] beclagten [illegible]

[illegible] 10 gr.

[illegible]

[illegible] malle . 6 gr.

[illegible] 6 gr.

[illegible]

[illegible] malle . 6 gr.

[illegible] vorschreiben . 6 gr.

[illegible]

16 sec.

[illegible] 6 gr.

[illegible]

GRAN FINALE

Conhecereis a verdade
e a verdade vos libertará.

João, *capítulo 8, 32*

São Paulo, Brasil
ano do senhor de 2005

Manina acordou com dificuldade ao ouvir o toque insistente do celular. Sonolenta, acendeu a luz do abajur de cabeceira e viu que o relógio marcava quatro horas da manhã. *Não acredito...* Tentou identificar a chamada pelo bina, mas não conseguiu. Preocupada, atendeu.

– Pronto...

– Manina?

– É ela.

– É o Montezuma.

– Delegado Montezuma?!...

– Ele mesmo... Desculpe telefonar assim a essa hora, mas é importante.

– Aconteceu alguma coisa grave?

– Um colega meu morreu em circunstâncias ainda desconhecidas para nós e eu preciso de um favor seu.

– Diga, delegado.

– Ele trabalhava comigo na operação Sodoma e Gomorra... essa morte com certeza vai ser o assunto do dia e tomar o noticiário da televisão e dos jornais, como é óbvio... Preciso de uma ajuda do seu jornal.

Manina tinha que evitar mostrar o seu aborrecimento por ser acordada àquela hora da manhã.

– Que tipo de ajuda, delegado?

– Temos que falar pessoalmente, se você não se importar... Posso mandar um carro apanhá-la daqui a meia hora?

– E tenho alternativa?

– Você vai ser recompensada profissionalmente, eu lhe garanto... Aliás, para você não ficar muito aborrecida, consegui aquele nome que me pediu... o nome da mãe do bispo Hamilton, tá lembrada?... Anote aí...

Ao menos uma compensação...

– Pode falar.

– É Isabel... Marina... Fernandes dos Santos.

– Obrigada, delegado... De verdade.

– E tenho mais uma informação sobre ela.

– Sabe onde ela vive, por acaso? – perguntou Manina substituindo o resto do sono pela ansiedade e sentando-se na cama.

– Não, não sabemos... mas ela esteve envolvida num caso de violência policial no final dos anos sessenta... um caso que deu o que falar... Foi torturada e abusada sexualmente durante aquele período da ditadura militar... Temos aqui um dossiê sobre o caso...

Manina ficou em silêncio.

– Alô... Alô, Manina, você está me ouvindo?... Tudo bem?

– Claro, delegado, estou ouvindo... E tentando digerir o que acaba de me contar.

– Ela era freira, uma irmã de caridade, Manina... pertencia à ordem das salesianas... Já pensou o rolo que deve ter sido?... Bom, estou mandando uma viatura apanhar você.

Quarenta minutos após ser acordada, e ainda com aquela desagradável sensação de areia nos olhos, Manina entrava na sala do delegado Montezuma com o coração saindo pela boca. Não só pela correria, pelo cansaço, mas por não conseguir tirar da cabeça o nome da mãe de Hamilton, e o sobrenome, agora tão familiar. E, sobretudo, por descobrir de quem se tratava. Uma freira!

O relógio do celular de Manina marcava cinco horas da manhã e uma garoinha fina caía sobre São Paulo.

A insistência do delegado lhe obrigara a superar o mau humor por ter sido acordada daquela maneira. Logo se conformou por ter que sair de casa para um encontro que, as circunstâncias indicavam, devia ter importância não só para a sua reportagem, mas até mais do que isso... Além do mais, a informação recebida valia o sacrifício... As peças começavam a se encaixar...

O movimento dentro da polícia federal era intenso num dos andares do prédio. Na entrada, entretanto, a aparência era de normalidade. Nada que pudesse chamar a atenção para o que iria acontecer nas próximas horas.

Manina notou que o delegado Montezuma, ao entrar na sala, tomou o cuidado de trancar a porta – o que a fez deduzir ser o assunto mesmo grave.

– Perdão, Manina, mas eu precisava trazer você até aqui... Desculpe o mau jeito... Não sei se o meu pessoal agiu com a discrição que pedi, mas é prudente que conversemos aqui e não na sua casa... ou em público... E muito menos por telefone...

– Mas do que se trata, delegado?

Está preparada para o furo que lhe prometemos?

– Ando sempre com meu gravadorzinho digital e tenho a câmera no celular... Por quê?

– Você, por acaso, chegou a conhecer esse meu colega, o delegado Novaes?

– Não... Não me lembro dele, pelo menos...

– Ele foi assassinado no início da madrugada... e tem gente muito revoltada aqui dentro... O clima tá quente, a barra pesada.

– Assassinado?... E como foi isso?

– Os indícios são de uma paquera mal resolvida, o Novaes tinha o seu fraco por mulheres casadas e parece que armaram para ele...

Fecharam o carro dele num viaduto ali perto do parque Dom Pedro II e ele despencou lá de cima... Morreu na hora.

– E como é que eu posso ajudar?

– Estamos saindo de surpresa para a detenção de alguns figurões... vai ser a nossa resposta ao crime organizado... E você será a única jornalista a acompanhar o início da operação.

– E os bíblias?... O bispo Hamilton vai ser preso?

– Ainda não é o momento, mas ele não perde por esperar.

Um dos policiais veio avisar a Montezuma que estavam prontos para sair.

– Você vem comigo, Manina, no caminho dou mais informações.

Sem alarde, sem sirenes ligadas e luzes giroscópicas, as três equipes da polícia federal avançaram pelas ruas de São Paulo, cada qual tomando a direção que lhe competia.

Para Manina as emoções agora se sucediam aos magotes, expressão que ouviu muitas vezes do pai, de quem sempre se lembrava nos momentos imprevistos.

A viatura em que estava corria em alta velocidade pela Marginal Pinheiros, dirigindo-se para o bairro do Morumbi. Ao seu lado o delegado Montezuma, ao contrário do que acabara de lhe prometer, seguia introspectivo e silencioso.

Manina tinha o pensamento na senhora da fotografia mostrada por Antoniazzi... *Uma freira, uma religiosa!... Uma relação imprópria, mantida em segredo... Como alguém poderia ser filho de uma freira?... Abusada sexualmente? Mas então, de fato, "uma bomba"... Precisava passar tudo aquilo a limpo...*

– Posso saber para onde estamos indo, delegado?

– Já, já, você vai saber, Manina... Ainda sobre o meu colega Novaes, tenho um pedido a fazer... Ele morreu logo depois de deixar em casa uma mulher que trabalhava como corretora de seguros... E que, sem saber, pode estar correndo perigo... A seguradora em que trabalhava é... O delegado fez o sinal de aspas com os dedos... por coincidência, uma das empresas administradas pelos Filhos do Tabernáculo... Mas esse tipo de informação nós vamos esconder para a imprensa por enquanto... Digamos que não seja a nossa prioridade no momento, mas lá chegaremos... Se por acaso vazarem alguma coisa nesse sentido, quero dizer, rádios, jornais ou televisão, gostaria que vocês do *Jornal da Cidade* desmentissem isso categoricamente... Eu assumo a responsabilidade pela declaração.

– E por qual motivo o meu jornal faria isso, se o fato é verdadeiro?

– Porque nessa questão com os bíblias, temos alguns interesses em comum, é verdade, e que, se bem conduzidos, os dois lados ganham, a polícia e o jornal... Mas, por outro lado, é sempre bom lembrar que vocês têm também o seu telhadinho de vidro.

– Como?!... Será que entendi bem, delegado? Isso cheira um pouquinho a...

Montezuma cortou a frase da jornalista.

– Sei das boas relações que você tem com a direção do jornal, da sua competência profissional, da lealdade que esperam de você, e acho que consigo entender o posicionamento de vocês em muitas das questões políticas do dia a dia, especialmente essa linha de oposição que fazem ao atual governo... Mas quando se analisa o quadro com maior rigor, quando se trata de combate duro à corrupção, pode haver aí um sério conflito de interesses.

O delegado tirou do bolso do paletó o minigravador digital que pertenceu a Novaes e mostrou-o com o gesto indicativo de que continha alguma gravação importante, enquanto Manina esperava a conclusão daquele pequeno e ambíguo discurso.

– O senhor me faz levantar às cinco horas da manhã, manda me buscar em casa, nem um cafezinho ainda consegui tomar, para deixar nas entrelinhas que o *Jornal da Cidade* deve sonegar informação aos seus leitores porque também está devendo?

Manina não poderia ter sido mais explícita.

– Sim e não, Manina, e já vai entender por que, talvez até me dê razão... O que vai ouvir agora morre aqui mesmo... Estou confiando em você e correndo grande risco... Temos autorização da justiça para fazer certos grampos telefônicos que facilitem nossas investigações... e algumas suspeitas se confirmaram... Na gaveta do Novaes encontramos o bloco que ele usava para anotações particulares... O seu nome e o daquele seu colega Diego estavam lá escritos, sublinhados e com dois grandes pontos de interrogação ao lado...

– O meu nome?!...

– Calma... Além disso, na linha logo abaixo dos nomes uma observação: ouvir a escuta telefônica. E, para sua informação, essa é apenas uma das escutas.

Em seguida o delegado Montezuma ligou o gravador.

– Igreja Evangélica Filhos do Tabernáculo, bom-dia.

– Bom-dia... Seria possível falar com o bispo Hamilton?

– Quem gostaria?

– Diga que é Diego Machado, do Jornal da Cidade...

– Um momentinho, por favor.

(som de música evangélica)

– Alô.

– Pois não...

– Ele já vai atender...

(Continua a música... ruídos...)

– Alô.

– Bispo Hamilton?

– É ele.

– Bom-dia, bispo... Aqui é o Diego Machado, do Jornal da Cidade...

– Pois não, Diego... Como está? Tudo na paz do Senhor?

– Tudo bem, reverendo... Tudo em paz... Na verdade estou telefonando a pedido da Manina, com quem o senhor tem conversado nos últimos dias...

– E como é que está a Manina?

– Está bem, bispo, está bem... Trabalhando muito, como todos nós aqui no jornal... Várias matérias ao mesmo tempo... Eu estou dando uma mãozinha para ela a pedido de um dos nossos diretores.

– Pois não, diga lá...

– A Manina gostaria de saber se poderia agendar uma entrevista com os seus pais para os próximos dias... ou pelo menos com a sua mãe, quem sabe... Isso seria de muita valia para a matéria... ficaria mais humana, mais quente... ajudaria em parte a quebrar a frieza das partes mais delicadas, polêmicas... Penso que o senhor me entende...

(Silêncio... ruídos...)

– Olha, Diego, claro que entendo, mas confesso que não sei qual o interesse dela nessa particularidade... Nesse caso, prefiro tratar do assunto pessoalmente com a Manina... Costumo preservar a minha vida familiar, sabe como é... Não me leve a mal... Faz o seguinte: peça a ela para me ligar pelo celular, ela tem o número, e aí conversamos com mais calma... E não diga que falou comigo... Diz que eu não pude atender ou que estava em reunião, qualquer coisa... Não me leve a mal, meu querido.

– Está bem, reverendo... darei o recado... Obrigado...

Montezuma desligou o gravador nesse ponto e olhou para Manina esperando pelos comentários.

Octob.

Octob.

Decemb.

Decemb.

Decemb.

São Paulo, Brasil
ano do senhor de 2005

Entre as várias pessoas convidadas a prestarem esclarecimentos na sede da polícia federal em São Paulo, naquela manhã, uma delas era o jornalista Diego Machado.

Foi possível descobrir, então, que ele não só tinha relações que iam além das profissionais com o bispo Hamilton Fernandes dos Santos, como ainda plantava notícias no *Jornal da Cidade* que favoreciam ao diretor do banco de investimentos que havia sido detido na mesma ação relâmpago da Sodoma e Gomorra.

Essas informações tinham sido descobertas e parcialmente rastreadas pelo trabalho minucioso do delegado Novaes, cujo bloquinho de anotações particulares revelou-se de enorme valia para os acontecimentos que se desenrolaram após a sua morte. E também confirmadas pelas primeiras declarações do banqueiro chamado a depor.

Quando numa das conversas que teve com Montezuma o delegado Novaes referiu-se grosseira e preconceituosamente ao bispo Hamilton usando a expressão "boiola", sua intuição viria a se comprovar em seguida, e muita coisa se esclareceu, sendo possível estabelecer determinadas relações promíscuas para com os crimes financeiros... E não só.

O balé de advogados pelos corredores da polícia federal nas primeiras horas da manhã prenunciava nova etapa na luta encarniçada entre a lei e a ordem. Entre a perspectiva de se ver a justiça funcionar e triunfar ou a constante e desanimadora ameaça da impunidade.

As celebridades, provisoriamente detidas, teriam de se explicar em cartório enquanto seus advogados corriam com os pedidos de *habeas corpus* em instâncias judiciárias de São Paulo e Brasília, na expectativa de que seus clientes se livrassem rapidamente dos dissabores da prisão. Entre esses dissabores, que alguns flagrantes jornalísticos não conseguiram evitar, estava o de terem sido algemados, fato que provocaria grande polêmica entre políticos, integrantes do poder judiciário e de boa parte da elite endinheirada do país.

A coreografia daquele balé seria normal para os palcos jurídicos da nação, não fosse a particularidade de estarem sendo detidas pessoas que o Brasil não estava acostumado a ver em salas de interrogatórios e muito menos atrás das grades.

Como afirmara ao seu patrão no *Jornal da Cidade*, não foi difícil para a família de Diego livrá-lo da humilhação de continuar detido por mais de 24 horas e com isso, quem sabe, enrolar-se ainda mais e embaralhar-se em novos e comprometedores esclarecimentos aos policiais federais.

Ainda assim, foi inquirido por quase três horas seguidas pelo delegado Montezuma, em que se mostrou arrogante na postura e covarde na tentativa de atribuir a vários de seus colegas a culpa pelas suspeitas e mesmo acusações que pesavam sobre ele.

Com a sua rápida liberação, no entanto, a impunidade já botava as manguinhas de fora...

Campinas, São Paulo
ano do senhor de 2005

O carro de reportagens do *Jornal da Cidade* estacionou bem em frente ao Colégio Nossa Senhora Auxiliadora das irmãs salesianas, em Campinas.

Na sala de espera do colégio, Manina, excitada e impaciente, aguardava ser atendida pela diretora, irmã Angélica, que pediu uns minutinhos enquanto despachava sobre questões internas do colégio.

A jornalista percorria mentalmente a trilha que seguira nas últimas 72 horas e se preparava para viver um dia longo, árduo e, sobretudo, obscuro, sem saber ao certo o que poderia acontecer, uma vez que os fatos haviam se precipitado de tal maneira que alguns deles escapavam ao seu controle e entendimento imediatos.

A cabeça latejava e o corpo dava mostras de fadiga... A boca ressecada indicava o seu nível de tensão... O estresse era inevitável... Não tivesse ela o coração forte e não estivesse acostumada profissionalmente a essas surpresas, já teria pifado.

A começar pelo encontro que teve com Marco Antonio na redação do jornal, logo após voltar da diligência feita na companhia do delegado Montezuma. E mais do que isso: de ter recebido, horas antes, do próprio delegado, a informação espantosa de quem era e o que fazia a mãe do bispo Hamilton, o que, e era natural que assim fosse, a deixara transtornada...

Diego?... Com esse jamais se enganara... Usando o jornal para negócios particulares... Gostaria de ver a cara de Marco Antonio e do Cesar Augusto ao tomarem conhecimento das irresponsabilidades e deslealdade do seu colega.

A surpresa da ação policial havia deixado em alvoroço as redações de jornais e televisões, mas garantiu a Manina, além do privilégio de acompanhar a detenção do mais célebre dos envolvidos, a possibilidade de obter informações que outros concorrentes ainda não possuíam. Prometeu a si mesma que iria entrevistar o delegado Paulo Queiroz em seu próximo programa de televisão, com o maior número possível de informações em primeira mão. Esse era o jornalismo vibrante que gostava de praticar.

Apesar do cansaço estava eufórica, mas sentia sobre si um peso estranho, como se alguma força quisesse enfiá-la chão adentro, desconforto que lhe deixava as pernas ligeiramente adormecidas e forte tensão na nuca e nas costas.

Marco Antonio, envolvido pelo clima pesado dentro do jornal criado com a detenção de Diego e com os possíveis desdobramentos de toda aquela situação, não conseguira falar com Manina pelo celular. Sentiu-se aliviado quando afinal ela colocou os pés na redação logo cedo. Precisava passar-lhe o endereço de um colégio religioso em Campinas, onde muito provavelmente ela iria conseguir informações seguras sobre a religiosa que sofrera torturas durante o regime militar. Na conversa com o Cardeal Arcebispo, o religioso deixou escapar o pormenor sem se dar conta disso.

Ela agradeceu às pressas a nova informação e disse que tudo parecia encaminhar-se para um desfecho que imaginava atribulado, de consequências desconhecidas... Imprevisível mesmo... Não tinha a menor ideia do que poderia acontecer... Informou que já descobrira quem era a mãe do bispo e que esperava em seguida descobrir também a identidade do pai.

Ainda na sala de espera, fazia anotações na sua agenda, quando uma freira jovem, de traços orientais, veio ao seu encontro e anunciou que poderia acompanhá-la até a sala da diretora.

Foi recebida pela irmã Angélica, pessoa amável, de fala mansa, óculos de grau que realçavam o verde acastanhado dos olhos. Manina não sabia muito bem calcular a idade das pessoas, mas estimou que a irmã Angélica, dada a sua condição de diretora daquele tradicional colégio, e pelas primeiras e discretas rugas que surgiam ao lado dos olhos e nas pontas dos lábios, estivesse com seus sessenta anos, talvez uns poucos mais.

– Muito prazer, irmã... Meu nome é Manina Berruel e trabalho para o *Jornal da Cidade*...

Antes que pudesse dar vazão à sua ansiedade e prestar mais esclarecimentos da sua presença ali, a irmã Angélica estendeu a mão para cumprimentar Manina e indicou duas poltronas ao lado de sua mesa de trabalho, numa atitude simpática que colocava a visitante e a si mesma em igualdade de condições para o diálogo.

– Em que posso ajudá-la? – perguntou a diretora.

– Vou tentar ser breve e concisa – iniciou Manina – e pretendo não tomar o seu tempo mais do que o necessário.

Manina pensou que não devia usar o gravador com uma freira e buscou na bolsa as folhas de rascunho que pegou na redação.

– A senhora conheceu ou ouviu falar na irmã Isabel... Isabel Marina Fernandes dos Santos?

– Mas é claro, convivemos juntas aqui nesse mesmo colégio há quase quarenta anos atrás... Éramos muito amigas...

– Ótimo, pois eu gostaria, se isto fosse possível, de entrevistá-la a propósito de alguns acontecimentos do passado na vida dela.

Com novo e delicado gesto de mão, a irmã Angélica interrompeu Manina.

– Desculpe... Perdão por interrompê-la assim, nem bem você começou a falar... Mesmo sem saber os seus motivos, ou de que maneira conseguiu informações nossas, na suposição de que a encaminharíamos até a irmã Isabel, posso lhe antecipar com toda franqueza que isto não será possível... Se for para falar do que aconteceu a ela, a senhora perdeu o seu tempo vindo até aqui... Nem a nossa ordem e muito menos ela querem tocar em assuntos que já estão completamente esquecidos e adormecidos para nós... E dentro dela mesma.

– Entendo, irmã Angélica, tudo bem... Mas que mal haveria em esclarecer o que se passou? Talvez ela quisesse aliviar o próprio sofrimento depois de tantos anos...

– Com toda sinceridade, não tenho como responder a essa pergunta, e nem posso falar por ela, mas arriscaria dizer, e não me leve a mal por isso, que o seu jornal deveria botar uma pedra em cima do assunto... Não insistir por esse caminho...

– Deve haver uma razão muito séria para uma mãe se esconder dessa maneira...

– Tão séria que não deve ser objeto de especulações jornalísticas extemporâneas...

A irmã Angélica mostrou não ter gostado nem um pouco da provocação, tendo assim entendido a observação de Manina. Levantou-se e estendeu a mão para a jornalista numa atitude, que demonstrava cabalmente que a entrevista parava por ali.

– Peço desculpas, mas os desígnios de Deus são insondáveis, minha filha...

Frustrações faziam parte do ofício.

São Paulo, Brasil
ano do senhor de 2005

Manina estava acostumada a frequentar os mais diversos ambientes em sua profissão. Na cidade e no estado de São Paulo, em particular, frequentava grandes e luxuosas mansões, haras, fazendas pelo interior, clubes grã-finos. Isso não impediu, entretanto, que se admirasse com o fausto e os sinais exteriores de riqueza do reverendo e líder Hamilton Fernandes dos Santos ao entrar no seu apartamento de cobertura, situado numa das regiões mais caras da cidade.

Subiu até o vigésimo andar do edifício pelo elevador interno e na companhia de um dos homens da segurança do bispo. Recebeu-a no *hall* de entrada, gentilmente, uma senhora de uniforme preto com golas e punhos rendados, avental e touca impecavelmente brancos, e foi logo conduzida à sala de estar onde, cerca de cento e cinquenta metros quadrados ou mais, ricamente mobiliados e decorados, a engoliram.

Tudo limpo e nos seus lugares, mas sem personalidade, ou melhor, com os estilos dos móveis, quadros e tapeçarias misturados em épocas distintas, sem que houvesse qualquer motivo estético para o arranjo, a não ser – e isso se sentia na atmosfera criada – a própria demonstração de suntuosidade e riqueza.

Enquanto esperava pelo bispo, encaminhou-se até a enorme e panorâmica janela de vidro que deixava entrar a claridade para toda a sala e de onde pôde apreciar a vista da cidade que abrangia boa parte do parque do Ibirapuera. Ostentação que, em sua maneira de ver, definitivamente não se encaixava naquilo que considerava como possíveis virtudes de líderes religiosos fossem elas a modéstia, a parcimônia, a desambição.

Se tivesse que escolher uma única palavra para sintetizar o ambiente à sua volta, não tinha dúvidas: surreal!

O apartamento deveria ter mil metros quadrados ou até mais, coisa entre os 5 e os 6 milhões de dólares. O contraste daquele ambiente, comparado à vida dos milhares de humildes fiéis que procuravam alívio para seus sofrimentos, fossem eles espirituais e principalmente materiais, chocou-a de verdade, deixando-a com a sensação de que a vida não passava de uma brincadeira de mau gosto.

– Que tal a vista? – Ouviu atrás de si.

– Maravilhosa... Não é qualquer um que pode desfrutar desse conforto... Esse apartamento é fantástico.

– Conseguido com muito trabalho, esforço e perseverança... Como disse a você, nós – os tabernaculares – acreditamos sinceramente na máxima "Deus ajuda a quem cedo madruga"...

– De fato, a fé remove montanhas!

– Está sendo cínica ou sincera?

– O que é que você acha?

– Escolho a sinceridade... Não a vejo fazendo jogos de palavras para zombar do que está vendo nesta sala... Venha conhecer o resto do apartamento.

– Não saio daqui hoje sem terminar a nossa entrevista.

– Está bem, Manina, eu disse a você que reservei todo o fim de tarde... e a noite para isso... Você fica para o jantar... E tomamos um chá daqui a pouco.

– Olhe lá, hein... Tenho que terminar a matéria nesse final de semana e preciso ser a mais objetiva possível...

O bispo já havia percebido a aflição mais ou menos dissimulada da jornalista e sabia o que a motivava.

– Fique tranquila... Há tempo de sobra para isso... Prometo que você sairá daqui com todas as informações de que necessita, ou quase todas...

Por tudo que já acontecera até aquele momento, Manina tinha a impressão, podia dizer a certeza, de que Hamilton estava informado dos seus passos durante o dia. Por conversas que tiveram antes, pelas advertências explícitas recebidas ou nas entrelinhas, desconfiou que aquela educação e polidez demonstradas ao recebê-la eram falsas. Ao contrário dos outros encontros... Portanto, toda a atenção e o cuidado com o tempo de que dispunha eram poucos... Sobretudo na maneira como tocar no tema mais delicado...

Tinha deixado com Marco Antonio a sua trajetória durante o dia, com o pedido para que telefonasse de tempos em tempos. Não que tivesse medo, mas tentações são tentações... Ainda não se esquecera da experiência, da aventura do escritório...

Visitou o apartamento na companhia do seu anfitrião e aos poucos, mas ainda com a pulga atrás da orelha, foi deixando de lado a impressão – que carregara até aquele momento – de que encontraria ambiente hostil aos seus propósitos.

Ficou combinado que após o chá, pedido por Hamilton à sua copeira, eles terminariam a entrevista começada há cinco dias.

Manina estava exausta, pois desde as quatro da manhã não parou um segundinho, engolido apenas o sanduíche de queijo provolone frio e um refrigerante dietético pela hora do almoço a caminho de Campinas.

– Tive um dia agitadíssimo, como você deve imaginar... Sinto que vou virar 24 horas sem dormir.

Manina desabou sobre a confortável poltrona de couro ao seu lado.

– Sobre as coisas que me dizem respeito, já estou devidamente informado – retrucou o bispo com amabilidade.

Hamilton e Manina escolheram um dos cantos da sala de estar para as primeiras conversas, o canto que parecia mais acolhedor.

Havia, é claro, natural constrangimento entre os dois, sem que isso significasse animosidade ou que pudesse criar qualquer ruído no que tinham a dizer um para o outro. Já se conheciam intimamente, mas o pudor não costuma avisar quando aparece. E foi com algum pudor que iniciaram o diálogo.

– Chateado? – perguntou Manina.

– Um pouco, mas nada que me impeça de conversar francamente com você.

– Quer dizer que a paranormalidade agora tem nome, sobrenome e profissão?

– Não é bem o que você está pensando...

– Não?... Ouvi gravações telefônicas entre você e o Diego Machado e elas indicam que sim.

– Gravações ilegais...

– Feitas por existirem suspeitas de transações ilegais... Portanto, o jogo está empatado.

– De qualquer maneira, Manina, creio que esse é o menor dos problemas entre nós, não pensa assim também? Não gostaria que começássemos por aí.

– Posso gravar a conversa desta vez?

– Como quiser...

– E por onde começamos, então?

– Por essa sua visita a Campinas, se preferir... Ou gostaria de ouvir as explicações sobre as profecias de Benedetto de La Matina, está lembrada?

– Por Campinas... As profecias podem esperar um pouquinho...

Manina acionou o gravador.

– Não acha previsível que para uma jornalista do meu nível isto se daria mais dia, menos dia, que eu encontraria meios de chegar até lá?

– Talvez, mas você foi avisada de que essa obsessão em descobrir o meu passado poderia lhe trazer inconvenientes... Fui bastante franco e honesto a esse respeito.

– Está bem... Só que ainda não percebi o porquê, sinceramente... Quem sabe pudesse deixar de rodeios e me explicasse o que quer dizer com isso que já insinua a tempos... Quais inconvenientes são esses...

– Você está metendo a mão num vespeiro e vai desagradar a muita gente...

– Sim... Continue.

– Vai abrir uma caixa cheia de maldades e injustiças, colocando muitos dos responsáveis, vários deles ainda vivos, em situação delicada, para dizer o mínimo... Além de fazer sofrer e abrir antigas feridas numa santa mulher que foi violentada em seu corpo e em sua alma, e que só não enlouqueceu por acreditar sincera e cegamente num Deus que não existe...

Inexplicavelmente Manina não se chocou com a afirmação sobre a existência de Deus, não sem antes – pelo menos – ouvir o que Hamilton tinha a dizer.

– Então me conte essa história...

– Antes vamos ao chá como prometi.

A mesa posta na copa, sobre a toalha de linho bordada a mão, primava pela delicadeza e pelo bom gosto. Guardanapos também de linho e bordados com o monograma do bispo nas letras HFS tomavam as duas extremidades da mesa. Pratos, bules e xícaras de louça francesa e os talheres de prata completavam, na companhia de uma fruteira bem ao centro – a decoração daquele requintado chá proveniente dos dízimos usados pelas boas causas.

Ao sentar-se para tomar o chá, Manina notou que a caixa de prata, ou cópia idêntica da que viu no escritório do bispo, estava sobre a mesa, e não gostou de pensar que as intenções do anfitrião iriam além da entrevista.

E se fossem, conseguiria resistir à tentação, mesmo exausta e indisposta para o sexo?

Pãezinhos frutados, bolo de nozes, biscoitos os mais variados, mel e geleias compunham os ingredientes para o acompanhamento dos chás e infusões que poderiam ser escolhidos numa caixa de madeira trazidos pela copeira. Manina, conservadora e nada imaginativa quanto a chás, escolheu o saquinho de hortelã, Hamilton, o de aniz. A água fervente foi colocada nas duas xícaras e a conversa retomada.

Antes de sorver o primeiro gole de chá, o bispo foi ao assunto principal sem dar voltas:

– Manina, você conhece ou tem notícias de alguém que seja filho de uma freira, de uma irmã de caridade?

– Não... São situações que não passam pela cabeça de ninguém, imagino... Você é o primeiro caso que conheço.

– Tornando-a, é claro, além de mim e de minha mãe, numa das pouquíssimas pessoas que conhecem esse segredo... Por qual razão você iria citar isso numa matéria jornalística que fala de problemas atuais, de outra natureza?... Sejam eles verdadeiros ou não... Apenas para satisfazer a sua vaidade profissional?... Para criar uma grande polêmica da qual o seu ego será o único beneficiado? Ou o seu jornal?

Manina considerou prudente não revelar quem lhe confirmara o nome completo da freira e muito menos a conversa com o tesoureiro Antoniazzi.

Hamilton continuou.

– Terá você a mínima ideia de que fui concebido num hotel de beira de estrada, na cama imunda de um motel, quando minha mãe foi feita prisioneira por ajudar alguns jovens que lutavam contra a ditadura militar?... Violentada por um boçal de um delegado de polícia que a torturou e seviciou, com as mãos algemadas, suplicando em nome do seu Deus para que ele não cometesse aquela monstruosidade, aquele crime?

Manina pousou a xícara e ficou olhando para o bispo sem saber o que dizer.

– Você conseguirá entender, não só com a razão, mas acima de tudo com a sua alma feminina, sua sensibilidade de mulher e filha, que quando minha mãe descobriu semanas depois que estava grávida e, sem coragem ou sem ter para quem contar o seu drama, apavorada, humilhada, sentindo-se culpada por ter envergonhado ao seu Deus, ainda que não por desejo próprio... Você conseguirá compreender a dor que tomou conta do seu coração, dilacerada que estava entre a perspectiva de ter um filho ou... de ter que abortar?... Abortar, Manina, pense bem nisso... ABORTAR... O que é condenado pela sua Igreja... E pela minha.

– Não, isso ainda não havia me ocorrido, sinceramente... Soube hoje, poucas horas atrás que ela era freira... E estou meio aparvalhada com isso... Mas você está vivo... O que prova que a Igreja jamais exigiu que uma de suas filhas abortasse, pois além da hipocrisia e da falsidade, seria um crime hediondo e um pecado contra Deus...

– Pois garanto a você que estou vivo graças ao amor dela por mim, pela vida... Unicamente pelo destemor e pelo abençoado amor dela pela criança que viria a conceber... Como você não irá publicar isso, tenho certeza, posso dizer que a sua Santa Madre Igreja Católica exigiu, sim, de maneira cruel, inapelável, inquisitorial, que ela fizesse o aborto, acredite você ou não... Ela não poderia conceber alguém que fosse fruto de uma relação anormal, criminosa, instigada pelo demônio...

O coração de Manina começou a mudar os batimentos.

– E tenho comigo cópias de documentos do Vaticano que se referem ao assunto... e posso mostrá-la se a isso chegarmos... A Inquisição não faria melhor papel...

– Não posso acreditar nesse sacrilégio.

– Pois acredite... Torturada, estuprada, grávida e, além disto, condenada ao aborto pela própria Igreja a quem servia... Uma obra de Deus ou do demônio?... As duas faces da mesma moeda... está lembrada? Revoltou-se, rebelou-se contra a ordem recebida e com a ajuda da mulher com quem você conversou hoje em Campinas, a irmã Angélica, se escondeu num orfanato em Brasília, ali permanecendo escondida até o meu nascimento.

– Quase o mesmo que se passou com Benedetto de La Matina... a conversão satânica...

– Falemos das profecias, então?

Manina sentiu por instantes a sala girar e arrepios pelo corpo, atribuindo a sensação ao cansaço... O esforço para entender aquilo tudo em minutos trazia-lhe desconforto e mal-estar... Não podia desabar agora, no momento em que ouvia uma das mais incríveis histórias da sua carreira, fantástica e que jamais deixaria de publicar, ao contrário do que imaginava o bispo.

– Talvez você comece a ter noção dos motivos pelos quais não deveria revelar esse segredo... torná-lo público... Não só para poupar à irmã Isabel, ex-freira, identificando-a como sendo a mãe de um líder pentecostal, mas também para não se indispor com a Igreja Católica no país, ou até com o próprio Vaticano... E também com antigos torcionários do regime ditatorial, militares e civis, muitos deles em atividades públicas ou privadas até os dias de hoje, responsáveis por esse e por outros crimes tão ou mais perversos... Com empresários ou empresas que financiaram e apoiaram a repressão e a tortura naqueles anos sombrios, responsáveis por esse e outros crimes, inclusive o jornal em que você trabalha... Essa verdade não interessa a muita gente que ainda detém o poder nesse país... São esses alguns dos motivos, dos inconvenientes de que falei e sobre os quais você deveria ponderar, respeitar e não divulgar...

O tom final da fala de Hamilton, imperativo, soou ameaçador. Novamente percebeu a copa girar, desta vez com a sensação de sonolência. O bispo começou a crescer à sua frente e Manina pensou que ia desmaiar. A impressão, contudo, não se confirmou e, para seu espanto, não lhe desagradava... O corpo pesava e a inércia que brotava lhe dava prazer.

O chá, claro, por que não havia pensado nisso? O chá devia estar "batizado" com as ervas... A gentileza de Hamilton começava a fazer sentido... As profecias, claro, elas estavam ali, materializando-se... Anunciadas pelo monge Benedetto de La Matina...

Manina começou a reconhecer e a identificar os mesmos calores e o entorpecimento dos sentidos na aventura vivida no escritório de Hamilton. Com uma pequenina diferença: parecia sentir que suas entranhas, seus órgãos internos se mexiam... Moldavam-se a um novo corpo... Procurou concentrar-se, fixar o pensamento no que tinha a fazer e levantou-se para buscar o gravador. Cambaleou e o bispo veio em sua ajuda.

Sentiu-se amparada pelas mãos fortes do pastor. Pareceu-lhe, entretanto, que outras pessoas entravam pela copa adentro. Ou já era o efeito do chá? As pessoas tinham suas feições deformadas e era como se ela começasse a viver novo pesadelo. De repente, seu corpo reagiu, criou forças não se sabe vindas de onde. Identificou as pessoas e tentou falar com elas, mas a voz não obedecia. A garganta estava trancada, a boca imóvel...

O segurança que subiu com ela no elevador, mas por quê? A copeira? Claro, a copeira que serviu o chá... A governanta que a recebeu... Um rosto que surgiu de repente e que lhe pareceu familiar... De quem?...De quem era aquele rosto?...

Foi colocada no chão da sala por uma força maior que a sua, o corpo a formigar e a fala ainda presa na garganta, pedindo para sair... Já agora desejava gritar... Hamilton parecia ter nas mãos a caixa de prata... Agarrou um braço ao seu lado, na tentativa de se manter de pé... *O rosto, de quem era aquele rosto? Pequenos pontos de luz, como vagalumes, movimentavam-se à sua volta... Indistintos, trêmulos... Velas... Seriam velas? Isso... Pareciam velas... Mas por quê? Colocavam velas ao seu redor... Por que colocavam velas à sua volta? Algum encapuzado avançava em sua direção... Uma cruz... Distinguiu uma cruz... Uma cruz de cabeça para baixo... São Pedro, o ícone...*

Manina ganhou forças, debateu-se, procurando fazer seu corpo responder de algum modo ao que estava acontecendo... Tinha a mente enfraquecida, desorientada... *As formas demoníacas...* Distinguiu uma voz em meio a ruídos e sons estranhos, uma voz que repetia parte das profecias.

– *Um clarão ígneo lançará sobre a nova terra a marca da injustiça, antes de atingir a Justiça Final, e assim purificá-la... E ela, a nova terra e o seu altar serão batizados com o nome das chamas do inferno... As chamas do inferno...*

– Brasília...

A voz de Manina conseguiu se desprender da garganta, quase um grunhido... rouca...

Nas suas visões, um facho de luz azulada abria em perspectiva como que uma estrada na sua direção, por onde ela caminhava, criança, de mãos dadas com os pais. Queria correr na direção do ponto inicial da luz. Ali por perto, em algum lugar, a voz continuava à semelhança de um cantochão:

– *O profeta, aquele que será concebido na dor e na maldade, filho da sombra e da discórdia, construirá ali seu novo reino no tempo em que muitos dos astros trocarão suas posições no firmamento...*

Manina já não reconhecia a própria voz, grave, cavernosa e cada vez mais rouca.

– O final da era de Peixes, o símbolo cristão... Hamilton... O profeta... você, por acaso?

Manina perdera a consciência da própria voz que escorria pela garganta, indecifrável, desconexa... Debatia-se em espírito, não sabendo mais se o corpo respondia às ordens do cérebro... Sentia-se tomada por mãos que não eram mãos, mas pequenos e já insensíveis pontos de dor... Sentia-se possuída...

O rosto reconhecido há pouco... Diego... sim, Diego, com pequenos chifres e expelindo pela boca a língua bífida infernal... Agulhas pareciam tocar-lhe a pele e a carne, já próximas da insensibilidade.

– Shenhanforash... Salve Satã...

Outras vozes repetiram: *Salve senhor dos infernos!*

Aos poucos, deixou o corpo flutuar em direção ao ponto inicial de luz.

O reverendo Hamilton não dormiu naquela madrugada.

Da janela do seu apartamento de cobertura olhava para algum ponto distante, distraído, talvez, com a nascer do sol. Sabia muito bem o que se passava ali perto, junto a uma das margens do lago do Ibirapuera...

[illegible] 10 gr

termi[illegible] zu vorschreiben [illegible] 10 gr

[illegible] 10 gr

[illegible] terminum

[illegible] zu procediren [illegible]

[illegible] 10 gr

[illegible] zu vorschreiben 10 gr

[illegible] terminum zu vorschreiben [illegible]

[illegible] procediren [illegible] 10 gr

[illegible] neuen term[illegible]

[illegible] zu procediren 10 gr

[illegible] neuen terminum

[illegible] 10 gr

Jacob. [illegible] neuen

[illegible] 8 gr

[illegible] vorschreiben [illegible] 8 gr

[illegible] ab. den terminum

[illegible] zu procediren 10 gr

[illegible] den terminum [illegible]

[illegible] procediren [illegible] 10 gr

[illegible] Novemb. [illegible]

[illegible] 10 gr

[illegible] zum ersten mall. 6 gr

[illegible] 6 gr

[illegible] 6 gr

[illegible] vorschreiben [illegible] 6 gr

[illegible] 6 gr

60

16 sec.

POSLÚDIO

São Paulo, Brasil
ano do senhor de 2005

Após ter recebido o relatório oficial de um dos médicos do Instituto Médico Legal, solicitação feita pelo delegado Paulo Queiroz, o policial Ribeiro, assistente de Montezuma, dirigiu-se ao prédio da polícia federal o mais rápido que pôde.

Ao entrar na sala do delegado recebeu o aceno para que deixasse o envelope em cima da mesa, mas que esperasse.

Montezuma falava ao telefone e estava no final de uma conversa que, pelos sinais ao colega, demonstrava estar com o saco cheio. Finalmente despediu-se com ares de alívio e pegou o envelope que estava sobre a mesa.

– Novidades?

– Pelo que me bateram no IML, acho que sim... Mas deve estar tudo aí no relatório, claro.

– E o que é que disseram lá?

– Parece que a moça apanhou um bocado... Coisa feia de se ver.

O delegado Montezuma remexeu-se na cadeira e começou a ler o relatório com atenção...

Como vou explicar isso à família...

À medida que lia o relatório, a expressão do delegado Montezuma se transformou numa máscara de dor contida, os músculos da face sendo contraídos, tensos e as mãos levemente crispadas.

– O que foi? – perguntou o policial.

– Nada, nada por enquanto – tentou disfarçar Montezuma.

– Já o conheço, chefe... Não é por acaso que trabalhamos juntos há alguns anos...

– Feche a porta...

O novo colega, tudo indicando que seria o substituto de Novaes, fechou a porta atendendo à solicitação de Montezuma.

– O relatório afirma que houve asfixia e que foram encontrados traços de violência sexual... As marcas pelo corpo dão a ideia de que não foi sexo consensual ou coisa parecida... Duas costelas quebradas... Vários hematomas e pequenos cortes...

– Alguém devia ter muita raiva desta jornalista, delegado.

– Eu diria que mais de uma pessoa até... diz aqui também que os últimos alimentos ingeridos indicavam substâncias alcaloides com traços de *amanita muscaria* e *atropa belladonna* no estômago... Hum, hum...

– O que é isso?

– Entorpecentes... Plantas alucinógenas... Ela se drogou ou foi drogada... Agora, o mais espantoso...

– O que foi?

– Retiraram duas pedras vermelhas, pequenas e arredondadas...

– Coisa mais estranha...

-... introduzidas no corpo através de uma incisão em forma de cruz na altura do rim esquerdo... Não se trata de um crime qualquer... Isso...

Montezuma cortou a frase pelo meio.

– Isso?... – ficou aguardando o outro.

– Isso mais parece algum tipo de ritual...

– Parece é coisa do diabo.

– Ou de alguém chegado a exorcismos... Você acabou de me lembrar um pormenor interessante, Ribeiro... bem interessante... É preciso calma para retomar o fio da meada, e já explico... A Manina andava enrolada com uma reportagem sobre os Filhos do Tabernáculo e, há alguns dias, me pediu que descobrisse para ela o nome da mãe do líder dessa igreja...

Montezuma interrompeu pela segunda vez o pensamento para reler o relatório, o que fez em segundos, atirando-o para cima da mesa.

– Já sei por onde começar... Novaes... Manina... As linhas se cruzam num ponto muito bem definido, pelo menos para mim...

O telefone interno tocou e Ribeiro atendeu:

– Pronto... Olá, doutor Paulo... é o Ribeiro... pois não, um momentinho.

Passou o telefone para Montezuma.

– O chefão quer falar com você...

Octob.

Decemb.

São Paulo, Brasil
ano do senhor de 2005

Absorto e reclinado em sua cadeira de espaldar alto, o delegado Paulo Queiroz observava o movimento da avenida marginal. Pelo menos era essa a impressão que se tinha. Estava ali há algum tempo na mesma posição, pensativo, de costas para a entrada da sala. Alguém bateu à porta, abrindo-a em seguida.

– Dr. Paulo.

– Entre, Montezuma.

– Mandou me chamar?

– Puxe uma das cadeiras e sente-se aqui ao meu lado.

Não foi difícil a Montezuma notar que a cena, vista por quem entrava na sala, não estava bem... Não se encaixava na moldura. O chefe sequer mudou a sua posição quando entrou e seguiu olhando através da imensa janela de vidro.

– O senhor está bem?

– Tento fazer por onde – respondeu Queiroz com a voz desanimada.

Montezuma fez o que lhe foi pedido e sentou-se ao lado do diretor, podendo ver claramente sua expressão de desgosto.

– O que foi Dr. Paulo?

– Perdemos um colega valoroso, Montezuma... Ainda não me conformei com a morte do Novaes... Em seguida, essa fatalidade com a sua amiga jornalista, uma morte brutal, estúpida... e agora... Isto...

Voltando à posição normal em sua cadeira giratória, o delegado girou também o *laptop* que estava sobre a mesa e pediu a Montezuma que lesse o e-mail recebido há uma hora, uma hora e meia...

Prezado Queiroz,

Por solicitação do Ministério da Justiça, ficam suspensas até segunda ordem todas as diligências e investigações da operação Sodoma e Gomorra.

Solicito que você venha à Brasília com urgência para conversarmos a respeito.

Atenciosamente,

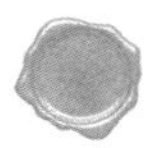

A mensagem vinha assinada pelo diretor geral da polícia federal.

– Todas as investigações? Inclusive as diligências sobre as mortes do Novaes e da Manina Berruel?

– O que é que você deduz?

– Isso é inacreditável, Dr. Paulo... Um verdadeiro absurdo.

– Eu temia que isso pudesse acontecer... Já presenciei coisas parecidas...

– E vamos ficar quietos?

– Estou aqui há mais de uma hora revendo fatos e tentando encontrar argumentos para defender o nosso trabalho, mas quando as conveniências políticas entram em cena, fica difícil convencer os que devem ser convencidos, Montezuma... Você sabe disso tão bem quanto eu.

– E se não acatássemos essa determinação? – arriscou Montezuma.

– E nos isolarmos? Não, não... É jogar a minha carreira fora... E a sua... Seríamos punidos por insubordinação, sabe-se lá o que mais... Não tenha ilusões... Vou tentar o diálogo, claro, mostrar tudo o que já apuramos, mas estou vendo o resultado.

– Durma-se com um barulho desses, doutor Paulo... É desanimador... Revoltante.

O delegado Queiroz meneou a cabeça em concordância e desabafou com um murro sobre a mesa.

– Puta que os pariu... Desculpe, Montezuma.

– Eu entendo perfeitamente como o senhor deve estar se sentindo, doutor Paulo.

Queiroz voltou a cadeira para sua posição inicial e deixou o olhar cansado cair outra vez sobre a cidade. O movimento dos carros era intenso na avenida marginal. O sol, pálido, indicava o final da tarde.

– Montezuma...

– Pois não, doutor Paulo.

– Alguma vez alguém... A sua mulher, por exemplo, já mandou você para o quinto dos infernos?

O delegado estranhou a pergunta e respondeu meio desajeitado:

– Acho que não, doutor Paulo... Confesso que não me lembro... Por quê?

– Porque é onde eu me sinto... Em momentos como esse, tenho a impressão de que nós vivemos aqui numa sucursal do inferno...

[illegible] 10 gr

[illegible] terminum [illegible]

[illegible] terminum

[illegible] zu procc-

[illegible] 10 gr

[illegible] zu vorschreiben 10 gr

[illegible] zu vorschreiben [illegible]

[illegible] procediren [illegible] 10 gr

[illegible] terminum

[illegible] zu procediren 10 gr

[illegible] terminum

[illegible] 10 gr

[illegible] octob. [illegible]

[illegible] 8 gr

[illegible] 8 gr

[illegible] terminum

[illegible] zu procediren 10 gr

[illegible] terminum [illegible]

zu procediren 10 gr

[illegible] 10 gr

[illegible] 6 gr

[illegible] 6 gr

[illegible] 6 gr

[illegible] vorschreiben 6 gr

[illegible]

60

16 sec.

[illegible] 6 gr

INFORMAÇÕES ADICIONAIS

[illegible]
[illegible] mb.
[illegible]
[illegible] fermin[illegible]
[illegible]
[illegible]
Octo[illegible]
[illegible]
[illegible]
Octob. [illegible]
[illegible]
[illegible] m [illegible]
[illegible]
Octo[illegible]
[illegible]
ob[illegible]
[illegible]
[illegible]
Octob. [illegible]
[illegible]
[illegible]
[illegible] nb.
[illegible]
[illegible] mb. [illegible]
[illegible]
[illegible]
[illegible]
[illegible] Decemb [illegible]
[illegible]
[illegible]
Decemb. [illegible]
[illegible]
[illegible]
Decemb. [illegible]
[illegible]
[illegible]
[illegible]

SÃO PAULO, BRASIL
HOJE

DELEGADO MATOSO, após gozar merecidas férias em Buenos Aires, em finais do ano de 1969, regressou a Campinas e continuou nas suas funções de delegado regional por mais cinco anos, sendo aposentado compulsoriamente a bem do serviço público. Foi excomungado pela Igreja Católica.

IRMÃ ISABEL MARINA viveu alguns anos na Itália por imposição da Santa Sé. Regressou para a Escola Nossa Senhora Auxiliadora em Campinas e deixou o hábito. Transferiu-se no final dos anos 1970 para uma casa provincial, onde lhe foi permitido viver até o ano de 2009, quando veio a falecer aos 71 anos de idade.

HAMILTON FERNANDES DOS SANTOS mudou-se para Miami em 2009, de onde comanda a Igreja Filhos do Tabernáculo, que continua a aumentar o número de adeptos por todo o mundo, tendo adquirido recentemente um canal de televisão nos EUA.

EDMUNDO ANTONIAZZI mora em Johanesburgo, África do Sul, tendo casado com uma viúva sul-africana. É o diretor regional dos Filhos do Tabernáculo para a África e a Ásia, região que já ocupa o segundo lugar da igreja em número de adeptos.

DELEGADO PAULO QUEIROZ exerce atualmente o cargo de adido para assuntos policiais na Cidade do México, como prêmio de consolação por seus relevantes serviços prestados na direção da polícia federal em São Paulo.

DELEGADO MONTEZUMA, após ser transferido para a polícia federal do Rio Grande do Norte, requereu sua aposentadoria e vive com a mulher num sítio próximo à cidade de Porto Feliz no Estado de São Paulo.

DIEGO MACHADO, com a ajuda da família, foi mandado para a Europa. Atualmente é correspondente do *Jornal da Cidade* em Milão e também da revista *SPY ON* de Atlanta.

CESAR AUGUSTO e MARCO ANTONIO continuam na direção do *Jornal da Cidade* e seguem sua linha de oposição ao governo federal, pontuada aqui e ali por denúncias inconclusivas ou mesmo falsas.

DOLEIROS, EMPRESÁRIOS, POLÍTICOS, JURISTAS, DIRIGENTES ESPORTIVOS E LÍDERES RELIGIOSOS, cujos nomes não se pode divulgar até os dias de hoje, protegidos que estão pelo segredo de justiça, seguem normalmente suas atividades criminosas sob o manto diáfano da impunidade.

[illegible] 1608. Den [illegible] January [illegible]

[illegible] haben [illegible] [illegible]

[illegible] zu [illegible]

[illegible] zu schreiben

[illegible] January [illegible]

Con[illegible] zu [illegible]

[illegible]

[illegible] ladung zuuorschreiben

[Den] 17 January [illegible]

[Co]nclusion zu [illegible]

[illegible] ladung zuuorschreiben

[De]n 22 January die [illegible]

[illegible] zu laden zum [illegible] . 6 gr

[illegible] ladung zuuorschreiben . . 6 gr

[De]n 24 January [illegible]

[Con]clusion zu laden zum [illegible] . . 6 gr

[illegible] ladung [illegible] die beiden [illegible] . . 1 gr

[illegible] beclagten [illegible]

[illegible] zuuorschreiben [illegible]

[Den] 29 January [illegible]

[Ter]minum [illegible]

[illegible] zuuorschreiben

[illegible] den andern beclagten

[illegible] zuuorschreiben

[Den] 4 Februarij [illegible]

[illegible] zu laden [illegible]

[illegible] die ladung [illegible]

[illegible] bringen

[Den] Februarij [illegible]

Terminum [illegible] die Con[clusion]

[illegible] zuuorschreiben . . . 10

[Den] 6 Februarij [illegible]

[Ter]minum [illegible]

Concludiren . .

[illegible] zur Conclusion

[illegible] zuuorschreiben

[Den] 8 Februarij [illegible] Conclusion

[illegible]

[illegible]

[Co]nclusion [illegible]

[illegible]

Este livro foi impresso pela Prol Editora Gráfica
para a Editora Prumo Ltda.